ボーイフレンドをきわめてみれば

ライリー・ハート
冬斗亜紀〈訳〉

Boyfriend Goals
by Riley Hart
translated by Aki Fuyuto

Monochrome Romance

BOYFRIEND GOALS

ボーイフレンドをきわめてみれば

Boyfriend Goals

ライリー・ハート

訳：冬斗亜紀　Illustration：ZAKK

マイロ・コープランド
24歳。
祖母ウィルマの遺言で
書店と建物を相続した。
自閉スペクトラム症
ギデオン・バーロウ
（ギド）
26歳。
タトゥパーラーの経営者

「ボーイフレンドをきわめてみれば」登場人物

Characters

世の中になじみきれない、これはあなたのための物語。

1

マイロ

ポルノってわからない。

わりと好きではあるけれども、ポルノ。要は射精目的で作られているから、利用してみれば大体は、時間がかかったりしても、成功する。ただ、うなり声とか大げさな音が理解不能なのだ。やたら派手な音と「ヤッて」という懇願。もう行為の最中なのに、すでに進行中のことをどうしてわざわざたのむ？　もうヤラれているのに、くり返し要請するのは何故なのか。攻め役《トップ》の恍惚の表情からしてしばらく中止しそうにないのだから、受け役《ボトム》は黙って没頭すればいいのでは。

自分の勃起を手で上下にしごき、ぼくはナイトスタンドの時計へ目をやった。隣に携帯電話があるのに時計も置いているのは……別に。理由はなくてもいいはずだ。

あと五分しかない。それまでにイカないと、出勤の仕度をする時刻なので中止だ。夜のほうが自慰タイムは取りやすいけれど、今日はすることがたくさんあるし、早く寝たい。

視線がテレビ画面に戻った。

『ああっ、そう、すっごい、そこそこ――』

「うるさい！　気が散ります！」

ぼくは画面の中の男を叱った。ペニスが萎える。こんなふうに醒めるのは大嫌いだ。どうしてセックスにこんなおしゃべりや懇願や叫びが必要なのか。不自然だし邪魔だ。ポルノの中だけで、現実のセックスは違うのかもしれないが、こんなふうにしないといけないのならきっと自分以外の相手とイクのは無理だろう。

あんなこと絶対言えないし――どうせ、セックスできるほど信頼する相手には一生会えないだろうけど、今はそちらの問題は置いておく。

空いた手でリモコンのミュートボタンを押した。うっとうしいエロトークを聞きながらイケることもあれば、駄目な時もある。今日はどうやら後者だ。

至福の静寂が、少し力になる。ボトム役の体を出入りしている勃起に集中していると……よし、また固くなってきた。陰嚢がずっしり重くなってチンコがドクドク脈打つと、どんな感じなんだろうと心底思う――誰かの中に入ったり、誰かが……ぼくの中に入ったりとか（万が一ね）。ぼくにはまだ、いつか誰かに挿入させたりできるのかはわからない。そこを許容してくれる相手でないと。それに優しくて……かっこよくて……少しぼくより大柄がいいか、でも脳筋の男は無理――とにかく無理。誰か、人として興味が持てる相手。セックスするなら絶対に、興味を引く相手がいい。さらにぼくを苛立たせない相手がいいのだが、それはとても難しい注文だった。ほとんどの人がぼくを苛つかせるが、その相手だけは……おっ……ぼくは手に力をこめ、一層早くしごいて、それから自分のタマをいじった。これが大好きなのだ。すごい色男で、セックスの間におかしな声を立てなくて、すでにしていることをもっとしてとぼくがわざわざたのまなくても気にしない男。

背骨がカッと熱くなった。タマが引き上がり、視界がぼやけて、自分の胸めがけて射精していた。

後ろの枕に倒れこみ、すごく気持ちよかったので、深呼吸をくり返す。ただし肌にへばりついた精液のベタつきが気にさわった。正体不明の液体との接触は好まない——むしろどんな液体とも好まない。ケチャップは最悪だ。あんなの誰が食べるんだろう。子供の頃に一度だけ、ケチャップが手についたことがある。本気で死ぬかと思った。

でも精液は……好きなほうだ。食べたりはしたことがない、自分の液しか知らないし——それは絶対いやだし——でも気になっている。精液が肌につく感触だって、快楽の象徴だから好きだ。快楽については、うまく説明できないくらいの興味があった。

快楽は、世界で最高のものじゃないだろうか。ズボンを穿かなくてすむことの次にいい。

見ると五分を使い切ったところだった。タイミングは完璧。

続きのバスルームへ入った。精液を拭ってから、適温ぴったりのシャワーを浴びる。寝室へ戻ると、下着、仕事用のシャツ、ネクタイを出した。それをベッドに並べて歯を磨くと、並べておいた服を着ていく。

今日は月曜なので、卵二つのスクランブルエッグ、トースト、オートミールの日だ。ぼくはコーヒーを飲まないが、母はそれが理解できずにいた。母の血管にはきっとコーヒーが流れている。

必ず決まったものを食べるわけではないが、朝食、特に月曜にはそうしていた。毎日を同じように始めるのが好きだし、週の始まりはなおざりにできない。それに、一日で一番重要な食事だ。ここ数年で、昼食と夕食についてはもっと柔軟になっていた。

調理をして、食事をする。オレンジジュースを飲んだ。

すべての準備が済んでもう先延ばしできなくなると、ぼくは玄関脇のラックに掛けておいたズボンを穿き、ドレスシューズを履いた。出てから、しっかりと鍵をかける。

サンディエゴの部屋の前で一台の車が待っていた。

「ハロー、ブラッドリー」ぼくは後部座席に乗りこんで運転手に挨拶した。「おはようございます、お母さん」

母は隣に座っていた。同じ建物の一室に住んでおり、ぼくらは同じ会社で働いている。母には少々過保護な傾向があった――〝少々〟抜きで。

「おはようございます、ミスター・コープランド」

ブラッドリーが返事をする。「……マイロ」と言い直したのは、ぼくのしかめ面を見たからだろう。ミスター・コープランドと呼ばれるのはいやなのだ、しょっちゅう呼ばれるけれど。

「ブラッドリーはプロフェッショナルに徹しようとしているだけなのよ、マイロ」と母が言った。

「うん、でもぼくはいやです。相手が呼ばれたいように呼ぶのもプロフェッショナルでは？」

母は溜息をついた。ぼく相手にはよくそうなる。

「今朝はどんな朝だったの？」

「やかましかったですね」

しつこい『ヤッて』という言葉とミュートボタンを思い出しながら、ぼくは答えた。

母は眉をひそめたが、それ以上は聞かなかった。どういう意味、と聞かないほうがいい時もあると学習している。ぼくがいつも正直に答えるからだ。

母の金融会社まで四十五分かかった。ぼくはここで会計士として働いている。母は、汗と努力で一から自分の会社を築き上げた。たまに高圧的だが、ぼくはこの上なく母を尊敬している。

母は、誰にもたよらない。

母は、誰にも自分を利用させない。

父がぼくを捨てていなくなった時も、母は残った。

道中ずっと仕事の話をした。会社まではいつもそうだ。お互い、大した私生活はない。母は人を萎縮させるし、それほど人が好きではないから。ぼくは他人とどう接したらいいのかわからないことが多いし、向こうもぼくをどう扱っていいかわからないからだ。

エレベーターで上へ向かった。会社のこのエレベーターは定期点検されているのがわかっているので、安心して乗れる。

「今夜は夕食を食べにいらっしゃい」

母が言った。確認もしないが、どうせぼくには予定もない。

「そうします」

エレベーターを降りると別れて、それぞれのオフィスへ向かった。

午前中は、ここで働き出してから不変のルーティンに沿って進んでいった。数字が好きなわけではないが、得意だし、自分が好きなことが何なのかぼくにはよくわからない。何もないのかもしれない。いつもはそれでかまわないのだけれど、何とも言えないもやもやした気持ちになることはあった。セックスはしてみたいけど相手とやり方には細かくこだわる、というのと同じかもしれない。時々ぼくにとって、ぼくが一番厄介だ。

正午、昼食休憩まであと三十分という時に、アシスタントから電話が入った。

『マイロ、ポートランドの弁護士から1番に電話が入っています』

一体何だろうとぼくは眉を寄せた。

「つないでくれますか?」

『わかりました』

　数秒後、男性の声が聞こえた。

『こんにちは、あなたがマイロ・コープランドですか?』

「ええ。用件をうかがっても?」

『私はチェスター・ハリントンと申します。メイン州のポートランドで弁護士をしています。あなたの祖母に雇われた、遺産相続代理人です』

　胃がぎゅっとよじれたが、すぐに脳のギアが入って主導権を奪った。この話は何かの間違いだ。

「それは違います。祖父母はどちらも亡くなっています。ぼくが生まれる前に交通事故で」

『あなたの母親はベバリー・コープランドさんですよね、リトルビーチ島出身。メ——』

「メイン州の」とぼくは引き取り、どういうことなのか頭の中で整理しようとした。

『ベバリー・コープランドさんの実の母親は、ウィルマ・アレンさんなんです。私の知るところでは、お二人は絶縁していたようです』

　口を開けたが、言葉が出てこなかった。思考がぐるぐる乱れて胸が苦しくなる。

「全然……全然わかりません」

　やっとそう絞り出した。母は養子で、それをぼくにずっと隠していた?

『お二人の事情や、どうして縁が切れたのかは存じ上げないんです。申し訳ない。お知らせするのは心苦しいですが、あなたの血縁上の祖母がお亡くなりになりました。大きな財産ではありませんが、お祖母様《ばあ》はあなたに自分の書店を遺《のこ》されています。書店と、その上階にあるアパートとで、正確には建物全体ですね。ただ、隣り合った店舗スペースをある男性に貸していま す。ギデオン・バーロウ氏。この方はそこでタトゥパーラーを経営しており――』

「ぼくはタトゥパーラーを所有しているんですか？」

タトゥもないのに。肌に消えないものを刻むなんて、理解できない。

弁護士がクスッと笑った。

『そうではありません。あなたが相続したのは建物で、その中の場所をバーロウ氏が借りているのです。遺言によって、この先も彼に貸すよう言い残されています。上のアパートのほうも少々問題があるのですが、お会いして話したほうがいいかと思います。あなたがこの物件をどうなさりたいのか、ご自分で所有するか、それとも――』

「ほしい」

口走ってから、ぼくは驚いた。本屋なんかもらってどうするつもりなのか――それとアパート、それと……ギデオン・バーロウまでも――全然わからないけれど、ぼくには祖母がいて、その祖母がぼくに遺してくれたものだ。

母が、存在を教えてくれなかった祖母。

もう死んでしまった祖母。

『わかりました、よければ書類を送りますよ。そちらにサインしてもらってもいいですし、近々おいでになるなら直接お会いしても』

その先の言葉はにじんで、知っておかないとならないことを話しているのだろうけれど、ぼくにはついていけなかった。息苦しさが強まる。こんなの……いつもと違うし、無秩序だ。ぼくには受け入れがたいもの。

『マイロ？　聞こえていますか？』

確認されていた。話していたのに、ぼくが答えなかったからだ。

3、2、1と数えながら、不思議なことに、ギデオン・バーロウのことを思っていた。どうして祖母はギデオン・バーロウにこの先も店を貸すよう言い残したのに、建物はぼくに遺したのか、それと——ギデオン・バーロウって変わった名前だなとか。このタトゥの人はすでにして謎で、でもまだ会ってもいない。

「ぼくは、ええと……行きます。そちらに。ポートランドに」

ポートランドに行ったことは一度もない。拒否するべきかもしれない。ぼくにできるわけがない。やりたいわけがない。ルーティンから外れすぎている。ぼくは突発的な行動はしないのだ、とても処理しきれないから。でも……じつは祖母がいて……その祖母が本屋をぼくに遺してくれたことが、今は気になってたまらない。

「準備をするので、一週間ほどもらえますか？」

ほら。できる。やらないと。や、や、りたいのだ。そのためなら前へ進めるし、ぼくが焦がれている自立への第一歩だ。

『もちろん。私の連絡先をお伝えします』

震える手でメモし、電話を切った。荷物をまとめたぼくの胃は縮こまっていたが、背をのばして、オフィスから出た。

(母は言わなかった……)

どうしてだろう?

「メアリーベス、ぼくは家の都合があるので、今日の仕事はもう休みにします。スケジュールをキャンセルしてください」

メアリーベスがぽかんと口を開けたのは、きっとぼくが仕事を休んだことがないからだろう。もうすでに自立を損ねている。

「ええ、わかりました。車を呼びましょうか?」

「いいえ、結構です」

ぼくはまっすぐ母のオフィスへ向かった。

「こんにちはミスター・コープランド、調子はいかがですか?」と、最近入った顧問の一人に聞かれた。

「とてもひどいです。母が嘘つきだったので」

　ぼくは嘘が大嫌いだ。嘘を言う人間が理解できない。真実を言うのがそんなに難しいとでも？

「それは……何とも……」

　返事に耳を貸さず、ぼくは母のオフィスのドアを開けた。

「マイロ……一体どうしたの？」

「ぼくには祖母がいる……いたんですね。彼女は一生同じ島で暮らしていたから、お母さんも知っていたはずです。彼女が亡くなって、ぼくに本屋とタトゥパーラーとタトゥの人を遺してくれました」

「タトゥの人？」

　母が聞き返した。今、彼女の母親について話しているのだといきなり思い当たって、ぼくは母の顔に悲しみを探した。

「ぼくのタトゥの人です」

　意味不明な答えになった。ぼくはタトゥが好きでもなければほしくもないし、タトゥの人はぼくのものではないのだし。だけれども、どう呼んだものか、まだ整理できていなかった。

　母が溜息をついた。

「中に入ってドアを閉めてちょうだい、会社全体に聞かせたくないから」

母はいつも世間体を気にしていた。ぼくが変わっているという目で見られるのもいやがっている。それは、体面より愛情ゆえだけれど。今は腹立たしくとも、ぼくだって、母がぼくのためなら何でもするしどんな試練にも怯まないのはよくわかっていた。ただ、ぼくは誰かにかわりに戦ってほしいわけではない。必要なら自力で挑みたい。

「どうしてぼくに黙っていたんですか？　ウィルマ・アレンのことを」

質問かその名前にか、母はビクッとしてから、表情を引き締めた。

「それはね、あの人は私の母親じゃないからよ。私の両親は交通事故で死んだ。私を生んだのがあの人だろうと、それ以上の関係はないの」

ぼくは少し悲しくなり、とても混乱して、下を向いた。

「それでも、ぼくに話せたはずです」

「そうね」母が認めた。「黙っていたことは謝るわ」

「何があったんです？　ウィルマ・アレンに。どうしてお母さんを養子に出したんですか」

「知らないわ。どうでもいいし。その話はしたくない。その建物を誰かにたのんで売却してもらう話をしましょ。店員やそのタトゥの人への補償も――」

「いいえ」

ぼくはさえぎった。やはり母は、ぼくがこうしたいだろうと決めこんで一方的に解決しようとする。ならこれが正しい道だ。売却なんかしたくない。どうするかはまだわからないけれど、どうするかは自分で悩みたい。

「リトルビーチになんか行かせないわよ」

「ぼくは二十四歳ですよ。自分がやりたいようにします」

おっと。生まれてこの方、最高に反抗期っぽい言い方になってしまった。

「ここの仕事もあるでしょ――」

「辞めます」

やりたくてしている仕事でもない。ほかにすることがなく、数字が得意で、母がやっていることだからしていただけだ。

「私と二フロア以上離れて住んだこともないじゃないの。フランクリン大学にだって家から通ってた。あなたが一人でもやっていけるのはわかっているわよ、マイロ、でもね――」

「いいえ」ぼくは割りこんだ。「そうは思っていませんよね」

ずっと知っていたことだけれど、口に出したのは初めてだった。母はぼくの知能の高さは承知していても、自立できるとは考えていない。母自身は誰も必要としない、自立した強い女性として周囲から見られたがっていたが、ぼくをそういう目で見てくれることはなかった。

「リトルビーチはあなた向きじゃないのよ、マイロ。狭い島だし、心も狭い。あの島は私には生きづらかったわ、両親が生きてた頃でもね。まるでなじめなかった――あなたにあんな思いをさせたくない」

（ここにいてもぼくはなじめない。なじめる場所はきっとどこにもない）

これまでの人生、ほぼすべての選択が母まかせだった——フランクリン大学に行ったのは近くて、母が学部長と知り合いだったからだ。職も。住むところも。いい母親だし、父がぼくのことを「異常だ」と言った時も、そのことで険悪になっても、母はぼくの味方でいてくれた。でも、ぼくに翼を許すこともなかった。母をとても愛しているけれど、そばにいる限りぼくに翼は与えられない。そしてあの建物を相続しなければ、その翼をどれほど求めていたのか、ずっと気がつきもしなかっただろう。

「ぼくは行かなくては。この目で見に。お母さんも島を出たんでしょう？　本当の自分を探して？」

サンディエゴにいる限り、いつだってぼくは〝ベバリー・コープランドの変わった息子〟で、大物で雇用主の母がにらみを利かせているから誰もが仕方なく相手をしているだけなのだ。

「あそこで本当の自分が見つかると思っているの？　どんなところか知らないでしょう。小さな島で、誰もが周りと同じようにしてないといけないようなところよ」

そして、ぼくは周りと違う。お互いにそれはわかっていた。でもそんなことはいいのだ。やっぱり自力で何かをしてみたい。

「今は違っているかもしれませんよ。もう歳月も経っていますから。ぼくは行きます。それと、お母様のこと、お悔やみ申し上げます」

「あの人は私の母親なんかじゃないわ」

母のこういう割り切り方に、周囲は引くのだが、ぼくは気にならなかった。ぼくなりに理解できたからだ。単に返事をした。

「進捗は知らせます」

そこに、母の目の中に見えた——行くなと言いたがっている。命令したい。でもそうはしない。そういう人ではない。

母はうなずき、ぼくはそこを去った。

2

ギデオン

「よお調子はどうだ、チンチン顔？」

兄のオーランドがそう言いながら俺のタトゥパーラー〈コンフリクト・インク〉のドアから入ってきた。

俺たちは真逆だった、俺とオーランド。兄は金髪、俺は黒髪。兄の肌は手つかず、俺は胸と腕と腹にタトゥ入り。右耳の中の軟骨にはダイスピアスをつけていて、両乳首、左瞼、下唇下部にもピアスの穴を開けている。オーランドはピアスなし。

兄は高校でスポーツをやってたし、チアリーダーとデートもした。俺はクローゼット入りの隠れゲイで、バイの親友とこそこそイチャつきながら相手に恋をしていた。兄は十六歳からつき合っていた女性と結婚し、大学野球と学位取得のために初めて島を離れ、ロースクールに進んで、だが一方の俺は高校の卒業パーティーでクリスに告白したものの、相手は気軽なお遊びのつもりだったと知って玉砕し、島からすごすごと逃げ出した。クリスのほうは、てっきり俺も同じ考えだと思っていたのだ――こっそりシゴき合うだけの男友達だと。俺を傷つけたことであいつも落ちこんでいた。両思いじゃないのは仕方ないのだが、そんなわけで俺はリトルビーチ島を、二度と戻らないつもりで出ていった。

今じゃ胸張って隠れなきゲイだが、島で唯一のカミングアウトしたゲイだ。クリスとは今でも親友だし、家族の中では相変わらず浮いてる。父さんとオーランドは瓜二つだ。母さんは俺よりそっちの二人と仲が良く、俺はただの……ギデオン。唯一大学にも行かず、自分の体に穴を開けたり肌に刺青したりが好きな男。

とはいえ、家族仲は睦まじい。どこか俺だけ、はみ出している気はしても。

ただしこのオーランドは、スーツ姿でキメているというのに俺のことを「チンチン顔」とか呼ぶ男でもある。

「阿呆だなって言われないか？」と俺はやっと返事をした。

「毎日さ。お好みならスナックちゃんってお呼びしようか？」

うんざり顔で、俺は兄が来る前に作業したばかりのタトゥの道具の片付けを続けた。

「スナックちゃんはよせ」

「えーかわいいだろ！　子供の頃、お前がキャンディやらクッキーやらポテトチップスを握りしめてよちよち歩いてたのを思い出すよ」

子供の頃、俺はお菓子に目がなかった。今でも少々。甘くてもしょっぱくてもいける。いつもつまみ食いがバレたので、そのあだ名というわけだ。

「お前は世界でも救いに行ってろよ。裁判で勝つとか、木から下りられなくなったばあさんを下ろすとか、何かあるだろ？」

弁護士とタトゥアーティスト。やはり真逆。

オーランドが笑って腕組みした。

「木に登るなら猫だろ」

「このリトルビーチじゃわからんぞ。そのへんで老令嬢が木に引っかかってても俺は驚かないね。いたら助けるのはお前の役だぞ」

オーランドは丁度そこに居合わせるタイプで、交通事故を目撃して運転手を救出したこともあれば、レストランで喉をつまらせた客をハイムリック法で助けたこともある。うちの両親にとってだけじゃなく、島のヒーローなのだ。そんな相手とどうやって張り合う？　別に張り合いたいわけじゃないが、子供の頃は劣等感だらけだった。兄と確執があると言いたいわけじゃない、何もない。両親からだって、劣らない愛情もサポートももらってきた。ただ誰もが知ってることだ、オーランドは世界の大半より——あるいはメイン州の大半より——ちょっとだけ完璧な人間だと。

「なら、木にはさまってるお年寄りに気をつけとくか」

「そうしろそうしろ」

俺はタトゥマシンを棚に戻して、また手を洗った。

「で、完璧な兄上が何用でこんなところまで？」

「ハッハッ」オーランドが笑いとばす。「ヘザーが友達と夕飯に行ったから、ちょっと寄ってうちのお騒がせな弟が何してるのか見ようと思ってさ」

「どうせ悪い子さ。このタトゥでバレバレか？」と俺は兄相手に軽口を叩く。

「お前は悪い子ワナビーだろ。そんなふりしたって、本当は情に脆いのにムッツリすげない態度を取ってるだけだ。男はそういうのにサカんのか？」

「そうさ。俺に一目会おうと列を成す男たちを見ろよ。国中からギデオン・バーロウを見にやって来てる。あとな、人をからかいに来ただけならとっとと帰れ」

オーランドは楽しそうに笑った。

「そのために来たんじゃない、そっちはただの役得だよ。お気に入りと遊びたくて来ただけさ。この後の予約は？」

「ないよ。とびこみの客待ちでとりあえずいるだけだ。フレディがもうすぐ来るから、入れ違いに出られる。遠くに行かなきゃ、フレディの予約中に誰か来ても俺を呼び戻せるし」

「ならいいいな」

リトルビーチでタトゥパーラーは大繁盛とはいかないが、やっていけている。金持ちや家族連れが夏のバカンスに押しかける島でもないし。とはいえ島だ、いくらかは来る。ぽつぽつと人が訪れるつつましい観光シーズンはあるが、東海岸にはリトルビーチよりずっとそそる観光地がたっぷりあるのだ。俺としてもそれで結構。実入りはありがたいけど。

その流れで、ウィルマのことを考えた。くそう、彼女がいなくて寂しい。俺の店舗スペースと二階の住居の持ち主だったから、とは関係なく。リトルビーチで不動産物件は貴重だが、あのヤバいばあさんが戻ってくるならすべて引きかえにしてもかまわない。やたらおもしろくて、まったく最高の人だったが、なんと今度は都会育ちの孫がやってくるとか……何をしにだ？　引き継ぎ？　建物の売却？　リトルビーチ島の高級リゾート化開発？

わかるものか。

孫が建物を相続するまで、孫がいたことすら誰も知らなかった。島の話題はもうそれ一色

——あのベバリーって娘がじつはウィルマの血を分けた娘だったなんて驚き、とか。俺は小さかったのでベバリーを知らないが、周りは知ってた。この島でバレることなく守られた唯一の秘密かもしれない。

数分してフレディがやってきた。五十代で、島の女性と結婚している。歳がいってからタトゥを始めて、元はボストンまで行って仕事をしていた。俺も彼も島に戻り、ウィルマがこの場所を貸してくれた後で、俺がこの店にスカウトしたのだ。

「オーランドと飯を食ってくる。とびこみのタトゥがあったらメールくれ」

「わかった」

フレディは返事をしながら長い髪を一つにくくっていた。髪と同じく濃いひげだ。

オーランドがドアを開け、二人で店を出た。どこに行こうかなんて言うまでもなく、ライトハウスに足が向く。地元のグリル&バーでべらぼうに美味い。灯台のレプリカにくっついて建てられている——灯台と言っても機能しないし、水際ですらないが。

店に入ると島民たちが顔を上げ、笑顔で声をかけたり手を振った。バーカウンターは左手奥、うまく収めるために三日月に曲がっていて、右手側にはブース席やテーブル席がある。奥にはビリヤード台、昔のジュークボックス、地元民が演奏できるステージがあった。

空いたブースにオーランドと俺が座るとすぐ、ウェイトレスのパッツィがやってきた。

「あらあら、バーロウ兄弟じゃないの。昼と夜なみに正反対の」

俺はムッとした顔を見せないようにした。時々、人が平気で言ってくる言葉には驚かされる。そりゃ俺だって兄と自分を比較したが、自分でやるのと人から「オーランドともう一人」、しかも型落ち、と言われるのはわけが違う。

「こんばんは、パッツィ」とオーランドが挨拶した。

「どうも」と俺もつけ足す。

「ご注文は？」

テーブルの端で作り物のロブスターがメニューをかかげているが、俺たちにメニューは不要だ。

二人ともビール、そしてオーランドがニューイングランド〔※アメリカ北東六州〕人としてシーフードをたのむかたわら、俺はステーキにした。肉が好きだ。

「建物について、何か聞いたか？」

パッツィが立ち去ると、オーランドが聞いてきた。

「あんまり。弁護士の話だと、孫に連絡を取って、もうすぐその孫が来るってさ。ウィルマが、最低一年は俺に店を貸しとくよう条件を付けたことも伝えたって。身内に残したかったのはわかるけど、参ったね。安く貸してもらってたし、その孫がクソガキだったら、島には空き物件は全然ないし」

そうなると、本土に戻って誰かの店で働かなきゃならないかもしれない。そしたら引っ越しだ。ありかもしれない。もう、古傷は十分なめた。リトルビーチから逃げ出し、その都会からも逃げ帰った。そろそろしっぽを巻いてばかりじゃなく、何かに向かって真面目に将来を考える頃合いってことだろうか。

「どうなってもみんなで何とかするさ」いかにもオーランドな答え。「ハーフ・ムーン・ベイ・レーンに賃貸マンションが建つって話もあるしな。それが駄目でも、それか建つまでとか、父さんたちのところか俺とヘザーのところにいりゃいいよ」

二十六歳なら誰でも心に描く夢の未来だろう——故郷に戻っての実家住まい。本土から時々やって来る男たちもつれこめずに、ヤる回数は今よりなお激減だ。

「悪気はないけど、死んだほうがマシだね」

オーランドが目をくりっとさせる。

「そーんな大げさに言っちゃって」

「そーんな大げさに言っちゃってえ?」

俺は小馬鹿にして言い返した。兄の前だといつも十二歳の顔になる。

「ご機嫌斜めだなあ、スナックちゃん?」

ニヤつくオーランドへ中指を立ててやった。

「細胞のすみずみからお前が大嫌いだよ」

「俺もお前を愛してるぜ、弟よ」

顔がゆるまないようこらえた。ムカつく兄貴め。

パッツィがビールを持ってきて、話題は変わり、仕事や日常の話をした。クリスと妻のミーガンはどうしてるかなんてオーランドが聞くが、俺相手と同じくらい二人にも会ってるくせに。だが俺の頭には、ウィルマの孫息子のことがこびりついたままだった。ウィルマの人生に顔を出しもせず、祖母を気にもかけなかったくせに、遺産の話にとびついてリトルビーチに駆けつけるような男。すでに、そのクズ野郎が大嫌いになっていた。

3

マイロ

チェスターは変だった。そんなことを思ってはいけないのは知っている。ぼくも周りから変わっていると思われているし、わかっていてもどうしてそう思われるのかは理解できないのだけれど、でもチェスターは本当に変なのだ。

しきりに、ぼくをおかしな目で眺めている。しかも奇妙な口ひげがあって、やたらとそれをいじっている。ひげの先はくるっと丸まっていて……どうして？　何のために？　まるでアニメのキャラクターみたいだ。

でも一番神経を逆撫でされるのは、ウィルマ・アレンの建物を本当にほしいのか、ちゃんと扱えるのかと、幾度もぼくに確かめるところだ。

「ぼくを愚鈍だと思っていますか？」

しまいにぼくは、オフィスで向かい合って座る彼にそう聞いていた。この部屋は、放置された靴下とチーズの匂いがする。

チェスターは、完全に意表を突かれた様子で目を見開いていた。人はいつもそうだ。本音や本心をちゃんと言わない人ばかりで（やっぱりぼくにはそれが理解できないのだが）、そしてぼくが頭に浮かんだことをそのまま言えば、ありえないという顔で絶句し、唖然とされる。

皆が真実を言えば、世界の問題はもっと減るのに。

「は？　違いますとも」とチェスターは唾を飛ばした。

「あなたはもう五回、毎回違った言い回しで、ぼくの気持ちは確かなのかと確認しています。一回目は、初対面から二分三十秒経たずに。ぼくの知能が十分ではないと考えているからですか？　ぼくはたしかに、本屋を所有したこともタトゥパーラーを所有したこともありません。もっともタトゥパーラーはぼくの所有ではなく建物だけの所有になりますが。ええ、建物を所有したことも、そこで店を経営したり店舗を貸したり大家をしたこともありませんが、できますよ。もし何らかの理由でできなかったりやりたくなければ、あなたにご連絡します。あ、違う方に連絡するかもしれません、正直言ってあなたのことを好きかどうかよくわからないので。でも、誰かには連絡します」

チェスターはぼくを凝視して、乾きかけの魚のように口をパクパクさせていた。ウィルマ・アレンがこの男を選んだのか？　彼女が存命なら、その判断について物申すところだ——もちろん最大限丁重に。

「失礼しました、ミスター・コープランド」

「マイロです」

そこからは順調に進んだ。ぼくは読んでいない書類にサインするつもりはないので、たくさん聞いて、たくさん読んだ。その後でたくさんのサインもした。ぼくの携帯電話はしきりに鳴っていて、そのたびに画面に〈母〉と表示されていた。消音モードにする。ひっきりなしにかけてこられて集中できるわけがないのに。

「ウィルマ・アレンは家を所有していなかったんですか？」

全部すむと、ぼくはたずねた。その話は一度も出ていない。店の二階はアパートになっているが、そこにはタトゥの人が住んでいる。よほどウィルマ・アレンと仲が良かったのだろう。

「何年も前に売却して、それで店の建物を買ったんです。上の部屋にずっと住んでいましたが、男性のご友人と同居を始めて、そちらに引っ越したのです」

「愛人がいたんですか」

男性のご友人なんて、じつに間の抜けた呼び方だ。

チェスターがまた喉を詰まらせた。人々は、セックスのこととなると態度が奇妙だ。大量の体液を交換する行為だから、その点が気持ち悪いと思うなら理解できるが、問題にされているのはそこではないのだ。セックスについては誰も語りたがらない。人はセックスのことより、暴力について話したり目撃する方が好きなのだ。そういう記事は巷《ちまた》にあふれている。

「お二人の関係がどういうものなのか、私は存じかねます」とチェスターが答えた。

「なら本人に聞きます。その男性の名前と住所を書いてもらえますか？」

もう予定より長居しているし、これからリトルビーチ島へ向かわなければならない。リトルビーチ島なんて名前は変えたほうがいいと思うけれど。それに、泊まるホテルを見つけなければ。ホテルは大嫌いだが。

「名前と電話番号ならわかります」

「それでいいです」

持参したバッグに、チェスターからもらった書類を全部しまいこんだ。これで建物の住所、タトゥの人との賃貸契約内容、そのほか必要なものがそろった。次に渡された鍵には、一本ずつどこの鍵かラベルが付いていた。貼ったのがチェスターかウィルマ・アレンかはわからないけれど、ウィルマ・アレンがやったと信じることにしよう。ラベルはこの上なく便利だし、この分だと、彼女とぼくには何かしら似たところがあったのかもしれない。

「どうもありがとうございました」

手を出してチェスターと握手を交わした。もう会わなくてすめばいいが、また会うならこの口ひげを剃ってくれていますように。

エレベーターは好まないので、機会があれば階段を選ぶ。階段を下りると、雇った運転手が車を停めている駐車場に出た。ぼくの荷物は車のトランクの中味と、後部座席の数個の小さなバッグだ。新しく買いそろえることもできるけれど、慣れたものがいい。適応には時間もかかるし、ベッドはすでに順応を強いられている。身辺が落ちつけば自分のものを配送してもらうつもりだった。

「ミスター・コープランド、どうぞ」と運転手がドアを開けた。

「マイロです」

もう二度とミスター・コープランドとは呼ばれたくない。

車に乗りこむと、運転手がドアを閉めた。これからは車を呼ぶのにアプリのサービスを使ったほうがいいのだろうけれど、リトルビーチ島ではどのくらい選択肢があるのだろう。サンディエゴでは母の運転手がいたし、今乗っているのは空港の送迎サービス業者だ。毎回は使えないし、金銭的な余裕も多少の貯金もあるけれど、無駄遣いはしたくない。母からの援助も受けたくない。自力でできるところを見せたいのだから。

車内からの眺めは楽しかった。南カリフォルニア育ちのぼくには物珍しい。たくさんの崖、岩がちのゴツゴツした海岸、遠くに見える灯台。木々。

フェリーまでこのまま行って、荷物や向こうでのホテル探しのためにも、車ごと島へ向かう予定だ。船まであと少しのところで、ぼくはスピードメーターに目を留めた。

「制限速度を八キロオーバーしていますよ」

注意すると、運転手はハンドルをぐっと握りしめた。

「申し訳ありません」

こっちも謝りそうになった――自分の仕事を、できない相手から指図されるのはぼくだっていやだし。だが速度制限は理由あって設けられているものだ。ぼくもあらゆるルールを厳守するわけではないが、運転はストレスがかかるものだし、だから自分ではやらない。基本的な運転ルールも守れないのなら運転手以外の職に就くべきだ。

ついにフェリーに到着した。リトルビーチまでは幸い三十分で着く。海を越えて新生活へ……本屋とタトゥの人とぼくは住めないだろうアパートへ近づくにつれ、胃がキュッと固くなった。願わくは、タトゥの人がいやな相手ではありませんように。チェスターに会った後では、ウィルマ・アレンの交流相手選びのセンスには疑問符がつく。

どこかでくつろいでズボンを脱ぎたくてたまらなかったけれど、ぼくはホテル探しより先に、本屋の住所を運転手に伝えた。

車が停まったのは、ミントグリーンがアクセントカラーになった白いレンガの建物の前だった。正面にドアは二つ――一つは本屋の、もう一つはタトゥパーラーの扉。

　ぼくは座ったまま、ただ窓から眺めた。左サイドには〈コンフリクト・インク〉と書かれた看板があり、右サイドの看板には〈リトルビーチ書店〉とある。店名の両側には本の山が描かれていた。タトゥの人も同じ構図を使っていたが、本のかわりに、人間の肌に線を引く拷問器具が描かれている。

　あと、この店名はどういう意味なのだろう。矛盾する刺青《コンフリクト・インク》？

　どちらの店も正面は大きなガラス窓で、本屋のガラスの後ろはショーケースだが、どう見ても今は営業していない。

　建物の右手には石畳のエリアがあって、めっぽうかわいい。ウィルマ・アレンはそこにテーブルを出したりしただろうか。お客さんが外に座って読書やおしゃべりをするのにとてもよさそうだけれど。

　無言を貫く運転手からはぼくへの怒りを感じたし、彼はさっさとトランクからぼくの荷物を下ろしはじめた。時々まったく理解が追いつかないのだ、人々がどうして怒るのか。運転手を怒らせたかったわけではないけれど、スピード違反をしたのは彼だし、どうしてぼくが責められるのだろう。

　どうやら、この車でホテルに向かうことはできないようだ。別にいい、どうにかなる。ぼくだってこの運転手は好きでもないし一緒にいたいわけでもない。

ぼくが車から降りて後部座席から残りのバッグたちを引っ張り出すと、運転手は何かぼそぼそ呟いて車に乗りこみ、走り去った。歩道に立ち尽くすぼく、歩きすぎる人々、あたりを包む海の香り、ああ、今すぐどうしてもズボンを脱ぎたい。

でも愛らしい町だった、ポストカードのようだ——メイン通りにはいかにも海辺の建物が並んでいる。アイスクリーム屋、レストラン、お店。

ここで育つ母を想像してみたが、しっくりこなかった。母はカリフォルニアっぽすぎる。今頃ぼくの携帯電話をいっぱいにしているだろうが、ぼくはまだ〈おやすみモード〉にしたままだった。

書店の入り口まで荷物を少しずつ運んだ。レイチェルという女性の電話番号をもらっている。ウィルマ・アレンの店で働いていた女性で、きっとぼくの店でも働いてくれると思う。リトルビーチ書店はウィルマ・アレンが亡くなってからずっと閉まっていた。

荷物が……たくさんあって、手に余る気もしたが、気付かないことにした。すべてを集め、足の踏み場もなくなったところで、ぼくはもそもそとポケットから鍵を取り出し、一つずつラベルを読んで、ついに正面扉の鍵を見つけ出した。

誰もがすべてにラベルをつけるべきだ……ぼくはつけていないけれど。でも、周りがそうしてくれるととても助かる。

鍵を差しこもうとした時、声がした。

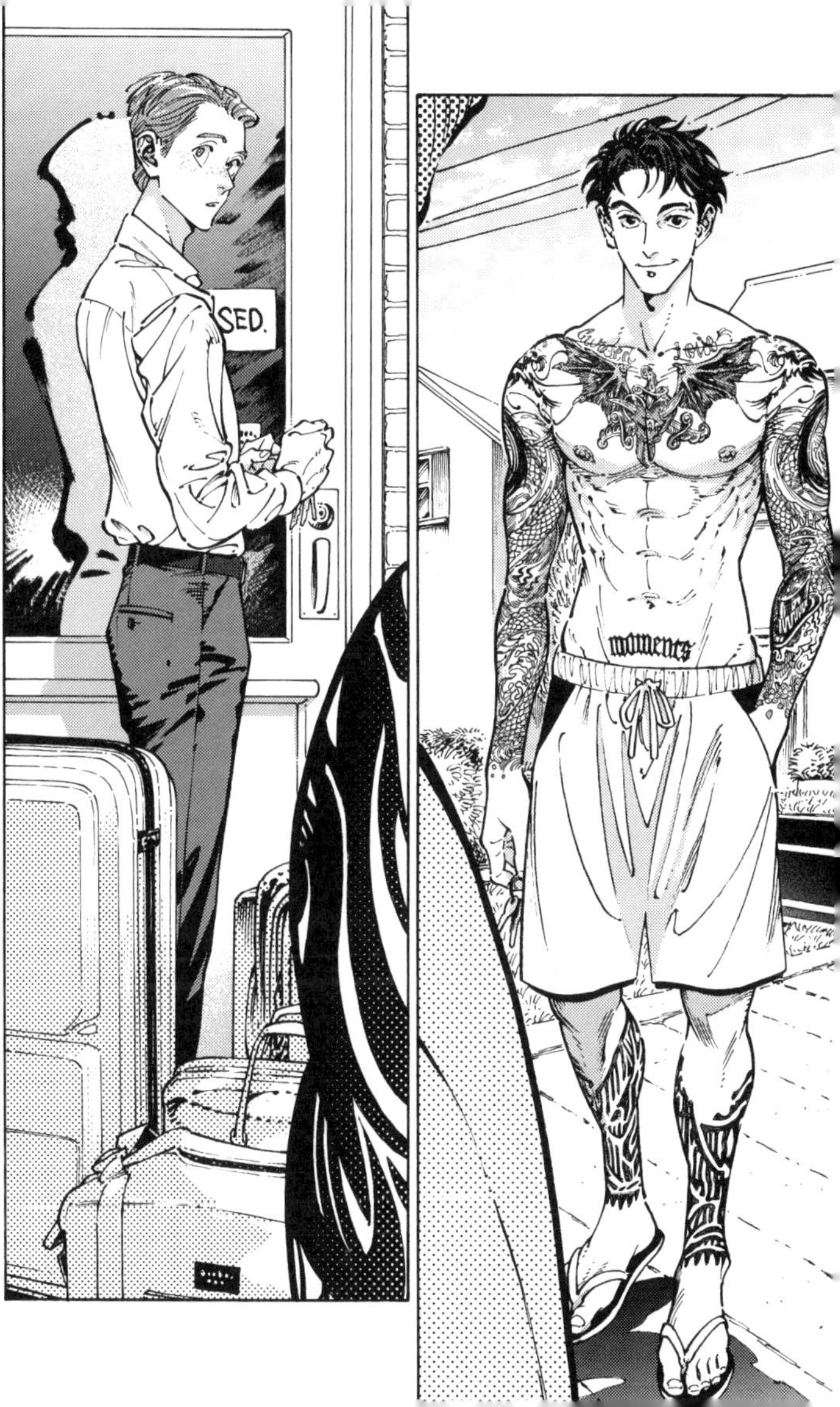
SED.
moments

「おっと。きみがウィルマの孫息子かな」

振り向いた瞬間、タトゥの人だ、と思った。ぼくがラベルを好きな以上に彼はタトゥが好きで、あちこちにある。両手首から上にかけてドラゴンやランダムな模様と、あれは……シルクハット？

彼は短パンとビーチサンダル姿で、このビーチサンダルというのは最悪の発明品の一つではないだろうか。指の間に何かをはさんだままどうやって歩き回れと？　この拷問器具は不愉快な上に馬鹿げていると思うが、彼の足はいい足だった。そこは評価してあげたい。

ふくらはぎや脛にもまだタトゥがあったが、しゃがまないとよく見えない。

バスケットボール選手のユニフォームのようなナイロン製の短パンだが、バスケットボール選手には見えない。選手には特定の見た目があるだろうか？　また先入観で判断してしまっただろうか。避けるよう心がけているのだが、本気で努力しても断つのが難しい――そしてこのままではぼくが勃ってしまいそうだ。タトゥの人を見つめたままでは。

目をそらす？　いいや。まずはピアスに目がいく――唇と瞼と耳。痛くないわけがないのにと、ぶるっと震えた。素敵な唇だとは、もう言ったっけ？　素晴らしい見事な口元だ。ワルっぽいタイプにこれまで興味はなかったけれど、彼がセクシーなことは間違いない。

「ほかの誰かが鍵を持っているんですか？」

どれだけか、長々と見つめていたことに気がついて、ぼくはそう口走っていた。

「んん？　いや。俺ときみしか持ってないはずだ」

「だってあなたは、『ウィルマの孫息子かな』とぼくに聞きましたよね、単に『どうも、ウィルマ・アレンの孫息子』と——ぼくの名前はまだ知りませんから——挨拶してもいいはずなのに。そう確認されたので、ほかに誰かが鍵を持っているのかもと推察したのです」

彼はぼくを見つめて黒い眉を寄せ、言葉と反応に迷っている顔だった。こういう態度には慣れっこだが、何か聞き返すことも頭が二つあるようにぼくをぽかんと見ることもなく、彼はただゆったりと気怠い笑みを浮かべて、言った。

「やあどうも、ウィルマ・アレンの孫息子。俺はギデオン・バーロウだ。きみの店の隣のスペースと上の部屋を借りているよ」

彼は手を差し出し、ぼくらの間には荷物の海で、何だろうこれは、自然に流れに乗る彼が信じられなかった。たとえ受け入れる人でも、ぼくをいぶかしむ目をするのに、タトゥの人にはそれもない。

ぼくの視線が彼の手に落ちた。力強そうないい手で、血管がたくさん見える。血管にそそられるなんて、自覚したこともなかった。これが初めてだし。血管がエロいなんてそんな変なことがあるのか。

タトゥの人が手を下ろした。しまった。間が空きすぎたのだ。ぼくが手を出さなかったのを失礼だと思われただろうし——。

「あなたはとても魅力的ですよ」

　その言葉が出た瞬間、自分の口を押さえた。どうして言ってしまったんだろう。そう真実は大切だし、もっと誰もが本音を言えばいいけれど、そんなぼくでも、険悪になったりぶん殴られるのは避けたい。空手は得意だから（母が自衛として習わせたのだ）何かされる前に彼をどうにかできると思うけれど、そんなことはしたくない。暴力は苦手だ。

「ぼくを殴らないでいただけるとありがたいです。称賛する前に、あなたが同性愛嫌悪症《ホモフォビア》ではないか見きわめておくべきでしたし、そもそもこの呼称は如何なものでしょう？　同性愛侮蔑《ホモジャッジメン》症《タル》などと呼ぶべきかと思います、それか、ええと、単に愚か者《バカ》とかでも？」

　どうしよう、口が止まらない。

　タトゥの人はまたゆるい、気怠げな笑顔になった。こなれた笑い方だ。随分練習を積んだに違いない。

「きみを殴らないと約束するし、俺は間違いなくホモフォビアではないよ――昔は少し苦い思いをさせられたくらいだ。それとありがとう、きみも魅力的だ」

　待った。彼は今……もしかして……。

「苦い思い？　つまりあなたは……」

「そういうこと」彼は腕組みした。「きみこそそれを聞いて俺を殴ったりしないよな？」

「は？　まさか！」言った後で、ジョークだと気がついた。「今こそ、握手をするべきではないでしょうか」

「いい考えだ」

もう一度、彼は手を出してきて、自己紹介をくり返した。

「俺はギデオン・バーロウ」

「ぼくはマイロ・コープランドです。ミスター・コープランドとは決して呼ばないでください、いやなので。でもぼくは時々、あなたをタトゥの人と呼んでしまうかもしれません。あなたがいやなら控えるようにしますが、ぼくの頭の中でずっとあなたをそう呼んでいたので、ギデオンと呼ぶのに慣れるには少しかかります。それに、あなたにはタトゥがたくさんありますからね」

彼が大きな笑い声を立てた。人によってはぼくを笑っている気がする時があるのだが、タトゥの人にそんな感じはまるでなかった。ギデオン。

「風変わりなお名前ですね」

「よく言われるよ。きみの頭の中に、俺はそんなにいつもいるのかい？」と彼の右唇が上がる。

ぼくは眉をひそめた。

「はい？　そんなには……あっ」

ポルノでこんな会話をしている時は……。

「これってぼくの気を引こうとしていますか？　わあ。そういうことだと思うんですけど、そう思うのは変ですね、あなたのことを知らないのに――たしかにあなたが魅力的だとは言いましたけども、驚きです。誰かに気を引こうとされたのはきっと初めてだと思います。それとも、ただの気さくな会話でしたか？」

「正直はっきりしない」タトゥの人はあっさり答えた。「気さく、かつ気を引こうとしてる？　気さくチック？　自然にこうなってた」

ぼくらの間を荷物の海が隔て、ぼくはいきなりの暑さを感じた。さすがだ、素敵なイケメンは天気も過剰にする。これはぼくにとって問題になりそうだ……やることが山積みなのに。タトゥいっぱいの魅力的な男がぼくの部屋に住み、隣に店があるということに気を取られている余裕はない。

「いずれあなたとはお話をするべきだと思いますが、今は本屋が見たいのです。それと、チェスターの話では――ご存知かわかりませんけどおかしな人ですよ――ウィルマ・アレンには愛人がいたようだと。その人に電話をかけたいのです。彼について何かご存知ですか？」

「ジーンか……いい人だよ。きみのおばあさんをとても愛してた」彼は視線を遠くへ向けた。「お悔やみを言わせてくれ。まず最初に言うべきだったな。素晴らしい人だった。俺にとても良くしてくれたんだ。その辺でのんびり何時間も話しこんだものだよ。ウィルマの唯一のタトゥも俺が入れたんだ」

ぼくは目を剝いた。

「ウィルマ・アレンはタトゥを入れていたんですか」

「そうだよ。ピンク色のチューリップが二輪」

口を開けたが、言葉が出てこなかった。やっと囁く。

「それは、ぼくの母が大好きな花です」

「なら、きみたち二人を思って入れたんだな」

そうなのかもしれない。もう知ることができないのが悲しい。どうして祖母は娘を育てなかったのか、二人の縁が切れずにすむ道はなかったのか、わからないことが悲しい。心が……少しスカスカになったような、うつろな感じがした。まるで知らないうちにぼくの中にウィルマ・アレンの形の穴があって、今初めてそれに気付いたように。

「それとホテルにチェックインしなくては。車の手配も」

大抵の人と違ってタトゥの人は、ぼくの話題がいきなり飛躍しても面食らいもしなかった。単にひとつうなずく。

「じゃあ俺は戻るとしよう。いつもどこにいるかは、わかるよな」

ぼくをじっと見てから、またあの笑顔を見せ、彼は隣のドアへ向かった。

4

ギデオン

マイロは全然、クソガキじゃなかった。じゃあどんな相手かというと言い表しづらいが、会話が終わって数時間タトゥの作業をした後でも、俺はまだマイロのことを考えていた。そうしながら、ずっと笑顔でいた。こんなことは初めてだが、きっとマイロなら大勢にそんな影響を及ぼしてきたはずだ。

そのタトゥを仕上げるのにさらに一時間かかった――炎とドクロ。作業しながら会話はしていたが、俺の意識は隣の店に向いていた。マイロのことは何も知らない。マイロの母親のことなら、島民はもちろん知っている。彼女は両親が亡くなると、十八歳で島を出てそれきり戻らなかった。そしてウィルマが亡くなり、実の娘がいたことがわかった――それがマイロの母だと。ウィルマは娘のことを俺にも、知る限りほかの誰にも、話していなかった。

マイロは店を続けるのだろうか？　あの荷物の山からして滞在するのだろうが、何ヵ月かここに残って売却するとか？　それかこっちの店を違う用途に使いたいと言い出して、俺は店を失うとか。それが怖い。だが……。

（あなたはとても魅力的ですよ）

いや今は確実に、あれを反芻《はんすう》してる場合じゃない。

「そのご機嫌な顔は何だい？」

タトゥを入れている相手、マリオに聞かれた。

「ご機嫌な仕上がりだからさ」

そう答えたが、本当はマイロの告白のせいだ。まさに不意打ちだったが、楽しい予想外だった。

今マイロは何をしていて、あの大荷物でどうやってホテルまでの車を見つける気だろう、と思った。少しくらい興味をそそられたって、仕方ないだろう。何しろめちゃめちゃ気になる男だ。

なのでマリオが帰ると、俺はフレディにもう上がると告げてから隣へ向かった。どうせマイロはもういないかもしれないが、確かめずにはいられない。彼には、リトルビーチにこれまでなかった新鮮さがあった。それどころか俺の人生でも初くらいの。俺の店を潰せる立場の相手にそんな興味を抱くなんて、いかにも俺らしいめぐり合わせだ。

ギデオン・バーロウのいつもの人生。

ガラスごしにのぞくと、中にマイロがいた。荷物をドアのそばに残し、彼は一番手前の通路を行ったり来たりしていた。腕をあちこちに振り回しながら手をせわしなく動かしている。電話の最中で、しかも、とても不満そうだ。誰だか知らないが、相手は言葉の洪水をたっぷりくらっている様子だった。

入っていいか迷うところだが、もし俺が力になれることなら……。

俺はガラスを軽くノックしてドアを少し開け、隙間から首をつっこんだ。

「ぼくは二十四歳の成人ですから——」

マイロの視線がぐるっとこちらを向き、俺と目が合った途端に足が敷物の端に引っかかって、前によろめいた。俺は支えようとドアを開けてとび出しかかったが、遠すぎたし、必要もなかった。マイロはバランスを取り戻し、しわでも付いたかのようにシャツをのばしながら続けた。

「タトゥの人が来ました。もう切ります」

電話を切る時にも、相手はまだ何か言っていた。

「母親かい？」

俺は聞きながら両手をポケットにつっこんだが、それは緊張の証で、おかしな話だった。緊張する理由なんかないだろう。

「何故ぼくが誰と話していたかわかるんですか？」

「俺にも母親がいるからさ。ありがたい存在だし、誰より愛してるけど、でも母親ってのは時々……」

「過剰？　過保護？　人を子供扱い？」

俺はクスッと笑った。

「そういうこと。その全部だ」

「母のせいでどうかしそうです！　時々ぼくはただ……うん、ただどうしたいのかは、自分でもわからないのです、これは心の叫びですから。あれは愚かですからね」

興味をそそられて、俺は壁にもたれて腕組みし、聞き返した。

「何が愚か？」

「心です。あれはやけに複雑で、必要以上に事態をややこしくします。少なくとも、ぼくが周囲を観測した限りではそうです」

胸にずっしりと苦しい重さが生じた。マイロが言うことはよくわかる。この器官は、俺の人生でも厄介の種だった。

「ああ、わかるよ」

「何をしに来たのですか」といきなり聞かれる。

「直球だな」

マイロは眉根を曇らせた。

「そういうつもりは……失礼な聞き方でしたか？　来た理由を質問したのであって、あなたが邪魔だから言ったのではないのです。歓迎しているという意味でもありません。あなたのことをよく存じ上げないので」

俺は微笑んでいた。何というか。この男、とにかく気になる。

「いいや、失礼じゃないよ。そうやって思ったことを言うところ、俺はいいと思う。俺が来たのは、手伝えることがないかと思ったからさ。この店をどうするつもりかは置いといて、とりあえずホテルまで足が必要だとかそういう、アレなら、力になれるよ」

本当のところは、今日だろうといつだろうと力になるよと言いたかったのだが、いきなり筋道立った言葉が出なくなってしまった。

マイロがちょこっと首をかしげた。短い髪はとび色で、隙なくなでつけられている。俺みたいに指で髪をぐしゃっと混ぜたりはしない。動揺した時も、髪をいじる以外のことをするのだろう、と何となくわかる。彼の鼻先と頬にはそばかすが散っていた。大きくてくりっとした目はうららかな春の空の色。そしてどうやらその目は、俺の内なる詩人を叩き起こすらしい。こんな形容、いつもは考えもしない。

下唇を噛んだマイロには、無自覚な色気があった。思考し、分析し、俺を見きわめようとしている。きっと世界全体に対しても同じ目を向けて、対象を様々な箱に分類していくのだろう。型にはめるという意味ではなく、整理整頓して把握するために。

「ぼくはとても空腹です」マイロが言った。「それに以前、ぼくは〝帽子が落ちると《たちまち》〟空腹から立腹に変わってしまうと言われました。おかしな言い回しですよね？　帽子はそんなによく落とすものでしょうか？　どういう由来なのでしょう？　今夜調べて、次にお目にかかったら報告します」

腹に、なじみのない浮かれた感じがはためいた。何かこれは……幸せ？　楽しさ？　わからない。マイロはとにかく愉快な相手だった。

「今調べようか」と俺が携帯を取り出すと、マイロは首を振った。

「調べるのは夕食の席にしましょう。ぼくは今じりじり立腹に近づいていますから。歩いてもいいのですが、どこに行けばいいのかわからなくて」

目にぱっと、追い詰められたような光がよぎって、まったく知らない町にいることに今さら気付いて途方に暮れたように見えた。

「食い物なら俺の得意分野だ。どっさり平らげるぞ」

「それにしてはいい体です。食べ過ぎの様子は見受けられません」

「この使い古したやつが？」俺はウインクした。「気に入ってくれてありがとう、新陳代謝がいいんだ。鍵をかけて、行こうか」

「荷物は置いていくほうがいいですか。ホテルに送ってもらう前にここに戻りますか？」

「夕食は歩きだからな。荷物は後で取りに戻ろう」

マイロが俺とすごしてくれて、夕食の後も宿泊場所まで送らせてくれるのがうれしかった。世話をしているのは俺のほうなので、俺がありがたがる筋合いじゃないのかもしれないが、マイロにとってはかなり珍しいことのような気がした。もしかしたら、どうしてか、信用されたのかも、とか。

マイロはうなずき、携帯電話をポケットにつっこんで鍵を手にした。俺は外に出て、戸締まりするマイロを待つ。

並んで歩きながら、お互いしばらく何も言わなかった。ちらほらと人が出ていて、声をかけたり俺の名前を呼んだりしながら、全員がマイロを見ては誰だろうといぶかしんでいた。マイロの母とウィルマ・アレンとの裏事情を勘ぐっているのかもしれないが。ベバリーは自分の娘だと、ウィルマが秘密にしていたのはどうしてなのだろう。

「皆さん、とてもこちらを見てきますね」

マイロの言葉に、俺は笑った。

「きみが見慣れない顔だからさ。小さな町はそういうもんだ。どこから来たんだ?」

「サンディエゴからです。あなたはどうしてビーチサンダルを履いているんですか?」

不思議なほうに話が飛んで、俺はぱっと彼を見た。

「どうしてかは……どうしてだろうな。いつも履いてるわけじゃない。俺の足は見苦しいかな?」

マイロは肩をすくめる。

「いいえ。一般的な足という観点から判断しても、いい足です。足にあまり興味はありませんが、あなたの足に、はなはだしい欠点は見受けられません。別にビーチサンダルを履いている人を見たのが初めてというわけではないのです。頻繁に見ていますが、理解しがたいので。酔狂だと思うのです……人前で足を見せるということが。それに指の間の、そこ、とてもなく不愉快では？」

「はなはだしい欠点は見受けられないって。足を見せるのが怖くなりそうだよ。言っとくが、昔、足の指フェチ男と寝たことがあるが、俺の足の指はとりわけセクシーだと言われたんだぞ」

「すごい話ですね！　その人は足の指に何をするんですか？」

　マイロは目を大きくして、考えも及ばないというように俺を見た。興味津々だが、少々嫌悪感もあるかもしれない。

　しまった、うっかり口が滑った。

「きみは知りたくないと思うよ」

「知りたいです」即答だった。「あなたがいやではなければ、ですし、聞けるよう願いますが。だって……足の指」

　俺はまた笑い出していた。

「第一にだ、他人の性癖を見下してはならない。そして第二に……あー」

　髪をぐしゃっとかき回し、俺はいきなり恥ずかしくなっていた。いつもは縁のない気持ちだが、相手がマイロだとこうなってしまうようだ。彼のほうを見た。まだ歩きながら期待のまなざしでこっちを見ていて、参った、これはがっかりさせたくない。

「あいつは、足の指をしゃぶるのが好きだった。ほかに何をするって言うんだ」

「わかりません。あなたは魅力的ではありますが、でもぼくは一考の余地なく、あなたの足の指をしゃぶりたくはないですね。あなたはそうされるのが好きでしたか？　いつも相手の男性に同様の行為を求めますか？　あなたも彼に同じことをしましたか？　気持ち悪くはありませんか？」

「ほらほら、話が脱線してる」俺はレストランを指した。「あそこが目的地だ」

ところがマイロは動かなかった。根が生えたように止まっているので、俺も足を止めた。マイロは小首をかしげていて、この話題を切り上げるつもりがなさそうだというのは一目でわかった。

「ごめんなさい」とマイロが言った。「でも、足の指はぼくの性癖ではないですし、あなたの性癖かどうかわかるまでここから動ける気がしません。批判などするつもりはなく、ただ、ええと、どうしてでしょう。知らずにはいられないのです」

アイスクリームを盛ったコーンを手にした女性と娘が通りすぎながら、こいつらは何なんだという目を向けていく。俺もそうは思うが、むしろ愉快だ。息をついた。

二人が安全範囲まで充分遠ざかると、俺は言った。

「いや、相手にそういう行為は求めないし、俺はあれでは興奮しないが、恋人を興奮させることが俺のツボなので、彼があの行為に熱中して欲情することが俺にとっても刺激になった。いや、お返しに同じことはしていない。それと、俺は二度と、決して、きみの前でビーチサンダルは履かないよ。俺の足の指が恥ずかしがって隠れたがってる」

足の指を下側に丸めた。

初めてマイロの笑い声が上がった。話す声と同じように、それはなめらかで澄んでいて、はじける幸せの音が俺まで幸せにする。

マイロがレストランへ向かって歩き出す。俺はそれを追った。

「そんなひどい指ではありませんよ」

「俺もさっきまではそう思ってたさ」

「ぼくが本当にあなたの自信を失わせてしまいましたか、それとも冗談を言っていますか？」

俺は肘で彼をつついた。

「冗談だよ」

「どちらなのか判断がつかないことがあって」

「あー俺もだ。人の話し方って時々わかりにくいよな。別におかしなことじゃないさ」

また、マイロがまじまじと俺を見た。隠しもせずあからさまに、じっと集中し、唇は少し下に曲がっていたが不機嫌ではなく当惑の顔で、何かの答えを探しているような表情だと、俺にはわかる。

「あなたは、ほかの人と違っていますね」

「そいつはきみもそうじゃないか？」

「ええ、でもぼくは、ほとんど誰からも変わっていると言われます。あなたも周りにそう見られていますか？」

その質問に、俺の思考が軽くつまずいた。マイロは、普段なじみのない向きから物事を考えさせてくれる。

「イエスでノーだな。俺は家族の中では浮いてる。似てないんだ。加えて、子供の頃から一人だけの同性愛者《クィア》だったとか、そういうこともあった。でも、きみが聞いてるのはそういうことじゃないんだろうな」

「ええ、違います」とマイロが首を振った。

続きがなかったので、俺も何を言えばいいのかわからず、ライトハウスへ向けて手を振った。

「きみが立腹になる前に店に入ろうか？」

マイロがはっとした。

「おお……空腹について腹が立っているのを忘れていました。どうして思い出させたんです？」

「じゃあ急ごう、手遅れにならないうちに」

俺はマイロの肩に手を置くと、ドアのほうへ誘導した。

マイロがクスッと笑い、ドアを開け、二人で中へ入った。

数歩目でいきなり彼がぴたっと止まったので、俺はぶつかってしまった。

「おっと、悪い」

「ここは、少々騒がしいですね」

　俺には騒がしく思えなかったが、そのうちそうなるのはたしかだ。

「うるさすぎるか？　ほかの店でもいいよ」

「いいえ、大丈夫です。早めにすませても？」

「別のところに行こう」

　マイロに居心地の悪い思いはさせたくなかった。

「いいのです。優しさからの提案だということは承知していますが、ぼくは大丈夫と言いました。信じてください。大丈夫でない時は申告します。ぼくの言葉を信用してほしいのです。ぼくのために周りが気を使ったり無理をするのがいやなので。限界だと思えば、ぼくは自分でそう伝えます」

　無理をしようとしたわけではないが、俺の表情にそのひるみが見えたのだろう、マイロが付け足した。

「思いやりだとわかっています。ただこれは……ぼくにとって大事なのです」

「そうなんだな。了解」

　マイロが目に見えてほっとしたので、正しいことを言えたのだと、不思議と誇らしい気持ちになった。俺はよく言葉をしくじってしまうので、そんな自分が、知らないうちに参加していた挑戦で思わぬ勝ち星を挙げた気分だ。

「席にもつかずに通せんぼか？」

すぐそばからなじみの、ふざけた声がかかったが、それにマイロがきっと体を固くした。

「スペースなら十分にあります。ぼくたちは通行を妨害してはいません」

背すじをのばし、腕組みし、顎を上げて、マイロが反論する。クリスの冗談口調とはまるでかけ離れた語調だった。

クリスとミーガンがマイロを見つめ、それから俺を見た。くそう。この親友に会いたくない時などまずないのだが、どうしてか今夜はそんな気分だった。

「そういうつもりじゃ……この人は冗談を言っただけなの」とミーガンが説明する。

「そう……変わった冗談ですね。出来が良くない」

マイロの返事に、俺は頬の内側を嚙んで笑いをこらえた。

「マイロ、こいつは俺の親友のクリスだ。自分では笑いのセンスがあるつもりだが、本当は残念だ。こっちはクリスの結婚相手のミーガン。彼女のほうがセンスはいいけど、クリスに同情してるんだよ」

「はっはっは」

クリスが俺の肩に腕を回すと、ふざけてヘッドロックをかまそうとしてきた。俺は突き放す。

「二人とも、彼はマイロだ。リトルビーチ書店の新しいオーナーだよ」

俺の店の家主でもあるが、それは言いたくない。

二人の目に理解の色が宿り、それが好奇と警戒の色に変わった。あの建物をどうするつもりか、まだ誰にもわからないせいだ。皆、島の土地には保守的だ。見てくれ優先で観光客だらけの島にはしたくないのだ。

「はじめまして」とミーガンが言った。

「今から食事なんだ」と俺。

「一緒に座らないか？」とクリスが誘った。

「やめとくよ」

俺は急いで断り、マイロがほっとしたのに気付いたが、別に彼のためじゃない。もっとマイロのことを知る時間がほしかった。

「すぐ引き上げるからさ。マイロをホテルまで送っていくしな」

クリスが眉間にしわを寄せたが、じゃあ、と言った。お互い店の逆側に座る。ブースに入った途端にマイロが言った。

「あなたのお友達は変わっていますね」

「だろ。でもいいやつなんだよ」

俺はロブスターが掲げるメニューをつかんで、マイロに手渡した。

「ぼくがベジタリアンだということを申告するには今が最適のタイミングでしょうか？」

「いらっしゃいギデオン、このお友達はどなた？」

ダリアが声をかけてきた。俺とは高校の同級生で、パートタイムでここのウェイトレスをしている。

「友達ではありません」

マイロがそう答えたものだから、ぽかんとしたダリアの目がこぼれ落ちそうになっていた。

「おっと、また俺の心が傷ついてしまうぞ」と俺はからかった。

「この先も友達にならないという意味ではありませんが、ぼくたちはただ……さっき会ったばかりなのです。まだお互いをよく知りません」

マイロはダリアを見上げた。

「ぼくの祖母はウィルマ・アレンです。彼女が、彼の住まいと仕事場のある建物をぼくに遺しました」

そういえばさっきから、マイロは祖母を毎回フルネームで呼んでいた。会ったことのない相手だからだろうか。客観視しようと？

「お悔やみ申し上げるわ」

「いいんです。知らない人ですし。知り合えていたらと思いますが。もうすぐ、彼女の愛人と話をする予定です。彼女についてもっとわかるのが楽しみですね」

マイロはごく率直にそう並べた。

俺はニヤッとする。

「あら……それは……そうなの……。飲み物は何にしますか？」

「ぼくは水だけでいいです。とても空腹なのでもうサラダを注文していいですか？　野菜のみでお願いします。肉は入れずに。チーズは入っていてもかまいません。サイドメニューは……うーん……フライドポテトで。それかモッツァレラスティックか。一緒に食べますか？」

彼の目が俺を見た。

「いいね」俺はダリアのほうを向く。「俺はチキンクラブサンドを」

「わかった。すぐに持ってくるね」と言って、彼女は引き上げていった。

「あの人はジーンと仲が良くないんですか？」とマイロが聞いた。

「いや、きっとジーンを『ウィルマの愛人』と言われてドギマギしたんだろ」

マイロは肩をすくめた。

「でも、そうでしょう？　ボーイフレンドと呼んでもかまいませんが、あの二人にはそれも合わない気がします。何にせよ、それはどうでもいいですね。明日、彼と会いますし。もう言いましたっけ？」

「いや、聞いてない」

「本屋のスタッフだったレイチェルとも会って、営業再開の計画を立てます。学ばなくてはならないことがたくさんありますけど……」

「じゃあまたあの店を開くのか？　島に残って？」

今の話がほぼ裏付けだというのに、俺は息を詰めてマイロの答えを待っていた。

「無論です。あの店はウィルマ・アレンの夢ですから。それにぼくは、会計士の仕事を好きではないのです。自分だけの特別な何かを見つけられていない気がしています。何よりもそれが大切、というようなもののことです。きっとぼくは、この世界で自分の居場所を探しているのでしょう」

「きみも、俺もだな」

俺はそう答えたが、マイロがそんなことを言うのは何だか意外だった。マイロは自分というものをよくわかっていて、そういう自分でありつづけ、ほかのことは気にしていないようだったからだ。

「あなたもですか？」

「そうさ。ま、俺はタトゥが大好きだし、この先もずっとタトゥを続けていきたい。自分の店も愛してる。ただ、仕事以外となると……」俺は肩をすくめた。「迷子さ」

マイロが大きな笑顔になった。

「ぼくらで一緒に探せるかもしれませんね」

肌を鼓動が震わせる。そうしてみたい。

「たしかに、そうだな。でもその前にまずきみが、俺と友達になれるかどうか決めてくれないと」と俺はウインクした。

「現在審議中です。近日中にお知らせします」

マイロの頬がゆっくりとピンク色に染まっていった。

これは、どうあってもイエスと言わせたい。

5

マイロ

このホテルは大嫌いだ。もし誰にも危害が及ばず逮捕されないなら、燃やし尽くしたいほどだ。絶対確実、万に一つも逮捕されないならだが——だって、刑務所で生きられる気がしない。誰にも危険がない点も大事だ、人を傷つけるなんて考えただけで吐きそう。とにかく言いたいのは、ここは史上最悪のホテルだということだ。

それだけが頭にこびりついた状態で、ぼくは本屋に送ってくれるギデオンの到着を待っていた。

ギデオンを思うと、顔が燃えるようになって、胃までその熱が下りていく。ギデオンは優しい。昨日の夜はライトハウスでおしゃべりし、約束どおりにギデオンが早く切り上げたのでレストランが混む前に出てこられた。もう出ようとぼくが言っても、勘定を別々にしてくれと言っても、ギデオンは反論しなかった。デートではないし友達になれるかも判断中なので、払おうと申し出たギデオンに甘えることはできなかったのだ。

会話は途切れず続いて、本屋へ歩いて戻り、ぼくの荷物をギデオンの車に積みこみながらまだしゃべっていた。ぼくをホテルで降ろすと、彼は朝に迎えにこようかと言ってくれて、そう、それもこのホテルの難点なのだ。本屋からあまりにも遠い。送迎サービスをたのんでもいいが、リトルビーチほど小さな島でどれほどたよりになるか、選択肢が十分あるかはわからない。

携帯電話がうなって、見るまでもなく母だとわかった。勘の正しさがすぐ証明される。

〈まだ私を無視するつもり？〉

ぼくは顔をしかめた。

〈無視などしていません。後で話すと言いましたよ。今はタトゥの人が迎えに来るのを待っているんです。そういえば！　ウィルマ・アレンには愛人がいたんです！　今日、その人とも話をします！　お母さんには今夜電話します。約束です〉

間髪入れず返信が来たのには驚かなかった。

〈そのタトゥの人と何があったの。彼の本当の名前は？〉

ぼくは溜息をついた。

〈ギデオン・バーロウです。ぼくは自分の面倒は自分で見られます〉

そしてスリーピー・アイランド・ロッジの前に黒い車が来るのを見たぼくは、自然と笑顔になっていた。肩にバッグをかけ、歩いていって車に乗りこむ。

「ここの朝食は悲惨です。ありえますか？　今朝はオムレツでしたが、オムレツなのに壊滅的でした。ありえますか？　食べたことありますか？　完璧なオムレツはたしかに困難ですが、今朝のオムレツはまるでゴムです。卵がゴムのようだなど、あってはならないことでしょう」

彼がこぼした深い笑い声に、どうしてか心がなごんだ。

「俺は〝立腹マイロ〟の危機にさらされてるのかな？」

「そうです。〝睡眠不足マイロ〟の危機でもあります。ベッドはきしむしマットレスが固すぎます。それに夜間、とてもうるさいんです。いつまでも廊下に足音や笑い声がして。眠ろうとしても眠れなかったので、読書してから眠ろうとしました。うまくいきませんでしたが。ほかのホテルを探さなくては。耐えられる気がしません。むしろ借家を……もしくは部屋を探さなくては。ぼく一人に家一軒は空間の無駄ですし。どこかに空いた部屋はないでしょうか」

タトゥの人はもう車を出して走らせていた。眉を寄せる。

「正直、この島で空き部屋はなかなか出ないよ。でもそれなら、きみの部屋はもうあるだろ」

「そこにはあなたが住んでいます」

「きみの部屋に変わりはない。きみがホテルで眠れない間にのどかに部屋に居座るなんて、図々しすぎるだろ。空き部屋を探す苦労をさせたりさ」

「あなたの住む場所をぼくが奪うことだって図々しいですよ。住んでいるのだから。唾棄《だき》すべきことです」

ぼくは彼の目から視線を下にそらして――。

「ああ！　靴を履いていますね！　ぼくのせいですか？」

彼は黒い眉を片方上げて、道に目を戻した。

「昨日も靴は履いてたぞ」

「あれは靴ではないでしょう。足指拷問器です。こうして爪先がスニーカーに守られていると安心では？　あなたの足の指が見目悪いという意味ではないですよ、でもその話はすんでいますね。そうだ、〝帽子が落ちると《たちまち》〟の語源は十九世紀に遡るもので、決闘の開始の合図でした。帽子を落とした合図で撃つんです」

「なるほど、納得だ。これまで知らなかったのが意外なくらいだ」

「ぼくもそう思ったんです！　知らなかったなんて信じられないって」

「これで覚えたな」

彼の手が短パンの下の太ももをかいた。ぼくが穿いているものより、ぶかぶかすぎない程度にゆるい短パンだ。丁度、立つと下着のゴム部分がチラッとのぞくくらいで、それってとてもエロいのでは。

タトゥの人が手を振った。

「おーい、地上に戻っておいで、マイロ」

なめてみたいなんて思っていた彼の太ももから、ぼくはさっと視線をそらした。しまった、ずっと見つめていた……涎《よだれ》はこぼれてないだろうか？

「はい？」

「ましな朝食を食べにどこか寄ってくか？」

ぼくは首を振った。

「自分でできます。歩ける範囲に何があるかたしかめたいので。決めないとならないことがたくさんあるし、たよりきりになりたくないのです」

ぼくのすることリストは、本屋のことからウィルマ・アレンのことから住む部屋や移動手段まで果てしなくのびつつあったが、サンディエゴだったら、必要もないのにそろそろ母がのり出してきて仕切り出す頃だ。

タトゥの人はぼくらの店の裏、昨日と同じところに車を入れた。

「そうか、わかった。ま、俺はその辺にいるからさ」

ぼくはついニッコリしていた。彼の相手はとても気楽で、それがうれしい。彼はごく自然に流れを受け入れて、ぼくに反問したり、強引に助けしようともしない。時々そういう人たちがいて、ぼくに何か異常があるのだと、そうではないのに勝手に決めこむのだ。

神経多様性者《ニューロダイバージェント》であることは欠陥ではない。異なっているだけだ。そしてここまで彼といて、一度も、自分が欠けていると思わされるようなことはなかった。

「おっ、ご機嫌だな？」

「んん？」とぼくは聞き返した。

「顔に収まりきらないくらいのでっかい笑顔だよ。そんなの初めて見た」

「そんなことは不可能ですよ」

「と思うだろうけど、今のきみを見りゃわかるさ。めちゃめちゃかわいい笑顔で――ほら来た、もっとでっかくなったぞ。おおっ、その顔だけで旅回りに出られるぞ」

「それはとても不出来なジョークですし、あなたは変わってますよ」

彼の眉がひょいと上がったので、ぼくは「何か？」と聞き返したが、何が言いたいかはわかっている。（俺のほうが変わってるって？）それでもまるで気にならなかった。どういう口調で言いそうかわかるし、たしかに、ぼくは大抵の人から見て普通ではないだろうし。ただ、きっとタトゥの人の前では気が緩むのだろう、知り合って二十四時間以内の相手に同じ扱いを受けたらいつもはピシャリと言っている。

「何かって何が？」と彼が聞き返した。

ぼくは首を振って、また満面の笑顔になりそうなのをこらえた。

「ぼくはもう行かないと」

「誰も止めてないぞ」

たしかに。ぼく以外の誰も。ぼくが、楽しくて止まっていたのだ。何もしていないのにこの時間が楽しい。だからぼくはただ「そのとおりです」と言ってシートベルトを外し、ドアを開けた。

「運転ありがとうございました」

「どういたしまして」

「今日はずっとお店にいるんですか?」とぼくは降りてからたずねた。

「どれだけ俺が好きなんだ。車からなかなか降りないし、次はそれって」

ぼくの心が、足元のスニーカーくらいまでどんと落ちた。なんてことだ、しつこいストーカーみたいに思われたのか? 弁解しようと口を開けた時、彼の唇の右端がまたいつものように上がった。

「それは、反語ですね。使いこなしているつもりですか? ぼくは専門外ですが、あなたはあまりお上手ではないと思います」

ギデオンが、まるで〝帽子を落として〟一発撃ちこまれたかのように、ふざけて胸を押さえた。

「ぐっ。きみと出会うまでは、自分をおもしろいやつだと思っていたのに。きみにかかると俺のタマは粉々だ」

「あなたのタマは胸元についているんですか」

ぼくはできる限り真顔でたずねたが、愉快な顔をされてしまった。

「そういうつもりはないが『お前の脳みそは股にある』って言われたことがあるから、そうなのかもな」

二人で笑い合ってから、ぼくはバッグをつかんで無理に足を動かし、そこを立ち去った。

鍵を開けて無事本屋の中に入ってからやっと、彼のことを〈タトゥの人〉ではなく〈ギデオン〉と自分の中で呼んでいたことに気がついた。


必要なパスワードや情報はチェスターに渡された書類の中にまとまっていて、まずぼくが発見したのは、ウィルマ・アレンがじつに見事に帳簿をつけていたことだ。感銘を受けたが、気になったのは、年々売り上げが落ちていることだった。最後には赤字に転落している。理由の一つは、自分の働く時間を減らしてその分スタッフを雇っていたから。ぼくはフルタイムで働くから埋め合わせにはなるだろうが、不安感で背骨の付け根がざわついたのはたしかだった。

つられて脳が目まぐるしく回り出し、数えきれない思考が駆けめぐる。彼女は、潰れるかもしれない店をぼくに遺した——理論上はあらゆる店に潰れる可能性があるが、この店は何年もかけて着々と利益を減らしてきている。さらにぼくが調べた限り、ギデオンに相場より安く店舗スペースと二階の部屋を貸していた。

　幸いは、彼女がこの建物の所有者だったことだ。そうでなければ、どうやって店を続けられたかわからない。そしてぼくは……絶対にこれを……やり遂げたい。ウィルマ・アレンのためだけでなく、自分のために。彼女は自分の手でこの店を作り上げ、ぼくに託したのだ。この、そもそも知らない女性をがっかりさせたくないし、それに心から、ぼくにできると証明したい。

　昨日はせわしなくて、細かい検討には至らなかった。この本屋は時代遅れだ。読書スペースもほとんどない。人前で読書したがるなどぼくには理解できないが、それが流行りだということは知っている。書店でコーヒーを飲んだり友達とおしゃべりするらしいが、リトルビーチ書店はそういう店にはなっていなかった。コーヒーのない本屋ってまだ存在しているんだろうか。あるとは思うけれど、人気はなさそうだ。

　それでも本の品揃えは良かった。いかにも小規模な店らしく、いろんなジャンルが少しずつそろっている。しかもどうやら人気の新作がかなりある――ともかく彼女が亡くなるまでの新作が。

　ぼくは元からお金の扱いが得意で、いくらか貯金もあった。脳は、利益を上げられるかもわからない店に大金をつぎこむなど愚行だと主張している。これまで本屋を経営したいと思ったこともないし。だがやはりこれがやりたいのだと、今なら確信できる。

　母は、とんでもないと言うだろう。ここを売って帰ってくるべきだと様々な理由を並べるだろうけれど、でも……でも、やってみもせずにどうしてわかる？　ぼくの人生で、本当に自分で決めたものが一つでもあっただろうか。今度こそ、そうでありたい。

なので腰を据え、手帳を取り出すと、ぼくはリスト作りに取りかかった。リストはとてもありがたいものなのだ。鍵束につけられたラベルのように。

一つ目のリストを作り終えると、そのリストの補足に二つ目のリストを作った。リストはいくつあっても多すぎはしない。

時計を見ようとした時、ガラスドアがノックされた。顔を上げると、黒髪を三つ編みにした女性がいて、ニッコリしていた。計画作りに没頭していたぼくは、レイチェルが来ることを忘れていた。

ぼくは立っていくとドアの鍵を開けた。

「レイチェルですか？」

彼女はまた優しい笑顔になった。

「ええ、それは私」

「ぼくはマイロ・コープランドです。ミスター・コープランドとは呼ばないでください」

「わかるわ。年寄りみたいな気分になるし、それに……ねえ、堅苦しいものね。間違ったことを言ったりやっちゃ駄目な感じ」

ぼくの目からハートマークがとび出したに違いない。色恋的な意味じゃなく（レイチェルはきれいだけどぼくの対象は男性限定なので）、でも彼女の言葉はぼくの気持ちそのままだった。

「まさにそのとおりです。尊敬の表明なのはわかりますが、相手が呼ばれたいように呼ぶのも敬意の証でしょう」

「そうよ。あなたがそれを言うなんて、不思議。ウィルマもそうだったから」

喜びと悲しみの入り混じった、錯綜した感情がこみ上げた。似たところがあると言われるのはうれしいが、一緒にそれを見つけられなかったことが切ない。彼女がどうして母の人生から姿を消したのか、知りたかった。何か理由があったはずだ。

それから、ぼくに〈ウィルマ・アレン〉と呼ばれるのもいやだろうかとつい考えこんでしまったが、ぼくがそう呼んでいるのは……いるのは、ぼくにとって彼女が〈ウィルマ・アレン〉だからだ。彼女を知らないので、〈ウィルマ〉とか〈おばあちゃん《グランマ》〉と呼ぶのは図々しい気がするのだ、交流もないのに親しげというか。

「入ってください」と、ぼくは遅ればせながら言った。

レイチェルが入ると、鍵を閉める。レイチェルはぼくと同年代だろうか、なめらかな肌はクリームがかった薄褐色で、片親だけ黒人というふうな色合いだった。キャミソールトップを着ており、腕にはいくつかタトゥがあって、耳にピアスと左の鼻にリングをしていた。

「あなたのタトゥはギデオンが入れたものですか？」

たずねたが、可能性は低いだろう。メイン州のタトゥアーティストがギデオンだけというわけでもないし。

「これがギデオンにやってもらったやつ」

彼女が指したのは『不思議の国のアリス』のタトゥで、アリスとあの猫、そしてシルクハットの男がいた。とり囲んだ引用では、気がふれて狂うことと、人は最高だということが書かれていた。

「じつはぼくはまだ読んだことがないんです……映画も見ていません」

レイチェルが、五分前に出会ったばかりとは思えない感じでぼくをつついた。

「なら本屋のオーナーになれてツイてる。読んだほうがいいし、それから一緒に映画を見ましょ。ティム・バートンのやつを」

肌の内側でわくわくと鼓動がはねた。

「それは楽しみ……な気がします。本を読んで好きになれなかったら、映画は見たくないかもしれません」

レイチェルが笑った。

「その時はそう言って」

ぼくはうなずいた。

「あなたはここでウィ――」

ウィルマ、と呼ぶのはおかしな気がしたが、ウィルマ・アレンと呼んでいいかどうかが引っかかっている。頭がちょっとぐるぐるしてきたので、言い方を変えた。

「ここで、よく仕事をしていたんですか？」

「ええ。この店が大好き。私は親と同居でね、オンラインで大学に通ってるの。十七歳で妊娠したから、まあキャミーは世界一かわいいから後悔なんかないけど、楽じゃなかったのはたしか。十六の時、ここで初めて仕事をもらえて、それからずっとウィルマがサポートしてくれた。両親もね。私が学位を取るのを応援してくれて。皆がいなかったら、どうなってたか」

人の身の上話は好きだ。それぞれの経験がどれほど多様かは、信じられないくらいだ。規範や秩序を重んじるぼくには呑みこみにくいこともあったが、人間というのは常に規範や秩序の内に収まるわけではないし、人生というのもそうだから、多少ストレスは感じても、心を動かされたり好意や敬意を抱くきっかけにもなった。

「うちの子は七歳なの」とレイチェルが付け足した。

「うるさい子ですか？　ぼくは、うるさい子にはイライラしてしまうことがあるのです」

まずいことを言ったかもと思った瞬間、レイチェルが笑った。

「あなたいいねえ、マイロ。それと、そうでもないわ。子供だから時々は騒がしいけれど、普段はそりゃもうあんないい子いないわよ」

「それは会ってみたいです」とぼくは心から言った。

「会ってほしいわ」

「思いついたことがあるんですが……本屋について……」

レイチェルの笑みが大きくなった。

「聞かせて聞かせて」

6

ギデオン

店の奥で備品の補充をしていると、ドアベルの音がして店のドアの開閉を知らせた。夕食に出ていたフレディが帰ってきたのだろうか。

店の正面側を見ると、首をつっこめる程度にドアが開いて、実際首をつっこんだマイロのなでつけられたとび色の髪が見えた。顔だけ入れて見回している。入りたくないのか？　そう見える。

あんまりかわいいので、ついそのまま、目をきょろきょろさせて観察しているマイロを眺めてしまった。マイロは一歩入って、止まった。さらにもう一歩、そして止まる。

「タトゥの人？」

俺は小さな箱を棚に置くと、戸口に出ていって壁にもたれた。

「ばあ」

「ばあや？」

自信がなさそうに返した彼に、俺は笑った。

「そうきたか。涙が出そうなくらいひどいジョークだ」

「言おうとしただけでも、貴重なことですよ。いつもはしませんから。人から笑われることはあっても、こちらの意図ではないし、いい気持ちもしないものです」

俺は腕組みした。俺もいい気持ちはしていなかった。マイロに笑われる気分なんて味わわせたくない。

「ふん、くだらない連中だ」

「ぼくも同感ですが、時によっては人は笑っているつもりはなかったり……自覚していなかったりします。人間は奇妙で混乱したものですね。自分自身にとっても」

「何度でも聞きたいくらい賛成だよ」

「大体いつもは、ぼくは人が好きではありません」マイロの眉が寄り、眉間に小さな思索のしわができた。「しかしながら、あなたのことは好きです。ぼくにはありえないことです――こんなにすぐ好きになるとは」

ニヤッとした俺の胸はらしくもなくときめき、蝶がはためいているようだ。口を開けて、俺は特別なんだなとか言おうとしたが、マイロに先を越された。

「それとレイチェルのことも。彼女をとても好きになったんです」

そう来たか、俺一人ではなく、どうやらレイチェルも特別だった。

「どうしてここに来たのか、それで思い出しました。素晴らしい一日でした！　話したいことがたくさんあります。今日もまた、ホテルに送っていただく前に夕食をご一緒できますか？　ほかに気を取られていたので泊まる場所を探す時間がなくて……ああ、明日のぼくはきっと途方もなくイライラしていることでしょう。新しいホテルを見つけなくては。それならあなたとの夕食は中止したほうがいいかもしれませんね。そうだ、そうしましょう、ぼくのいい報告は明日か、送ってもらう車内でするとします。あなたはかまいませんか？　どうしてぼくをそんな笑顔で見ているんですか？　不気味です」

「不気味さアピールのつもりはなかったんだが」

「あなたの気持ちを害してしまったでしょうか？」

俺は壁から体を起こした。

「いいや」

ああ、まったく新鮮だ。それ以外、マイロをどう表せばいいのやら。ちっとも予想がつかないし、どこまでも純粋だ。とにかく彼と一緒に時間をすごしたいし、友達になりたい。もう長いこと何かをほしいなんてほとんど思いもしなかった俺が。

「よければ二階で軽く飯を食ってかないか。本当はきみの部屋なんだし、見ていけばいい。今日の話を聞かせてもらって、それから寝る場所をどうするか考えよう」

そう言ってすぐに、マイロがベジタリアンなのを思い出した。

「しまったな……ベジタリアン向けに一食作れりゃいいが。そこまで考えて買ってないからなあ」

「やってみましょう。ぼくは料理を工夫するのは得意です」

丁度そこでフレディが店内に滑りこんできて、マイロが振り向いた。フレディはでかい男だ。一九三センチ、ムキムキの胸板、濃くて長いひげ。俺よりタトゥが多い。指から始まるタトゥは手を這い上がり、腕から首の上までつながっていた。

マイロが言った。

「今日から〈タトゥの人〉はあなたです」

「は？」

フレディがあっけに取られて、マイロから俺に視線をとばした。

「ぼくがギデオンにつけていた名前です。会う前から頭の中でそう呼んでいました。その癖はまだ完全には抜けていませんが、もう二回も『ギデオン』と呼べたんですよ。ぼくはマイロ・コープランドです。ただミスター・コープランドとは呼ばないでください。あなたはどなたですか」

「ええと……フレディだ」

　答えてフレディがまたちらっと俺を見る。

「フレディはこの店のもう一人のタトゥアーティストだよ」俺は近づいて、ぽかんとしたままのひげ面に目を据えた。「マイロは、ウィルマの孫息子なんだ」

「そいつは何とも……お悔やみを言わせてくれ」

「ありがとうございます。無礼でないといいのですが、ぼくは今から二階へ行きます。タトゥの──ギデオンの食料をあさりに」はっとマイロがこちらを見た。「これから、あなたをタトゥのギデオンと呼べばいいんですね！」

「それでないと駄目か？」

「無論そんなことはありません。決してあなたの意に反して呼んだりはしません。それで思い出しました──ウィルマ・アレンのことでうかがいたいことがあるんです、ただ二人だけの時にしましょう」

　フレディは困惑して顔を引きつらせ、俺もマイロを前にして当惑することはあるが、その表情は気に入らなかった。俺がすでにマイロに感じている愛着が、そこにはない。だがマイロは自分の面倒を見られるいい大人だし──それに俺もマイロをろくに知らないのだし、と己をいなした。守りたくなるなんて変だ。

「ここ、まかせていいか？」と俺はフレディに聞いた。

「何だかわからんが、ああ」

「ぼくはよく人をそういう気分にするんです。行きましょう、とても楽しみです」

好奇心が火花を散らす。マイロが何を言い出すのか聞いてみたい。願わくは、店を売却するとかの怖い話じゃありませんように。

「じゃあまた明日な。もしとびこみ客が来たら、どうするかメールで聞いてくれ。マイロがいつまでいるかわからないから」

「そうする。会えてよかったよ、マイロ」

「こちらこそ」とマイロが答えた。

俺たちは店を出ると、建物をぐるりと回って裏の階段へ向かった。俺が先に上がって鍵を開け、横にのいて、先に行けと合図する。マイロは部屋へ入った。

「ああ、こんなところに足指拷問器が」ドアのところのビーチサンダルを指さす。「ぼくも靴を脱いだほうがいいですか？」

「いや大丈夫。あとお手柔らかにな、俺は何とビーチサンダルが気に入ってるんだ」

「あなたの足の指が心配なだけです」

奥に進みながら見回すマイロを、俺は見つめていた。広いアパートだ。リビング、ダイニング、オープンキッチン。キッチンは左手側で、右側のダイニングエリアやリビングと長いカウンターで区切られ、リビングには大窓が四つあって道を見下ろしていた。

左手の短い廊下は、小さな個室二つとバスルームに通じている。ここの設計者は、寝る場所より暮らす場所を広々とさせたかったようだ。

「ここ、まさに完璧ですね？」

マイロが通りすぎながらカウンターをなでて、窓へ向かった。

罪悪感が胸にくいこむ。ここは彼のものだ。俺ではなくマイロが住むべきだ。

「そうなんだ。なあいいか――」

「待って！　まず、ぼくの吉報を報告させてください。それに料理をしなくては。あなたのキッチンを我が物顔で使わせていただいても気にしないでほしいのです。どのみちぼくは、気をまぎらわせないとならないので」

俺は小首をかしげ、まっすぐ冷蔵庫を目指して、冷蔵室と冷凍庫を開けたマイロを眺めた。

「何から気をまぎらわせるんだ？」

「それは言わずにおきましょう。あまり適切ではない事柄なので」

俺のほうではなく自分の手元を見ていた。

それは、俺に魅力を感じていると言ったことと関係あるのだろうか？　不適切だとは、俺は思わないが。むしろそそるし。

「わかったよ。そうだ、もちろん無理にじゃないけど、俺のことは呼びたければどう呼んでもかまわないからな」

「それはわかっています……変なことですが。サラダの材料がありますね……ズッキーニも。マリナラソースはありますか？　モッツァレラもありました」

それで何が出来るのかはさっぱりだが、俺は棚からソースの瓶を取った。

「完璧です！　長くスライスしたズッキーニにソースを塗ってチーズをのせて焼けば、小さなチーズのピザみたいになりますよ」

「ピザではないだろ」

「変わったピザです。変わっているのはいいことですよ」

まだ目を合わせてくれない。その言葉に表面以上の意味があるのか、ズッキーニとマリナラソース以上のことを語っているのだろうかと、俺はつい深読みしてしまう。

「そのとおりだな。俺は個性的なものが好きだよ。楽しいから」

するとマイロが俺を見つめてニコッとしたので、俺は「そのピザにしよう」と言っていた。

「ピザ生地があるならそれを使ってもいいですよ」

「買ってない。それに、新しいものを試すのは好きなんだ」

マイロが冷蔵庫から食材を取り出した。オーブンの予熱温度を彼から教えてもらい、それから二人で手を洗って取りかかると、ズッキーニピザとサラダをこしらえた。正直なところ、じつは肉がなくては物足りないだろうと思っているが、マイロが帰った後で食えばいいとも思っている……マイロが帰れば。

「じゃあ……きみの楽しみな報告というのは？」

肩を並べて手を動かしながら、俺は話を向けた。

「忘れていました、信じられない。ぼくは、本屋を改装しようと思っているのです。認可や必要事項について少し調べました。あの店は素敵ですが、今風ではありません。リトルビーチ島の人に好かれていそうな現在の雰囲気を残したままできると思うのですが、ソファでくつろげる読書コーナーがあればもっといい店になるのではと考えます。キッズスペースも検討しましたが、子供はうるさいしぼくの許容値を超えることがあるので、悩ましいのです。カフェは絶対に必要です。大がかりなものではなく、コーヒーと焼き菓子、それとおしゃべりや作業のためのテーブル席。話してみたら、レイチェルも色々考えてくれました。レイチェルは親と暮らしているので今すぐ働かないとならないわけではありませんし。今のスペースをやりくりしてこれらの変更を行えば、コンフリクト・インクに影響はないはずです。絶対にそんなことはしません」

しないだろうと、どうしてか俺も思っていた。自分の店に悪影響がないかとあんなにやきもきしていたのに、こうしてマイロと会った今では打って変わって、マイロの店のことも考えず不安がっていた自分が情けない。

「心遣いはありがたいが、自分の店を優先してくれよ。俺の店はそっちより狭いけど、壁を壊して拡張したけりゃそうしていいから。俺はほかに行けるし」

野菜を切る手を止めて、マイロは俺を見た。

「え？　駄目です。ここにはあなたがいないとしっくり来ません」

「昨日会ったばっかりだろ」

「ええ、でももう頭の中で、そういうことになっています。ぼくがそれを気に入らなければ、あなたは苦しい立場になったでしょうが、気に入りましたし、ほかの形はもう想像できません。考えようとするだけでストレスがかかります。物事が好きな形になっていると落ちつきますし、ぼくの店の隣にはコンフリクト・インクがあってほしいので、あっ、やりました、すごい、自然にぼくの店だと考えていましたよ。あの店こそ、ぼくなのかも」

「気に入ってくれて光栄だけど、本屋の力を借りなくてもきみはきみだよ、マイロ。知り合ったばかりだが、それは言い切れる」

「イエスでノーですね……それに昔から、ぼくはずっとこうなのです。自分のことを外から隠せる人もいる。でもぼくにはできません」

　マイロがもじもじした。

「つまり。大変に不適切ではありますが、本当に、今すぐズボンを脱ぎたくてたまらないのです」

「は？　いてッ！　ヤバ」

　刃先が滑って指先に熱い痛みが走った。

「ああ、しまった。申し訳ない、怪我をさせてしまいました」

マイロが俺の手首をつかんでシンクへと引っ張る。水を出して、俺の手を流水にさらした。

「痛くありませんか？」

この新しい友達を、俺はぼうっと見つめた。

「いや、大したことないよ。ほんの切り傷だ。ズボンの話の続きを」

マイロのそばかすの頬に赤みがのぼった。

「セックスのお誘いをしているわけではないのです。ただぼくはズボンが大嫌いで——短パンでも駄目です。頭の中で、ズボンを穿く状況を箱に入れて分類してありまして、つまり……ズボンを穿かずにスーパーで買い物するのは避けたいことですが、家に帰るとまず真っ先にズボンを脱ぐのです。そしてどうしてか今、家にいる気持ちになっていて、だからズボンを脱ぎたいのですが、ここは家ではないので不可解なのです。箱の分類がおかしくなっていて、耐えられない」

空いた手で顔をこするマイロの全身から、苦しさがあふれている。彼のこういう面をまともに見たのは初めてだった。マイロが一歩、また一歩と下がる。彼の箱をどうにかして直してやりたい。できるものならその脳みそをよじ登っていって、彼の好みどおりに整頓したい。

「もし、本当にそうだったら？」と俺は聞いた。

「何が本当にそうなのですか？」

水を止めた。

「ここが、きみの家なら。つまりさ、きみの箱は間違ってない。この建物の所有者なんだから、この部屋はきみのものだ。今日ずっと考えてたんだが、どうしても……もやもやするんだよ、きみがホテルに泊まったり島では滅多にない空き部屋を探してる間、俺がここで暮らすなんて。それに、きみは運転しないだろ、ここなら仕事場もすぐだ。ここにはきみが住むべきだ、マイロ。俺は両親がリトルビーチにいる。そことか、兄夫婦のところに泊まればいい」

考えるだけで気は滅入るし、この部屋が好きだから胃もきしむが、これが正しい。

「あなたは、両親や兄夫婦のところで暮らしたいですか？　この部屋から出ていきたいのですか？」

「それはあまり関係ないだろ」

「大事なことです。待っていてください」

マイロはくるりと向きを変えて廊下へ向かうと、断りなくバスルームをのぞき、予備の部屋をのぞき、俺の寝室ものぞいた。

「うん、できると思います。ぼくはここに、あなたと住めると思います。部屋を見るまでわかりませんでしたし、これまでルームメイトを持ったことがないので、ぼくは鬱陶しいかもしれませんし、ぼくもきっとあなたを邪魔に思うでしょうが、それでも試してみたいのです」

「そいつは……」

べらぼうな名案だが、マイロは本当にかまわないのだろうか。

「きみは友達ですらない相手と一緒に住めるのか？」

「それが皮肉かどうかぼくには判断つきかねますが、あなたとはもう友達だと思います。おかしなことに。さっきレイチェルの話をした時にも言いましたが、いつもならもっとずっと時間がかかるのに、ぼくはあなた方が好きなのです。なので、ぼくとあなたは友達です。もしあなたが希望するならですが」

俺はニコッとした。この場に似合わない、バカみたいにゆるくてご機嫌な笑顔だった。

「俺はきみと友達になりたいよ」

「ルームメイトになりたいとは思いますか？」

「いやになったら遠慮せず言うことと、俺に何か気に入らない点があればやっぱりそれも言うことが条件だ」

うまくやりたい。マイロのために、俺たちのために。マイロに我慢させて気詰まりで窮屈な思いをさせたくない。彼の箱を乱す原因になりたくなかった。

「当然でしょう。言わない道理がありません」

俺はクスッと笑った。

「なら、決まりだ」と手を差し出す。

「握手はしません。あなたは出血したばかりです」

「洗う時に俺の手をつかんだのは？」

「つかんだのは手首ですし、一瞬でしたし、もうすぎたことですから、今はあなたの血がぼくに付着するかもしれないということしか考えられないのです。悪く思わないでいただきたいのですが、人の血にさわりたくないのです」

まったく、最高なやつだ。

「じゃあ、握手したふりで契約完了だ。料理の続きに戻ろうか？」

「あなたは駄目です。今夜はもう。ぼくには……無理なので。申し訳ない。絆創膏はありますか？　出血は止まりましたが、ストレスなのです」

「よし計画変更だな。料理はきみにたのむ、俺は傷に何か貼ってくるよ」

「契約その二ですね」とマイロがうなずいた。

俺はバスルームへ行って、言われたように手当てをした。鼓動が踊るようにはねていて、自分が……二十四時間前に出会ったばかりの男とルームメイトになると決まってどれくらい浮かれているか、わかろうというものだ。

俺の新しい友達。

俺の人生に何が起きてるんだ。

こんなの俺らしくもない。

だがキッチンに戻って、シャツとボクサーパンツ姿になったマイロがカウンターに向かってご機嫌で野菜を刻む姿を見ると、笑顔になるしかなかった。

7

マイロ

翌朝ぼくが起きた時、ギデオンはまだ眠っていた。昨日の夕食——ギデオンはズッキーニピザを気に入った——の後、ホテルまでぼくの荷物を取りに行ってチェックアウトした。予備の寝室にギデオンが整えてくれたベッドは、正直ホテルと同レベルで、でも次に会ってもそのことは言わないようがんばるつもりだった。失礼かどうかわからないから。

ギデオンはほぼ毎日店に出ているそうだが、予約やとびこみ客に左右されるので時間は不規則で、休みでもフレディから連絡が来てタトゥを担当するかどうか決めることもある。

ああそうだ、ゆうべ眠れずにいる間、彼をギデオンと呼ぼうと決めたのだった。もう友達で、ルームメイトでもあるし——ううむ、もしぼくがうまくルームメイトをできなかったら？　向いていそうにないが、ギデオンとはうまくやっていきたい。駄目ならぼくが出ていこう、彼の部屋から彼を追い出すのはきっと間違っているから。

でもまずは彼と友達でいるのは楽しいし、友達というのは名前で呼び合うもの——だろう？　それが許されるくらいには彼をよく知っている気がするし。

冷蔵庫にはありがたいことにいくつか野菜があったので、オムレツが作れる。断りなく食材を使うのは失礼かと不安になったが、好きなようにしていいと言われている。それに、使った分は補充するつもりだ。

ギデオンの分も作れるくらいの野菜を刻んだが、まだ起きてこない。少し本を読んだが、まだ寝ている。ぼくは歩き回り……待って……さらに待って……ギデオンが起きてくるのを永遠に待っている気がするうちに、カリフォルニアの母に電話してもいい時間帯になってきた。

携帯電話の表示が十時になった瞬間——出勤直前の母を捕まえるのにぴったりの時間だ——ぼくはカウチであぐらをかいた。

『あら、私の一番のお気に入り息子から電話が来るなんて。まあびっくり』

「お母さん……ぼくはこっちに来てまだ二日だし、昨日も話しましたよ」

『私を散々無視してからね！』

「ぼくにするべきことをさせてくれないからです！」

ぼくは溜息をついた。時々、母は過度だ。子供のような気分にさせられるのがこの上なくいやだった。

『マイロ、わかってるでしょ、私は心配なだけなの』

「それはわかっています。でも自分で失敗し、自分で生きるチャンスを、ぼくにください。計画は立てたし、十分に検討しました」

本屋に関する計画については。ギデオンとの同居については深く考えていなかった。そうすることに決めたのは、単に、そうしたかったからだ。

「今から内容を説明しますが、反論はせずに聞いてください。ぼくの決定を受け入れてくださ い」

電話の向こうからの長い沈黙の間、ぼくはじっと待った。ついに母が言った。

『努力するわ』

「ぼくは本屋を改装して、それで――」

『あなたの貯金をほとんど注ぎこむつもり？　利益が出せるかもわからない、しかもほんの一週間前までまるで興味もなかった分野のことに？』

「もう口をはさんでますよ！　批判まで！　切ります」

『待って！　ごめんね、でも……』

「はい。ぼくを無能だと思っていますか？」

母が息を呑んだ。

『まさか。あなたは誰より賢くて有能よ』

「なら相応に扱ってください。ぼくは店を改装しますし、自分でもできるだけ作業をします。

大掛かりな改装ではなく、費用は節約します。やりたいと思うし、店にとって最善だと判断したからやるんです」

　また沈黙があって、制止する理由を並べ立てたいのを母がぐっとこらえているのが伝わってきた。そして母の返事を聞いて、ぼくは誇らしくなった。

『わかったわ』

「それと、ぼくは二階の部屋に引っ越しました」

『でもそこにはあの男性が住んでるんでしょう、違った？』

「そうですよ」

　ぼくは目をとじて、世界の（とにかく母の）爆発を待った。

『あなた知らない男と一緒に住んでるの⁉』

　立ち上がると、ぼくは窓まで歩いていった。

「もう知らない人ではありません。まあ、すごくよく知っているとも言えませんけど、彼を信用していますから」

『テッド・バンディも人から信用されていたけれど、どうなったと思って？』

「ギデオンはシリアルキラーじゃありませんよ！」

『テッド・バンディだってシリアルキラーだとは思われてなかったわ』

「ええ……？　わかりました、もしかしたらギデオンはシリアルキラーかもしれませんけれど、それを言うなら、ぼくが道ですれ違う相手もデートに行く相手もそうかもしれません。ぼくがデートに行くことがあったなら。つまりですね、誰にだってぼくを殺す可能性があるんです。でもギデオンがそんなことをするとは思えません。彼は……優しいです。それに楽しい。レストランが騒がしくなる前に帰りたいとぼくが言っても、普通でした。初めて会った日にビーチサンダルを履いていましたが、ぼくが抗議したら次の日にはスニーカーを履いていました。ぼくの作るベジタリアン料理を食べたし、車で送ってくれたし――」

『ああなんてこと、マイロ』

「ああなんてことマイロって、何がです？」

　そういう言い方は、いつもろくなことがない。

『好きになっちゃったの？　気をつけないと駄目よ。あなたが傷つくのは見たくない。その人がゲイかはわかってるの？』

「彼は同性愛者《クィア》ですよ。初対面で彼を魅力的だと言ってしまい、殴らないでほしいとたのんだ時に教えてくれました。それと、足の指をしゃぶる恋人がいたことも聞きましたが、それは本題ではないですね。ぼくは彼を好きになっちゃってはいません。たしかにとてもかっこいいし見とれてしまいますが――本当に――でも気付かれていないと思いますし、気付いていたとしてもひどい態度は取られていません。彼は友達です。ぼくにはあまり友達が、もしかしたら一人もいませんが、でもレイチェルにも会って、とても好きになれたんです。ぼくは彼を信頼しています。理由はわかりませんが、信じているんです」

母がこれを台無しにしないよう、心から祈っていた。ぼくに自分を疑わせないでほしい。

「ぼくは賢く立ち回りますし、用心しますから。ギデオンと恋人《ボーイフレンド》になれるなんて大それたことは思いません。友達でいたいだけです」

『あなたのボーイフレンドになれたら、彼のほうこそ運がいいわよ。あなたは私にとって世界で一番大事な人よ。それを忘れないで。どんな男もあなたにはもったいないくらいよ』

でも母は、ぼくに恋人ができると思ってはいない。言いはしないが伝わってくるし、それを責められる気はしなかった。ぼくだってそれで納得しているのだ。ただ、セックスはしてみたい。たくさんしたい。邪魔な喘ぎ声抜きで。

「わかっています」

本当だ。ぼくには価値がある、他人がそれを理解するかどうかに関係なく。

「今から業者に連絡してぼくのベッドの運送をたのみます——今のベッドはまことに寝心地が悪いので。ほかの私物も送ってもらいます」

ぼくをよく知る母は、新しいのを買えばとは言わなかった。

『わかったわ……また報告してね。もし何か要りようになったら、お金でも何でも——』

「独力でやり遂げたいんです」

母の息が少し揺れた。悲しませている。そんなつもりではなかった。

「ごめんなさい」

『謝ることはないのよ。あなたを信頼しているもの、マイロ。愛してる』

「ぼくも愛しています、お母さん」

ぼくは電話を切った。

「ベッドのこと、悪かったな」

背後でギデオンが言った。ぼくははっと振り返って彼と顔を合わせる。ナイロンの短パンとTシャツ姿の彼の髪は寝乱れたままだった。

「言うつもりはなかったんです！　無礼になりたくなくて」

「いいよ。古いベッドだしな」小さくニヤッとして、ギデオンはぼくに顎をしゃくった。「パンツ姿を町中に見せつけてるぞ」

「誰にも見えませんよ」

そう返したが、窓からは離れた。

「気になるようなら、短パンを穿くよう努力します。ただ、パンツだけになるのが本当に好きなので」

「似合ってるしな。俺に文句はない」

その返事にぼくの顔が熱くなる。まったく不意打ちの言葉だった。だが、ギデオンは誰でも口説くようなタイプに見えた。親しみやすさの表出として。

「あなた用に野菜のオムレツを作りますよ。それからぼくはシャワーを浴びて、ＴｏＤｏリストの消化に取りかかります」

「ズボンは穿いていくよな？」とギデオンがウインクする。

「そのジョークはおもしろくないです」

彼がクスッとした。

「俺もそう思う。朝飯はいいよ、いつも食べてない」

「ギデオン！　朝食は食べなくては！　大事なことです。心と体に補給してから一日を始めるべきです」

ぼくはキッチンへ行って卵を取り出した。

「買い物に行かないといけませんね。楽しみです。ルームメイトはいいものですね――きっとあなただからですけど。この先も、あまりあなたにイライラせずにすむよう願います」

彼はカウンターテーブルのスツールに座った。

「俺もイライラさせないよう心がけよう。朝食を作ってくれるなら、夕食は俺が作るよ」

凍りついたぼくの中に、パニックがうっすらと広がる。

「ええと……そうですか」

ギデオンがカウンターに両手を乗せて身をのり出した。

「俺に料理させたくないんだな」

「そうは言っていません」

卵をかき混ぜた。

「言わなくてもわかる。俺にだって野菜クズ炒めとか何かできるぞ」

「いや、クズとは言わないでください。気持ち悪いから。そういう言い方はやめてください」

「そうだな、わかったけど、料理はできる。きみ向けに何か考えるよ」

ぼくは溜息をついた。時々、こだわりの多すぎる自分が邪魔だ。

「あなたのせいではなく……なんと言うか……多分、大丈夫です。大丈夫でしょう」

大抵は問題ないのだが、精神状態によって受け付けない時があるのだ。

「どうしても苦手なら、料理はやめとくよ」

彼の答えに、少しとろけたみたいになる。とろけるなんてことがありえるとも、気持ちがいいとも知らなかった。自分の内側がとろけるなんて、怖い病気みたいな響きだし。

「それか、準備はしといて、きみがそういう気分でなかったら、その時はかまわないよ」

それなら……うまくいくかも。むしろ完璧かも。

「そうしましょう。気に入りました」

「了解」

ぼくは火をつけてスキレットを熱し、卵液を注ぎ入れた。

「今日はタトゥをやるんですか?」

「やるよ。三点だ。どれも小さいやつだな。昼にはクリスと飯を食う約束だ」

「何とも不思議ですね！　まるで結婚してる夫婦みたいな会話だ！」言ってしまってからぼくは口を手で押さえた。「あなたと結婚したいわけではないです」

「グサッ」とギデオン。「きみは毎度俺のタマを潰してくれるよな」

「あなたのタマには何もしていませんが。ただあなたに恋をしているとかそういうことを言っているわけではない点を、明確にしておきたいだけです。ですけど、ぼくが料理をする間に今日の予定を話しているなんておもしろいですよね」

「あのな、きみに友達だと認めてもらうだけでひと苦労だったのに、恋をされてるなんて思うわけがないだろ」

「ならよかったです」

「よしよし」

彼がニコッとした。

「あなたはいつもぼくに対して笑顔になる。馬鹿にしているふうでもなく。とても不思議です。昨日も、どうして笑顔なのか聞きたかったんです。覚えていますか？　戸口に立って、コンフリクト・インクにいるぼくを見ていた時です」

「きっと、きみが素敵だなと思ってたんだろ。今もそう思ってるからな」

ぼくは野菜をフライパンに入れたが、困ったことにペニスが少し膨らんできた。幸いカウンターで見えない。

「俺にウィルマのことを聞きたいと言ってなかったか？」

　あしまった、昨日は忘れていた。ぼくは彼を見ずに朝食をこしらえながら話した。

「ぼくは彼女を、ウィルマ・アレンとずっと呼んでいて……ぼくの頭の中ではそうなので。一週間前まで知らない人だったから、あなたについても同じで——ギデオンと呼んでいいと自分の中の何かが言うまで、あなたは〈タトゥの人〉でした。でも彼女にはまだそれが起きていないのです。もう起きないかもしれません。亡くなっているので。悲しいことです、彼女をウィルマとか、あるいはおばあちゃん《グランマ》と呼べるほどに知って身近に感じたいのですが。昨日レイチェルと話をしたら、ウィルマ・アレンとぼくが似ていると言われて、彼女もシズ・アレンと呼ばれたがらなかったと。だから、ラストネームで呼ぶのは失礼かもと不安になりました。彼女はいやがっているかも？　これを聞けるほどレイチェルをよく知らないので、あなたに聞くことにしたんです。あの人は気にするでしょうか？」

　沈黙が百年分くらい続いたように感じられ、ぼくはオムレツをひっくり返してギデオンを見た。ギデオンはぼくを凝視し、眉を少し寄せ、わずかに首をかしげていた。大きくではない、そんな子供っぽいことはしていない。とにかく、とてもカッコよくて、ちょっとだけとまどいつつも興味津々の顔だった。

「俺が思うに、彼女にとっちゃ、きみが楽なのが一番じゃないかな。心の準備ができない名前で無理に呼ばせたいとは思わないさ。俺たちはよくしゃべったんだ。彼女とジーンの家や、店でも、時々手を貸したよ。だから、きみがそうしたいならウィルマ・アレンと呼んでも大丈夫だと保証できるくらいには、彼女のことをよく知ってる。それとさ、亡くなった人のラストネームを使うべきか悩むなんて、とても細やかな思いやりだ。俺はきみが好きだよ、マイロ。友達になれてよかった」

下唇を噛んだぼくの胸の中が、やけにパタパタと騒がしくなった。

「ぼくもあなたが好きです。友達になれてよかったです」

「よし。さて、オムレツはこんがり焦がす派、それとも俺のだけ特別待遇？」

「しまった」ぼくはフライパンを火から離した。「ぼくは何も焦がさないです。いつも絶対」

「そーか、なら俺のいつもの運勢のせいだな。ありがとう、作ってくれて」

皿に盛って、彼に手渡した。

「ああそうだ、聞こうと思ってたんだよ、昨日ジーンに電話したかい？　そのこと何も言ってなかったよな」

言っていないし、あえて黙っていたのだ。

「気がくじけてしまったんです。とても楽しみにしていたのに、いきなり途方もない気持ちになってしまって。もし向こうがぼくと話したくなかったら？　ウィルマ・アレンがぼくに店を遺したことを怒っていたら？　彼女と母の縁が切れた理由を聞いて、もしそれがとてもひどい話だったら？　もしいい人じゃなかったら？　あなたにとってはいい人でもぼくに対してはそうじゃなかったら？」

時々そういうことを考えて、頭がいっぱいになってしまう。

「どれもよくわかるよ。大変なことだもんな。全然知らなかったのか？」

ぼくはかぶりを振った。

「母が養子だということも知りませんでした」

「島の人間も誰も知らなかったよ。ま、噂が広まるのは早いからさ、亡くなってからすぐ、存在すら知られてなかった孫息子に店を遺したって話は流れた。きみの母親が娘だって、どこからわかったのかは、俺も知らない」

「事情を知りたいんです。でも聞くとなると緊張します」

「わかる。ゆっくりやればいいさ。急ぐことはない。ただこないだも言ったけど、ジーンはいい人だよ。きみと話したがると思う。ウィルマが愛したきみを、ジーンも大事にするさ」

ありがとう、という言葉が舌先まで出てきたが、それをうまく言うことができなかった。

ギデオンが一口食べた。凝視するのは変だろうか？　ごくりと飲みこむ喉の動きを見つめて、気に入ってくれたかどうか兆しを探す。

「俺の顔に食べくずでもついてるか？」

「い、い、食べかすですね。ついていませんよ。それにぼくは、食事に欲情する性癖持ちでもありません。世の中にはたくさんの個性的な性嗜好があると読みました。でもぼくには何もないと思いますし、少なくともかっこいい男性の食事風景を見物することではないでしょう。ぼくはただ、オムレツを気に入ってもらえたかどうか知りたいだけです」

ギデオンは笑った拍子に、鼻に卵を詰まらせてしまったらしい。多分。

「きみは、まったく素敵なやつだよ」

ぼくはまた唇を噛んだ。こんなことは初めてで……ムズムズする。理解できない。だって、ぼくを素敵だと思ってくれるのはうれしいことだけど、だからってどうして顔がゆるみっぱなしになってしまうのかがわからない。

「それと、うん、美味いよ」

ぼくはそこに立って見つめたまま、彼がオムレツを平らげるまで二人でしゃべった。オムレツを気に入ってもらってやり遂げた気持ちだったが、彼の食事が終わるとぼくは精一杯「今から仕事に行きます」と宣言し、テーブルカウンターから出た。

彼はぼくを目で追って、頭から爪先までじろじろ眺め、それで……彼もぼくのことが好きだったりするかな？　魅力的だと言ってくれたし。

「服は着ていくんだよな？」

「あっ。ええ。シャワーも浴びないと。うわ！　遅刻です」

「出勤時間があるわけじゃないだろ」

「遅刻は遅刻です」

言い残してぼくは部屋へ走った。持ち物をまとめ、バスルームへ向かう。共有なので、彼の用がないよう願った。手早く身支度し、服を着て、歯を磨く。トータル二十分もかからない。出てくるとギデオンは扉を閉めて自室にいたので、ぼくは出かけた。後で会えるし……仕事場か、家ででも。同居しているのだから。すごく不思議な感覚だ。

下にある、ぼくの本屋へ向かった。電話をかけ、見積もりや色々な予定を取り付ける。それから広さを測って、自力でできそうな作業の資材をリストにまとめた。自分が器用で助かった。子供の頃に大工仕事のオンライン動画を見るのが好きで、それを真似てみたのは、父との交流のきっかけになればと思ったからだった。そういうふうにはならなくて、もう父のことはいいのだけれど、物づくりは学びつづけた。母がぼくの技術を磨こうと教室に申しこんでくれたのは、将来建築の道に進むと思ったからではなく、いかに過保護の母でも、いざという時には自分で自分のことができるよう考えてくれたからだった。

一日中、ギデオンのこととジーンのことばかり考えていた。ギデオンは、かっこよくてぼくの友達でぼくを素敵だと言ってくれるからで、ジーンは、ウィルマ・アレンの愛人で彼女のことをたくさん教えてくれそうだからだ。

ジーンに電話をしたくなった。いつかは電話するつもりでいたが、今すぐ電話したい気持ちだった。今から。ギデオンのことすら頭からはじき出されて、考えられるのはウィルマ・アレンと住んで彼女を愛した男性のことだけだ。

それにこのタイミングを逃したら、また怖じ気づいてしまうかもしれない。

だけど、ジーンには電話をかけなかった……どうしてか。

ガラスドアがノックされて、開いた。見るとレイチェルが、チビレイチェルと一緒に入ってきた。ううむ、今のぼくは気持ちが変なのだ。キャミーが大人しい子でありますように。

「近くに来たので顔を見せに寄ったの」

レイチェルが言ってる間に娘のほうが近づいてきた。

「ハロー、マイロ」

キャミーから挨拶された。

ぼくはもの珍しげに彼女を眺めた。

「ハロー、キャミー」

「ママからいつもはミスターとかミスをつけて呼びなさいって言われてるんだけど、あなたにはつけないでって聞いたから」

レイチェルは最高だ。

「そうです。ぼくはそれがいやなので」

「おじいさんな気持ちになるから？」

「そうです。それに堅苦しい。読書はお好きですか？」と聞いていた。

「好き。ママと毎日読んでるの。どんな本が好き?」

ぼくはいくつかのお気に入りを上げた。

「聞いたことないなあ」

「いつか出会うかもしれませんね。あなたはとても落ちついている」

「大事な時にはちゃんとおぎょうぎよくできるの。ママが、あなたにはおぎょうぎよくねって」

レイチェルが笑った。

「言ったけど、でもいつもは聞かないでしょ?」

「だって子どもだもん」

キャミーが言い返す。もうぼくは彼女を気に入っていた。

「あなたに電話しようかと思っていたところでした」ぼくはレイチェルに言った。「ジーンの住所をご存知ですか」

「知ってる。これはいい流れね」

「本当に? それはよかったです。ぼくのよくある駄目なアイデアかもと不安だったので。やったらいやがられるような」

「わたしね、ベッドからとびおりて、足をくじいたことがあるよ。ママは、それはだめなアイデアだって」とキャミーが教えてくれた。

「それは駄目ですね」とぼくも答える。

「ジーンはきっと喜ぶわよ」とレイチェルが言った。

「ねえアイス食べてもいい？」とキャミー。

三人全員で笑っていた。「ええ、いいよ」とレイチェルが娘をハグして、ぼくに住所を教えてくれた。

「じゃあね、マイロ！　たのしかった」

キャミーにハグされてぼくは硬直した。

「……ぼくも会えて楽しかったです」

二人は手を振りながら去っていった。

地図で確かめると、歩ける距離だった。店に鍵をかけてそちらへ歩き出すと、ぼくの感覚を海と魚の香りが包んだ。

すれ違う全員に笑顔を向ける。リトルビーチの中心街はにぎやかで、皆がお返しに手を振ったり笑顔になってくれた。中にはぼくをじっと見て囁き交わす人もいて、きっとウィルマ・アレンの知られざる孫息子だと気がついたのだろう。この道を彼女もこうして歩いていったのか、店にこうして通ったのか、それとも運転していたのかと、ぼくは思いを馳せる。

その家は静かな通りに面しており、小ぶりで、白い杭の垣根が短く続いていた。家も白く塗られていたが、雨戸だけがスカイブルーだ（変じゃない変じゃない変じゃない）。

門を開けて通りながら、犬がいませんように、その犬に顔をかじられてもぼくがギデオンにムズムズするようなことを言われて唇を噛む程度ですみますようにと祈る。

ポーチのステップは少し建て付けがゆるく、ウィルマ・アレンのような年齢の人にはとても危ない。ぼくが手を上げ、ノックすると、中から低い声が答えてドアが開き、ぼくと同じぐらいの背丈の、白髪交じりで眼鏡の男性が出迎えた。

「ポーチのゆるんだ踏み板を修理できます。やってくれるお子さんや誰か……いらっしゃるかもしれませんし、ご自分でできることかもしれませんが、そうでないなら、ぼくができます」

しまった間違えた、まずは自己紹介だ。

「ぼくは――」

「マイロだね？」

彼が、なつかしそうな笑顔で聞いた。

「そうです」ぼくの内側で幸せな気持ちがはねる。「ぼくはマイロです」

「ついに会えたなんてうれしいよ！　きみはあの人にとても似ている、ぼくのウィルマに。上がっていくかい？」

前に進もうとしたが、足が動かなかった。まだ彼に近づくだけの心の準備が足りていない。

「いいえ。あなたに会いたかっただけなので」

彼は眉を寄せたが、うなずいた。

「ぼくの母のことをご存知でしたか?」

「知っていたよ。ずっと前からね。ウィルマは、インターネットできみを見つけたんだ。どうやってかはよく知らないが、お母さんからたどったのかな。きみのインスタグラムのページをよく見ていたものだよ」

そうだったのか。それは……どう反応していいのか、気持ちがバラバラだ。

「どうして彼女は母を養子に出したんですか?」

「それは長い話になるが――」

ぼくが片手を上げると、彼は止まった。

「待ってください。聞くつもりじゃなかったんです。まだ、無理なので」

「かまわないよ。まずはお互いを知っていこう」

ギデオンの言ったとおり、ジーンはいい人だった。

「もっとお話を聞きたいのですが、今はまだ駄目みたいです。この間もそのつもりで、でも緊張してしまって、それから今日こそ今だと思って来たんですけど、でも、少しずつでいいですか」

「少しずつにしよう。きみの好きなように、好きな時でいいから。ぼくは……」ジーンがにじんだ涙を拭った。「きみを見ていると、彼女を思い出すよ。ぼくは心からウィルマを愛していた。それに、彼女はきみを愛していたよ。それをちゃんと伝えておきたいんだ」

泣きたい衝動がせり上がってくる。滅多にないことで、ぼくはそれが苦手だった。

「ありがとうございます。ぼくは……もう……行かなくては」

背を向けて歩き去るぼくを、ジーンは引きとめなかった。

8

ギデオン

昼食に向かったライトハウスで、クリスとオーランドはもう待ちかまえていた。この間マイロと飯を食った席に近いブースだ。俺は、親友と向かい合う席に、兄貴と並んで座った。

「よお、汚いケツども」

「汚いって、い、い、出すところに入れてんのはお前だけだろ？」オーランドが絡んできた。「なあ？汚いケツくん」

「はっはっ」

俺はそう流したが、自分の言葉が招いたジョークなのはわかっている。

「おいおい、試しもしないでけなすのはよくないぞ」

クリスがそう言い出したが、バイだと公言していないはずなので、俺はぎくりとした。そりゃ俺は高校時代こいつとディープキスしまくった仲だし、ミーガンもそれは知ってる。ここはそういう夫婦なのだ。隠し事ゼロで信頼しあっているから、クリスも性癖の一部を隠したりはしない。とはいえ知る限り、ほかの誰にも話していないはずだ。

「お、経験者？」とオーランドがくいついた。

「興味がおあり？」とクリスは眉を上下させる。

「お前らの体験話とか、とにかくスナックちゃんの個人的体験なんかは聞きたかないが、ヘザーを誘ったほうがよさそうか？　食わず嫌いはしたくなくてさ。ストラップ持ってないか？　彼女と試してみるのもいいかな。うちのはベッドで俺に威張るのが好きなんだよね」

俺はぎょっとオーランドを見た。

「おい、そこまで聞きたくないよ。それにスナックちゃんって呼ぶな」

「キモチいいことなら、お前らゲイにだけケツ遊びをさせとくのはもったいないだろ？」

オーランドは目をキラキラさせて、楽しそうだ。

俺が中指を立ててやると、二人とも笑った。クリスにも指を向けてやる。

「お前ら二人ともクソくらえだ」オーランドのほうを向いた。「それと、ああ、食わず嫌いはもったいないね」

「そうかあ。ヘザーに相談しないとな」

「お前が言ったからだぞ」と俺はクリスに言った。

「何度でも言うぜ。楽しいじゃんか」

今日のテーブル担当はパッツィだった。炭酸のグラスを三つ運んできたので、もう話がついていたようだ。皆で注文したが、マイロのオムレツを食べてきた俺は軽いものにした。兄貴はからかうが、スナックはそろそろ卒業だ。

「この間の男、何だったんだ？」とクリスが持ち出した。

「男って？　うちの弟に彼氏が？」

俺はあきれ顔をした。

「ガキかよ」

「心はいつまでも若いのさ、ベイビー」

無視だ。

「何だったって、どういう意味だ？」と俺はクリスに聞き返した。

「誰が何だったんだよ？　誰かさっぱりだ」とオーランド。「俺だけ置いてきぼりかよ」

「マイロだよ」と俺が答えたのと同時に、クリスも「ちょっと変なやつでさ」と言っていた。

カチンと来る。

「そんな言い方はやめてくれ。あいつは変じゃない。ただ……ありのままのマイロなんだ」

「へえぇ？」とクリスが言うのに重ねて兄が「おお、ボーイフレンドができたか。ギドくんとマイロくんが木っの上でっ」とか歌い出した。

「うるさいな、やめろって。ボーイフレンドじゃないし、その『へえぇ』の意味もわかってるぞ。マイロのことをそういうふうに好きなわけじゃない。知り合ってまだ五分って感じだしな。そりゃかわいいけど、一緒にいると楽しいだけだよ。友達だ」

マイロと同居を始めたことをこれから話さないとならないのだが、いきなり言う気が失せていた。

「とにかく、いいか、マイロのことを無神経に言わないでくれ」

「すまん、悪気はなかった」

クリスが謝った。本心なのはわかっている。事実、マイロは違っているし、俺だってそれはわかるが、変だとか問題があるみたいに言われる筋合いはない。マイロが発達障害の診断をされているかどうか俺は知らないし、本気でどうでもよかった。彼は、俺を笑顔にしてくれるマイロで、それだけでいい。

「マイロは、ウィルマの孫息子だよ」

椅子の上でとび跳ねそうになってる兄に教えた。話に入れないのが耐えられないのだ。

「げ、マジ。じゃあクソガキじゃなかったんだな」

「全然。本屋をちょっと改装するみたいだし。今のリトルビーチっぽさは残したまま、一部を今風にして客がのんびりできるようにしたいって。それに今んとこ、店や部屋から俺を追い出す気もない。ってか――俺と同居を始めた」

　最後の一節は早口でごにょっと流した。

「じゃ……待てよ……その〝かわいい〟男……お前がせっせとかばっている相手……知り合って五分だから惚れてるわけじゃないっていうそいつと、お前はルームメイトになったってことか？」とオーランドが確かめた。

「まあな。大体合ってる」

「お前、ルームメイト拒否派だったじゃないか」とクリス。

「あっちがホテルにいるのに、俺だけのうのうと部屋で暮らしてられないだろ？」

「借り手の権利は保証されてるから、いーや、暮らしてられるぞ。とにかくしばらくは」

「そういう意味じゃないのはわかってるだろ」

　クリスはわざと曲解しているのだ。

「なら会いに行かなくては」とオーランドが言い出した。

「ほぼ義理の弟だもんな」とクリスが迎合する。

　じつにムカつく二人だが、俺は笑っていた。「てめえら二人ともいい加減にしろ」

「ビーチウェディングがおすすめだぜ」とクリスはやめない。

「お前のボーイフレンドに会うのは初めてだなあ。いつも本土のほうでヤってくるだろ。ケツセックスがそんなにいいなんてお前から聞いたこともなかったぞ」

「ってことはあんたとヘザーは、何もこういうの……」

クリスが片手の指で輪を作り、もう片手の指をその輪に差し入れしてみせる。

「何も。いや俺のほうはしてるけどさ、さっきも言ったろ、ストラップつけて俺がされるほうってのは未経験だね」

俺は片手で顔をこすって呻いた。救いようがない。マイロはこの二人を前にしたら困るだろうし、まあ当然だ。俺だってしょっちゅう扱いかねる二人なのだ。

「俺の人生がヤバい」と言うと、二人がやたら得意げに爆笑する。「マイロに会う時はそんな調子はやめてくれよ」

「どんな調子？　これがありのままの俺だよ」クリスが言い返してきた。「さっき彼のことはそう言ったろ？」

「マイロがありのままでいいのは、俺が気に入ってるからだよ。お前のことは嫌いだからな」

「ガーン！」

「マイロに惚れてるんじゃないか、お前？」とオーランドがからかう。

「俺もう帰ろうかな」

兄が俺の肩に手をのせた。

「お前に絡んでるだけなのはわかってるだろ？」

「ん」

俺たちはずっとお互いにこんな調子だ。今さら変わるとは思ってない。それでもやっぱり、まあウザい。

「式のベストマンは俺にやらせてくれるよな！」

オーランドにたたみかけられて、俺はつられて笑っていた。バカ野郎どもだが、大好きなやつら。

「ただ、マジに言っとくと……マイロに会おうとして、ふらっと俺のアパートや本屋に顔を出すのはやめてくれよな」

「指切りげんまんで誓うよ」とオーランドが応じた。

「ガチで針千本な」とクリスが追加した。

幸い、三つの皿を手にしたパッツィがやってきてくれて、場を救った。食って、いつもの近況報告。父と母は旅行中で（退職してからあちこち回ってる）、もうじき帰宅予定。両親はマイロに会ったらどう思うだろうと、俺は必要もないのに考えていた。どうせ会うことはない。両親とは実家で会うばかりで、俺の部屋に来たりはしないし。

勘定は持ち回りで、今日は俺の番なので金を払って店に戻った。本屋のドアを開けようとしたが、鍵がかかっている。中をのぞいても、マイロはいないようだった。

午後は、十九歳の娘に蝶のタトゥと、別の男の二の腕に部族《トライバル》の模様を入れた。気がつけばちらちら窓をうかがう自分がいて、マイロが隣に戻ってきたら不思議な力でわかるとでもいうのか。気にすることじゃない……どうして気になる？　彼に調子を狂わされたのか、自分が変だ。

五時少しすぎに仕事が終わると、いつもと違って店には残らず引き上げた。とびこみ客はよくいるし、稼ぎたいが、マイロに会いたい。

まっすぐ本屋に向かって、ドアに手をかけると、今度は開いた。

少し開いて、一歩入る。

「マイロ？　いるか？」

レジのあるカウンター裏でガサガサと音がして、それからマイロの髪が見え、顔がのぞいた。

「います」と彼が答えた。

俺は眉をひそめて近づく。

「大丈夫か？」

そこに椅子はないから、マイロは床に座っていたのだ。

マイロからは、俺が二つ頭になったような目を向けられた。

「ええ。どうして大丈夫でないと思うんですか？」

「そうだな。きみがカウンターの裏で床に座ってるからかな」

「そう……何でもありません。椅子に座りたくない時もあるし、狭いところに入りたい時もあるので、そこでのんびりしていました」

そうか、なら。自分の趣味なら、それでいい。

「何してたんだ？」

「はじめは『不思議の国のアリス』を読んでいました。レイチェルに薦められたので。それからこれを描きました」

俺にノートを手渡す。本屋の内装スケッチだった。カフェや読書コーナーをどこに設置するか、棚をどう分類したいか、すべてがきっちり分類され、明記されている。

「すげえな。これまでリノベを何度もやったのか？」

俺にはこんなにすぐアイデアは出せない。仕事だからスケッチはそこそこ描けるが、マイロの絵は素晴らしかった。

彼は眉を寄せた。

「いいえ。どうしてです？」

俺は小さく笑った。

「ものすごく上手だからだよ」

「ああ、そう……なるほど。ぼくはまずまず描けます。格別得意でも、愛着があるわけでもありませんが。趣味でデザインのクラスを取ったことがありますし、建築もやりました――入門レベルのものを。ぼくは吸収が早いですし、ＹｏｕＴｕｂｅの動画もたくさん見ました。ほら、必要なことは自力でできるようになりたくて」

彼をただ見つめて、うまい言葉を探そうとしたが、天啓はこない。マイロはただ……めちゃめちゃすごい。ほかに何と言えばいいのか、俺にはわからない。

「またおかしな笑顔でぼくを見ていますね」

「ごめん」

マイロがきゅっと眉根を寄せる。

「かまいません。いい笑顔です」

「おかしな笑顔なんだろ？」

「そうですが、同時に欲情させられます。友達でルームメイトという関係上、適切なことかどうか悩ましいですね」

ヤバい、俺の股間もそれに反応してわっと血が集まってくる。サカるほどではないにせよ、マイロをムラムラさせたなんて思うだけで、ちょっと固くなっていた。

「じゃあきみにはずっと笑顔でいていいってことだな。了解」

マイロはあきれ顔をしてから、立った。

「口説くのがお好きですね」

俺は肩をすくめた。

「うん。昔はできなかったからな。俺は、島を出る直前までカミングアウトしてなかったんだ。ボストンに行って、気軽に声をかけられるようになってさ」

「その話はいつか聞かせてもらいたいですが、まずは買い物に行って、ぼくの一日をあなたに報告したいのです」

俺は笑いをこぼして、自分の話が優先かとマイロをからかいそうになったが、俺だって昔話をするよりはるかに彼の報告を聞きたい。

「じゃ、そうしよう。きみが空腹で立腹になる前に、食料を買いこまないとな」

「今はそうやって冗談を言えますが、一度見たら思い知りますよ」

ふざけた調子でマイロが言った。ジョークを言う彼はかわいい。

彼はカバンを取り、肩にかけた。戸締まりをして、二人で俺の車に乗りこみ、リトルビーチ島最大かつ唯一の食料品店に向かう。

「コストコはありませんか？」

「島にはないよ。本土には、当然ある」

「時々行けたらいいですね」

「そうしよう」しばらくマイロが静かだったので、俺は水を向けた。「で……きみの一日は？」

「あ。ジーンの家まで歩いていきました。彼は、ドアを開けた途端にぼくが何者かわかりました。それもぼくが島の新参者だからではなく。聞いたんです。ぼくに、ウィルマ・アレンの面影があるからだと彼は言っていました……ぼくは似ていると……それと彼女は、どうやらぼくをインターネット上でストーキングしていたそうで、SNSではありえることだとはいえ、おかげでインスタグラムのアカウントをどうするか迷っています。アカウントを消すほどのことはないでしょうが」

　驚きだ。

「はあ？　ショックだな。きみがその手の連中だったなんて」

「その手の連中？　インスタグラムには色男がいっぱいなんですよ！　彼らをたくさんフォローしているんです。尻がたくさんですよ、ギデオン。見渡す限りの尻です」

　口からでかい笑い声がとび出して、自分でびっくりした。

「そうか、尻が好きか」

「誰でもそうでしょう？」

「ごもっとも。知能がありゃ当然だな。さて、ここで大事な質問だが、きみはインスタグラムで自分の尻を見せてるのか？　ならアカウント名を知りたいね」

　マイロは笑って、それから眉を寄せた。

「ジョークですか、本気ですか？」

「百パーセント本気だ……ただし、きみが気乗りしないならいいよ、気まずくさせたいわけじゃないし……きみの裸の尻を無断で見たりもしないから」

「あ、ええ、見たい時はそう言ってください。でもネットには載っていませんよ。知らない人に裸を見せられるほどぼくは勇敢ではないんです」

　だが俺には見せてくれるということか。いややめろ、マイロに惹かれるものはあるが、もうここにはかけがえのない友情があるのだ。俺はあまり男運がいいほうではないし、この友情をふいにしたくもない。ほかのことを考えよう。

「ウィルマとジーンの話に戻ろうか？」

「あっ、そうです！　忘れていました。彼と話せたことはとても素晴らしかった。何分かしかいませんでしたし、家には入りませんでしたけど。たくさん話を聞けたわけではありませんが、話はしてくれそうでした。ぼくはすべてを聞くつもりでいたのですが、どうやらまだ心の準備が足りないようです。母より前に話を聞いてしまうのも気が引けます。この話は重くて、たくさんのことが詰まっている気がして。ぼくだけがそう感じるのかはわかりませんが」

「いや、わかるよ」

俺は腕をのばして彼のうなじに手を置いた。甘い仕種なんか普段はしないから、ふれた瞬間、ビクッと手を引きそうになる。だがその前にマイロの目がさっと俺を見て、瞬間、まるで空気中の静電気がピリピリと俺の中ではじけたようだった。なんてバカな考え。二人の間に電気が走った、なんてベタな話は好みじゃないのに、マイロに小さく微笑みかけられたら、なすすべなく笑みを返していた。

「あなたの目は素敵ですね。でももう道路を見たほうがいいでしょう。ぼくの脈拍が少々上昇気味なので」

俺は手を引いて、前を向いた。

「ぼくはいつもは不意にさわられるのは好きではないのですが、今は平気でした」

しまった。

「すまん」

「いえ、いいんです。いい気分でした」

それは……彼のその言い方だとまるで——。

「なら、よかった」

沈黙が続き、やがて俺は車を停めて、エンジンを切った。

「ありがとうございます、ギデオン。ぼくと友達になってくれて」とマイロが言った。

「礼なんかいいさ」

感謝するべきは俺のほうなのだ。

9

マイロ

ギデオンとぼくがルームメイトになって二週間と一日が経った。今のところ、彼にイライラさせられたのは一回だけ……二回かも。ぼくにイライラしたかどうかは、ギデオンは言わなかった。

ぼくは冷蔵庫にホワイトボードを貼って、使い切ったものを書きこめるようにした。これなら何か食べようとして、うっかり不可能な計画を立ててしまうことを防げる。それに一人だけで買い物に行っても、何が足りないかがわかる。

ぼくは何回か送迎サービスを利用して、一回などはレイチェルと買い物に行った。ぼくの面倒を見ないといという義務感をギデオンに抱いてほしくないし、そんな必要もないし、ただレイチェルのことは好きでも一緒の買い物はいまいちだった。ギデオンとのほうがずっと楽だ。

買い物はともかく、レイチェルは楽しい相手だった。彼女は二回もキャミーをつれてきた。そのうち一回は少しやかましかったが、キャミーは子供だし、子供はうるさいものだとぼくは自分に言い聞かせた。

ただ、ギデオンはオレンジの最後の一つとイチゴを残らず平らげておいて、それをホワイトボードに書き忘れたのだ。空腹のぼくはフルーツサラダを作る心づもりで、オレンジとイチゴが必要だったし、イチゴ抜きのフルーツサラダは好きではない。リストに書いてくれなかったのはじつに腹立たしかった。ボード用マーカーだって置いてあるのに！　コンフリクト・インクまで下りていって、彼にそう言ったのだ。

彼はその夜仕事で、ぼくの夜は台無しにされたが、次の朝起きるとすでにイチゴとオレンジを買ってあっただけでなく、サラダも作ってあって、しかも付箋にちっちゃい〝立腹モンスター〟が描かれていた——今、その付箋はぼくの財布にしまわれている。おかげで癇癪を起こしたことを反省した。きっと彼がぼくにイラッとしたならこの時だろう。でもとにかく、彼が描いた〝立腹モンスター〟はかわいかった。

ギデオンに打ち明けていない問題があと一つ……いや二つかも、だけある。一つ目は、そばにいるうちに彼に肉体的に惹かれてきたことだ。恋ではないしボーイフレンドになりたいなどという目論見はない。そこまでお互いをよく知らないのだ。きっとぼくは彼氏にするには面倒くさすぎる相手だろうし、自分にそういう役回りはなさそうだということは納得済みだ。でもギデオンは、本当に、本当にかっこよくて……優しいのだ。どうしてか、優しいせいで色気まで増して見える。

おかしな話だ。

二つ目の問題は、同居を始めてから、ぼくがまるきり一度もポルノを見られていないことだ。視覚の刺激なしで達するのは、ぼくには難しい。自分のものを握る手は気持ちがいいけれど、自分に萌えはしないし、セックスの雑音が邪魔であっても性行為やセクシーな人々の映像を見て盛り上がれる。でも、ポルノを見てしごいているところにギデオンが入ってくるかもと思うと、怖くてとてもそんな気になれなかった。

オーガズムが恋しい……とても恋しい。おかげで不機嫌になっていて、そろそろギデオンは

〝射精欠乏症モンスター〟を描く羽目になるかもしれない。

うれしい話としては、自分のベッドや身の回り品が届いたので、よく眠れるようになった。でもイキたくて仕方ない。ぼくのチンコはぼくにおかんむりで、無理もないと思う。

「この色いいねえ」

レイチェルがぼくが入手したペンキのサンプルを見て言っていた。本屋に二人だけだ。ギデオンの手も借りて中の物は運び出し、貸し倉庫に入れてあった。カフェテリアのカウンター用の材料とかを色々買いこむのにも、ギデオンにつれていってもらった。

「ギデオンに、ある時間だけ家に寄り付かないでもらえるようたのんだら、失礼に当たると思いますか？　一、二時間くらいのことです。彼が帰ってこないという保証がほしいのです。店に出ている日でもふらっと二階に戻ってくるので。失礼な人間にはなりたくないのですが……彼の部屋ですし……ただ、どうしても一人になりたくて」

レイチェルが黒い眉毛を上げた。

「連れこみたい男がいるの？」

「そんな、違います。ぼくは誰かとセックスしたことはありません、いつも自分が相手です」

「待って待って。ねえバージンなの？　それ自分の希望で？」

「ぼくは二十四歳ですよ。どう思いますか」

レイチェルは笑った。

「一本取られたわ。なら、どうしてまだなの？　あなたイケてるよ、マイロ。あなたとヤりたい男ぐらい絶対いるって」

ぼくもいると思うのだが、ただぼくのえり好みが激しいのだ。それに、信頼している相手でなくては。だってよく知らない他人のキスとか愛撫とか精液とかが気色悪かったら、どうすればいいのだろう。他人の唾液が口に入ってくるなんて、平気なわけがない。相手の精液が体にかかって、パニックを起こしたら？　経験上、精液は平気だが、まだ自分のものしか知らないし。おぞましい事柄が起きる可能性が山積みすぎて、試す気にもなれなかった。そもそも相手がよりどりみどりというわけでもない。

自分が変人に見られそうなことばかりなので、レイチェルには話したくなかった。

「拒否権を発動します」

「へ？」

彼女が腕組みする。

「語り合いたくない事柄なので、拒否権を行使します。ぼくは、ギデオンが入ってくる心配をせずにポルノを見たいという問題について語り合いたいだけなのです。その確信がないと、不安でたまらなくて、オーガズムに行きつくのが困難なのです」

ポルノ動画を見ているとギデオンに知られるのがどうしてこうも気恥ずかしいのか、自分でも理解できなかった。ごく一般的で、人並みの行為なのに。人間はセックスや快楽を求めるものだ。多分ぼくは、男同士の絡み合いを見てマスターベーションしている自分をギデオンに見せるかどうか、自分でコントロールしたいのだろう。

レイチェルがぼくにニコニコした。

「あなたが大好きよ、ほんと」

ぼくは眉を寄せる。

「どうしてです？　ぼくがポルノを見ているから？」

「いーえ、好きだから好きなだけ。ギデオンはいつもノックせずにあなたの寝室に入ってくるの？」

「いいえ。一度も」

「ならそれでいいじゃない」

「ぼくをわかっていませんね。それでは不十分なのです」

レイチェルが笑った。

「わかった。なら、ノー。ギデオンにたのんでも失礼じゃないと思うよ。一、二時間絶対に戻ってこない状態で一人になりたい、と言えばいいの。ギデオンはさっぱりしてるもの、気にしないって」

きっとそうだろう。ただ、果物のことで一度騒ぎ立ててしまったし、愛想をつかされたくないだけだ。

してください」

「今度話してみるかもしれません。今必要なのは気晴らしです。ゴーグルとヘルメットを着用
「材木を運んでるだけじゃない。いらないって」

「安全第一！　ゴーグルとヘルメットをしないなら作業は中止です」

「大好きって言ったの、取り消すわ」

「ぼくはあなたを大層気に入っていますよ、初めてできた友達の片方ですし。でも、ぼくに全面的な好意を抱くには時期尚早でしょう。時とともにそうなってくれたらいいと思います」

「ああマイロ、やっぱり大好きよ。世の中ろくでもない人間ばっかかでごめんね。あなたと友達になれてよかった」

ぼくは微笑んだ。

「ぼくも友達になれてよかったですよ……でもギデオンが一番の友達なんだと思います。とにかく、ぼくとしてはそうだといいなと。それはかまいませんか？　ギデオンには内緒の話ですよ」

レイチェルにばっとハグされて、ぼくは固まった。だって……一体どうして？　何がきっかけかわからず、両腕を弛緩させたまま立ち尽くしてしまった。

「ええ、かまわない。マイロとギデオンの間で起きることなら何だって大賛成」

「素晴らしい。友達というものについて習得できてきました。何の困難も感じません」

「でしょうね」と彼女が笑う。

「ヘルメットとゴーグルを着けて」

「げ。やっぱりさっきのは撤回」

それでも彼女はヘルメットもゴーグルも装着し、二人で作業にかかった。手を借りて、中で使う木材などを運びこむ。ノコギリを何種類か買ってあったし、中と外に作業用の台も設置した。ギデオンからは彼の家族から大工道具を借りればと言われたが、他人のものを壊すかもしれないと思うと怖い。会ったこともない相手だし。ギデオンは、旅から帰宅した両親に会いに行っていたし、兄とも時々会っているが、向こうが部屋に来たことはないしコンフリクト・インクに来たとしても、ぼくは見ていない。

U字カウンターの印付けを始めたぼくに、レイチェルが聞いた。

「ジーンとはまた話したの？」

「ギデオンにそう聞けとたのまれましたか？」

「違うけど、ってことはギデオンにも言われてるんだ」

「数日ごとに聞かれます」

さっきリストに入れるのを忘れたが、これも彼に対するイライラの元のひとつだ。

「ぼくはこの間家に行って、踏み板を修理しましたが、ノックはしていないし向こうも出てこなかったので。携帯電話の番号を置いていきました。彼はメールで〈ありがとう〉と送ってきました」

「返事はした？」

「しましたよ！　そこまで物知らずではないです」

「でも確認もせず、勝手に踏み板を直したんでしょ？」

「それは、初対面の時に直せると言ってありますから。彼からたのむとは言われていませんが、断る理由があるでしょうか」

「うーん、一本取られたわ」

「今日はこれで二本取りましたね。この板を切らなくては」

ぼくは計ったばかりの板を手にした。

建物裏の物置まで、彼女がついてきた。

「優しいじゃないの、マイロ・コープランド。なのにどうしてジーンと話さないの？」

「拒否権です。これも今日二回目ですね」

「わかったわよ。私にも空気くらい読めるし」

五時くらいまで一緒に作業してから、レイチェルが言い出した。

「外にアイスクリーム食べに行かない？　私が夕ごはんの前にお菓子を食べてるなんて、キャミーには内緒ね」

「言いませんし……アイスクリームの誘いを断ることは、ぼくの人生にはありえません」

シャワーを浴びに上に行くのを我慢するのは一苦労だったが、おがくずを拭い取って本屋のトイレでできるだけ身繕いをした。それからアイスクリーム屋まで、一ブロック足らずを歩いて向かう。屋外に大きな屋根付きスペースが用意されていた。かなりの人数がいたが圧迫感を覚えるほどではない。

レイチェルはコーンのアイスを買い、ぼくは溶けたアイスが手につくのがいやなのでミルクシェイクをたのんだ。屋外に空席を見つけて座る。ほんの何分もしないうちに、一人の男がぼくらのテーブルに近づいてきた。

「どうやらきみが、俺の義理の弟か」

「は？」

男はクスッと笑う。なじみのある笑い方だった。

「俺はギデオンの兄のオーランドだよ。きみはマイロだろ？」

右手を差し出されたが、ぼくはただそれを凝視していた。どうして「義理の弟」と呼ばれたのだろう？　彼が、ぼくとギデオンを恋人同士だと考えているならともかく……それはあまりにもぼくの妄想が過ぎるだろう。

「ええ、ぼくはマイロ・コープランドです。どうかミスター・コープランドとは呼ばないでください。しかしギデオンとぼくは恋人ではありません。そういう意味でおっしゃいましたか？」

彼の眉がかすかに寄ったが、しかめ面をこらえているのがわかった。自分では気がついていないかも。よくあることだ――人が何か考えている時、知らずにそれが顔に出る。オーランドはぼくへの対処を迷っているし、さらに面食らっているかもしれない。

「いや、今のはただの冗談だよ。あいつをからかって言っただけなんだ」

ぼくとつき合うということが、からかいの対象になるようなことなのか。

オーランドが手を下げた。しまった、どうして握り返さなかったのだろう。ギデオンの兄には好かれたいのに。

「やっと会えてよかったよ」オーランドが言った。「リトルビーチ島はきみの噂で持ちきりだし、ギデオンもきみの話ばっかりだ。でもあいつから、本屋や家にきみに会いに押しかけるなってきつく言い渡されててね」

彼は笑ったが、ぼくはとても笑う気分じゃなかった。胃がいやな感じにぐるぐるする。

「ギデオンが、ぼくに会わせたくないんですか？」

ぼくのことが恥ずかしいのだろうか。そうは見えなかったけれど。一緒に買い物にも行ったし時々は外で食事もする。ただ大抵は家で食べるほうが好きだった。

「ギデオンはそういうつもりで言ったんじゃないはず」

レイチェルがそう言うのと同時にオーランドもかぶせていた。

「あっ、そうじゃないんだ、そういうことじゃない。何だか俺が大失敗してる気がしてきた」

それは彼のせいではなく、ぼくのせいなのだ。この会話丸ごと、拒否権でやめられたらいいのに。

オーランドがまくしたてた。

「あいつはきっと、俺がバカなことを言うと心配して——案の定言ったみたいだし——でも、きみと会わせたくないとかじゃないと思うよ」

彼の声は優しく、うかがうようで、どういうわけかそれがぼくの神経にさわった。それとも、彼がギデオンの兄で、ギデオンはぼくの友達だから、ぼくはぼくに腹を立てていたのかもしれない。ギデオンがどうしてぼくと親しいのか、兄に疑問に思われたくない。ぼくらを会わせようとしないギデオンの判断が正しかったとも思いたくない。

「あいつが言ってたけど、今本屋の改装をしてて、きみも作業しているんだって？」

「自分でちゃんとできますから。ぼくは無能ではないので」

ぴしゃりとはねつけていた。心臓が乱れ打って、耳が少しこもったようになる。

「きみが無能だとか、できないとかいうつもりで言ったんじゃないよ。すごいなと感心してたんだ。俺にはできないから。器用なのはギドのほうで」

オーランドがこわばった笑いとともに、一歩下がった。ぼくが駄目で全部めちゃくちゃにしているから、ここから逃げ出したがっている。

レイチェルが声を上げた。

「ヤバい、遅れそう。もう行こう、マイロ」

ぼくを助けようとしているのだ。友達というのはそういうものだろうし、ずっとそれに憧れていたけれど、そうしなくてはならない彼女が、今のぼくは憎かった。彼女にそうさせる自分自身も憎かった。でもこの助けを拒むつもりもない。

自分を落ちつかせようと踏ん張った――ギデオンがぼくを恥ずかしく思っていて兄に会わせたがらなかった、その判断は正しかったのだ。ぼくはやらかしてしまった。これで彼が友達をやめたがったらどうしよう。彼を失いたくない。

「お会いできてよかったです」

立ち上がり、無理に右手をつき出した。オーランドがその手を取り、握手を交わしてから、レイチェルとぼくはそこを去った。

道まで出ると、ぼくは彼女にたのんだ。

「ギデオンには言わないでください」

「言わない。ねえ、うちに夕ごはん食べにこない？　それか、あなたの部屋に遊びに行こうか？」

ぼくは首を振った。

「いっぱいいっぱいです。今は、一人になります」

黙ったまま店に戻った。レイチェルが車のそばでさよならのハグをする。

ぼくは二階へ上がって鍵を開けた。中へ入ると、靴を脱いでスタンドに置く。それからズボンを脱ぎ、すぐに寝室へ行かない時用のラックにかけた。

ぼくは役立たずだった。ギデオンが恥ずかしく思うのも当たり前だ。

10

ギデオン

コンフリクト・インクに入ってきた兄は、俺を見て眉を寄せていた。俺は顎をしゃくり、ついてこいと無言で伝える。話がある時や何か悩んでいる時のオーランドはすぐわかった。あまり似てない兄弟だが、仲はいいし通じ合うものがある。

備品室に入った俺は、届いたばかりの染料を片付けにかかった。フレディに挨拶する声がしてから、オーランドがドアと俺の横を通る。

「あのな……俺、マイロに会ったんだけど」

このクソ兄貴。絶対何かやらかすと思った。うなって、俺は天井を仰いだ。

「何をした？」

「そんなつもりはなかったんだ！　ただ冗談で、彼をお前の夫扱いしたら、困って、ピリピリしてた。それから、店の改装作業をしてるんだろって言ったら、彼にはできないとか無能だと見てると思われた。いや本当に、どうしてああなったのか全然なんだ。彼はそのまま帰った。でも気が立ってる様子なのはわかったよ……俺が思ってたのとは違うタイプだったな」

　胸にぱっと怒りがこもる。

「それは一体どういう意味だ？」

「待てって、深い意味はないよ。落ちつけ」

　まったくだ。俺の過剰反応。兄がマイロを悪く言ったわけじゃないし、俺にとってもマイロは予想外のタイプだ。

「俺はただ、マイロに何か失礼なことをしちゃったんじゃないかと心配でさ。悪い態度を取るつもりなんかなかったけど、そう見えたかもしれない。はっきり言えるのは、俺のユーモアセンスが通じなかったってことだけだ」

　どうも腑に落ちないのは、俺もまだマイロの色々なこだわりを学んでいる最中だが、それでも俺がわかりにくいジョークや微妙な皮肉を言えば、マイロはいつもはっきり指摘してくるからだ。俺のジョークがつまらないと思えば、それも必ず報告してくる。オーランドが今言ったみたいにその場を立ち去ったりはしない。

「そりゃ兄貴のジョークがポンコツだからだよ」

「彼氏と同意見か」

「マイロは彼氏じゃない」

「今はまだな」

オーランドはそう眉をうごめかせたが、俺は無視した。マイロが心配だ。

「知らせてくれてありがとうな」と兄に言った。

うなずいたオーランドが、そのまま出ていってくれたので助かった。俺は染料をすべて片付けてから、店内をあれこれとうろついた。マイロがもし俺と同じなら、しばらく一人になりたいはずだ。俺は気が立っている時に人には踏みこまれたくない。まずしばらく一人でいてから、やっと誰かと会う気分になってくる。

それでも心配で店内をぐるぐるさまよってしまうし、何よりマイロと話がしたかった。客にタトゥを入れているフレディに声をかける。

「少し上に行ってくる」

「いいよ。戻ってくるか？」

「ちょっとわからん」

「ん」

こっちを見もしないフレディの集中は、すべて作業中のタトゥに向けられていた。彼の色のセンスは秀逸だ。その才能がうらやましい。

二階の部屋に入ると、ラックにかかったマイロのズボンが目に入った。家でズボンを穿くのが嫌いだとマイロが言ったのは、誇張ではなかった。いつも脱いでいる。サンディエゴにいた頃、来客の時はどうしていたのだろう。いやそのためにドアの脇にかけてあるのか――ノックがあったらすぐ穿けるように。

「ロー？　いるか？」

「いません！」

寝室から返事があって、俺は微笑んだ。

そっちに向かい、俺が来たのはわかっただろうけど、そっとノックをする。

「いないならどうして返事が聞こえるんだ？」

「それは反語ですね。それくらいはぼくにだってわかります。信じられないかもしれませんが」

俺は眉を寄せた。たしかに皮肉類の識別にマイロは時々苦労していたが、理解を疑っていると思わせる態度を取ったつもりはないのだが。

「中に入るぞ。入ってほしくないなら、今言ってくれ」

返事がなかったので、俺はゆっくりとドアを開けた。いつもながらに片付いた部屋だ。ナイトスタンドに積まれた三冊の本はきっちりそろえられ、意識して並べているようだ。前とは違う本だったが。

だが俺の意識はそっちにはなかった。マイロを見た瞬間、俺は歯の間から鋭く息を吸っていた。この何週間か、ズボンなしのマイロは毎日見てきたが、シャツまで脱いで、ベッドに寝そべり、かわいいしかめつらを向けてくる彼は初めてだった。腹は筋肉ムキムキではなくほどよく締まり、薄茶の乳首がつんと立っている。ほっそりした腰と、それより少しだけ広めの胸板。ジム通いや肉体労働で作り上げた体ではないが、たしかな筋肉がついている。腕組みしているので、二の腕の小さな盛り上がりが固く見えた。

パンツのゴムの下まで続く素敵な体毛の筋は髪と同じ赤毛で、それより最高なのは肩全体、きっと背中にもまぶしたようなそばかすだ。どんな味がするのかと思ってしまう。

（そこまでだ！　なめたいなんて考えちゃ駄目だ。友達だし、動揺してるんだぞ）

「変な目でぼくを見ていますね」

マイロの体に見とれていた俺ははっとした。

「俺はいつも、きみ相手だと変な態度になるんだな」

マイロが眉をひそめた。

「いいえ、それは違いますが」

「お、にらまなくなったな」

近づいてベッド脇に立った。マイロの髪は、シャワー浴びたてのように濡れていた。

「あなたの兄に会いました」

マイロが逆側に顔をそむける。

「聞いたよ。どうもあまり楽しくなかったみたいな顔をしてるな……それに、俺に対しても何かあるのか、全然こっちを見てくれない。俺がどんなまずいことをしたのか、わからないけど知りたいよ。話せることなら」

一分ばかり沈黙が続く。重苦しい。

「もしあの夫発言とか、あいつの言葉を何か気にしてるなら、それはうちの兄貴がバカなだけだよ。あいつのユーモアセンスは壊滅的なんだ。ずっと言ってるんだけどさ」

「あれには面食らいました」

マイロはそう認め、溜息をついてあぐらの体勢になった。そういえばこのポーズをよく見る。俺も座ったがベッドの端にして、マイロの境界線を尊重した。

「周囲の状況を常にコントロールできないのは、わかっています。それはいいんです。慣れています。対処も学んでいますが、ただ目の前に来た彼に、まず『義理の弟』と呼ばれたことで、少し調子が狂いました。どう解釈していいのかわかりませんでした。もしかして……自分の知らない血縁がほかにもいたのかとか。あの人はあなたの兄だとその後すぐに理解しましたが、その時にはもう動揺していて、そこでぼくが『あなたと恋人ではない』と説明したら、彼はあなたを『からかっているだけ』だと答えたので、ぼくとつき合うのはからかわれるようなことなのかと、不安になりました」

げ、そんなことは絶対に考えてほしくない。

「それは違うよ、あいつはそういう意味で言ったんじゃないし、そんなことは全然ない」

「今はそうわかっています。あの時も理屈ではわかっていたのかもしれません。はっきりとは言えませんが。あの瞬間は頭がいっぱいになっていたので、そういうふうにしか思えませんでした。すると彼が、あなたにここへ来ないようにきつく言い渡されていると発言したため、あなたはぼくを恥ずかしく思っているのだと、それしか考えられなくなり、改装のことを言われて彼に当たってしまいました。ぼくにあのような作業ができることを人が意外に思うのは知っていますが、ちゃんとできますし——きっと彼やあなたより上手くできます。それで悪いことをしたと少し思いましたが、少しだけです、ぼくは木工の心得はありますしそれに——」

「ちょっと、ちょっと待ってくれ。ゆっくり行こう。今から一つずつ全部確認するけど、その前にまず、俺がきみを恥ずかしいと思っているという部分をはっきりさせておこう。どうしてそんなことを思ったんだ？　きみを恥ずかしく思ったりなんかしてないよ、ロー」

「どうしてぼくをそう呼ぶのです？　これで二度目です」

「どうしてかな。口をついて出たんだ。やめたほうがいいか？」

ニコッとした笑みを見ると、彼の笑顔はどんな味がするのだろうと思ってしまう。

「いいえ。気に入りました。ぼくを愛称で呼ぶ許可を与えます」

「それはありがとう。で、俺の言ったことを信じてくれるか？」

もしマイロにそう思わせるようなことをしてしまっていたなら、直さねば。恥ずかしいなんて思ってもいない。マイロを恥じる理由なんてどこにもこれっぽっちもない。

「これまでもぼくをそう扱う人はいました。ぼくの父もそうでした。誰かのそばにいるためならと気にしないようにしてきましたが、ぼくは、もうそれはやめたんです」

マイロが一言ずつ区切りながら、俺の胸元を指先で突く。

「ぼくが、そんな扱いを、受けていい、わけがない」

「もちろんだ、考えたこともないよ」

自分の価値をわかっているマイロはさすがだ。多くの人間は知らないままでいる。俺だってわかっている気はしない。

「誓って言うよ、きみを恥ずかしがってなんかいない。そんなこと頭にもなかった」

「ならどうしてぼくとオーランドを会わせたくなかったんですか」

「会わせたくないんじゃない、つまり、あいつはだな、口を開けばバカなことを言う癖があって。きみ相手にそんなことをさせたくなかった。それと、ひょっこりやってきたあいつが下着姿のきみを見るのも避けたかった。あいつが何かやらかしそうで、実際やってくれたけど、だから俺は……」

小首をかしげていたマイロは、その首を振った。

「あなたにその権利はない。ぼくと友達になるのなら、世間からぼくを守ろうとしてはいけない。たとえぼくがヘマをしたりパニックを起こす結果になろうと、ぼくから機会を奪わないでください。苦手な状況になる可能性があるからと言ってぼくを隔離しにかかるような人とは、友達ではいられません。それは、あなたがぼくにだけ態度を変えるということだし、そういう扱いをされるのはいやなのです。絶対に」

「俺は……」

何を言えばいいのかわからない、何しろマイロの言うとおりだった。それを堂々と求める彼には、尊敬しかない。

「二度とやらないよ。約束する」

マイロの父親のクソ野郎め、知らない相手だが。親との話は気になるものの、今聞くことではない。

「感謝します。ぼくの反応はもしかしたら少し過剰だったかもしれませんが、追い詰められているんです。あなたのせいで、もう何週間もオーガズムに達していないので」

俺の口がポカンと開いた。マイロは平然と手をのばし、俺の顎に指を引っ掛けて、口を閉じさせた。

「まるでわからないから、どうして俺のせいなのか説明してくれないか」

「ぼくはオーガズムを得るために視覚刺激が必要なのですが、隣室にあなたがいると思うと落ちついてポルノを鑑賞できないのです。留守の時に一度試してみましたが、今にもあなたが二階に上がってくるかもしれないと脳が騒ぎ立てるので、射精に至れませんでした。レイチェルに、二時間ほど帰ってこないでほしいとあなたにお願いをしても失礼に当たらないだろうかと相談もしました。何回か抜けば、ぼくの神経も少し落ちつくと思うのですが」

まだ言葉を失ったままの俺だったが、俺の股間のほうは話を聞き漏らさず、このベッドでポルノを見ながらしごいたり穴をいじくるマイロを妄想しはじめている。

「どこか壊れてしまいましたか？」

そう聞かれるまで、俺はどれくらい無言でいたのだろう。

「かもしれない」俺は咳払いをした。「まず最初にだ、大丈夫だ、二階に上がってくるなと言われれば俺はそれを守る。第二に、俺が隣の部屋にいてもポルノを見ていいぞ。本当に、同居してからずっと一度も出してないのか？　俺はきみがいる部屋の隣で毎晩シコってるぞ」

今度はマイロの口がポカンと開いた。とび出しそうに目を剥いていて、どういうわけかそれでもかわいい。

「それ、見たいのですが」

股間にぐわっと血が殺到して、強烈な劣情にめまいがした。

「いや。ちょっと待て。きみは俺が家にいるとしごけないんだろ。なのに俺がしているところは見たいのか？」

なかなかに混乱する。

「不思議ですよね。ぼくの脳は風変わりなのです。どんな感じか、一度中をのぞかせてあげたいですよ」

俺は小さく笑ったが、彼が自慰をしている姿が頭の中に焼き付いて消えない――それと、俺たち二人で自慰をする妄想も。

マイロが顔をしかめてもぞもぞしたので、俺はつい、さっきまでそれほど目立たなかった彼のパンツの見事な盛り上がりを見てしまっていた。

「勃起しました」

「みたいだな」

俺の声はずっと低く、かすれて深くなっていた。

「困りましたね」

「俺のほうも同じ問題があってな……」

「そうなんですか？　見せてください！　いや失礼、無作法でした。あなたのマスターベーションを見たいと発言したのも失礼でしたね。不愉快に思われていないといいのですが。あなたの意に反することは決してしませんから。時々、口から考えなしの言葉が出てしまうだけです」

「あのな、ロー。謝らなくてもいいから。だってそれ……燃えるだろ、きみと一緒にしごくところを想像すると……」

「一緒にですか？　ぼくの裸は見たくないのでは」

「んん……それ誰が言ってた？」

「そうですね、インスタグラムにのっている尻の話をしていた時、ぼくの尻が見たいのならそう言ってほしいと、あなたにお知らせしましたよね。でもあなたは言ってこなかった。言ってくれればお見せしましたが……という話です」

駄目だ、もうガチガチになっちまった。熱と渇望がこみ上げて、タマがうずく。マイロの率直さはじつに新鮮だ。もしマイロにすでに惹かれていなくとも、こんなの勃つだろう、普通。

俺はじっとマイロを見たが、彼のほうは透視にチャレンジしているように俺の股のあたりを凝視していて、この感じだともう後戻りはなしだ。これが利口な判断かどうかはもう考えないようにする。

「俺にきみの裸を見せてくれるか？」と俺はたのんだ。

マイロが唇を噛む。くそう、俺も同じところを噛みたい。だがそれは求められていないのだと自制する。

「いいでしょう。あなたの裸を見せてもらってもよろしいでしょうか？　マスターベーションするところも、よろしくお願いします。お世話になります」

「よし」

この決断が間違いでないことを祈るが、ノーと言うにはあまりにもマイロのことがほしかった。

　マイロは躊躇しなかった。膝立ちになるとさっとパンツを押し下げ、またぼとんと座りこむ。その姿は……セクシーだった。体毛は手入れされ、赤毛の髪より少し暗い茂みがきれいに刈り揃えられている。すっかり勃起して、長く太いそれの先端の割れ目から雫があふれてきていた。すごく味わいたいし、根元から先までなめあげて全部口に入れて吸いたい。

「ギデオン！　見ているだけで脱いでいませんね！　急いで！　ぼくにも見せてください」

「気の短いチビッ子だ」

「は？　ぼくのチンコはチビですか？　ポルノと比べるに、そうは思いませんが」

　俺は少し笑いながらシャツを脱いで椅子に放り投げた。

「いや、小さくないよ。全然な。丁度……丁度、うーん、言葉が見つからないな。覚えとくよ、二度ときみをチビッ子と呼んではならないと」

「もっと早く脱げるでしょう」

「さては俺のカラダだけが目当てだな」

　そうからかって、俺はスニーカーを脱いでズボンのボタンを外した。根拠もなく、マイロは俺から見られるのを少しは恥ずかしがるかもと思っていたが、まったく平気だった。枕に寄りかかったマイロは両脚を広げ、陰嚢を手で包んだ。

「玉をいじるのが好きなんです」

「気持ちいいよな」

彼はこれまで何人の男とこんなことをしてきたのだろう。男をしごいたりフェラしたりセックスしたり、何回そんなことをしてきたのかなんて、俺に考える権利はないけれど。

俺がジーンズとボクサーパンツを引き下ろすと、彼がハッと息を呑んだ。

「わあ」

「大したもんだろ?」と俺は軽口を叩く。

「ぼくのほうが長さはありますね」

「男のプライドをくすぐるセリフだな、ロー」

「あっ。失礼。ほめるべき場面ですか? わあ……とても色っぽいチンコですね……とても……大きくて……とても……毛が多くて……」

「第一に、俺はそんなに毛深くない。きみほど短く手入れしてないだけだ。第二に、あまり感銘を受けた言い方じゃないぞ」

茶化した口調がうまく伝わるといいのだが。俺はゆったりと自分のものをしごいた。

「感動していますよ……うん、本当に、しています。ぼくより太いですね。今すぐイキたい気分になりました。あなたのはとても素敵なチンコです。ぼくはただ……状況を把握して……これは現実なのだと自分に言い聞かせているところです。そばで横になってください。あなたの体温を感じるともっとうまくいくかも」

その案が気に入った俺の勃起がピクンとはねた。

「わっ。ぼくの言葉に反応したんですね、今？」

マイロが身を乗り出し、その顔が俺の息の根を止めそうなくらい勃起に近づいてくる。ふうっと息をかけられ、温かな風にうっすら包まれて、俺はうなった。

「気持ちよくないですか？」

「すげえいい。自分でしごくんじゃなかったのか？」

それ以上のことも大歓迎だが、マイロがそうしたい場合に限ってだ。

「そう、しごきましょう。座ってください」

「了解」

マイロがにじり寄ってきて、俺はその隣に座りこんだ。彼が言っていたとおりだ、隣り合ったほうがずっといい。

「ローションはあります。たくさん」

マイロがごろりと転がっていくとボトルを二本取り出し、一本を俺に渡してもう一本を自分用にした。

「二本もないと足りないのか？」

「まとめ買いすると安いんです。でも期限内に使い切れないこともあるので、本末転倒ですね」

胸の中にともった笑いを、俺は唇から解き放つ。

「きみは楽しさの塊だな。こんな言い回しは誰にもしたことがないから、それだけ特別って意味だぞ」

「あなたはとてもエロいですね。チンコも素敵です、たくさん血管があって。そろそろしごきましょうか」

「賛成だ」

自分たちのものをローションで濡らしてからボトルを置く。誰かと並んでオナニーするなんて、高校時代にクリス相手にサカった頃以来だろう。にしてもどうしてこんなに燃えるのか。俺はセックスはたっぷり経験してきたが、マイロが左手で自分の玉をいじりながら右手で竿をさするところを見るだけで、神経がショートして肌の内が焼けるようだ。

「めっちゃエロいぞ」と俺は彼に言った。

「え、待ってください。前にぼくを魅力的だとは言いましたが、エロいと思っているんですか？」

「そうだよ、手が止まってるぞ。気持ちよくなってるところを見せてくれ、ロー」

「ん……」はっきりと全身が震えた。「あなたはぼくより先走りが少ないんですね。先端をいじるのが好きなようだ。そのたびに太ももの筋肉がこわばるからわかります。そこにくり返し手が戻っている」

何だってこんな言葉がそんなにグッとくるのか。彼による俺のマスターベーションの解説が。

「これは、ポルノを大いに上回りますね」

彼の手が勢いを増す。俺は呻いた。

しばらくどちらも無言で、ベッドにくつろいで自慰にふけった。べらぼうに気持ちがよかったが、手を隣にのばしてマイロの陰嚢をかわりにいじってやりたくて指がうずうずする。彼のぶちまける精液でその腹を……いやそれよりも俺の体を汚させたい。

「ギデオン?」

「ん?」

「駄目なら断ってかまいませんが、ぼくはとてもあなたのチンコにさわりたいのです……しごいてみたいということですよ」

「くっ」

その誘いにあやうく達しかかったし、イッてたら大後悔するところだった。ちょっとなでなでしていいか、と言われたくらいでこんなに欲情するなんてありえないだろう。

「ただの友達として、ですが……あなたを信頼していますから。ボーイフレンドになりたいとは言いません」

なじみのない何かが胸にグサッと刺さった。よくわからない謎の痛み。だが今はそれを考える余裕がない。

「そこのところ、詳しく説明してもらわないとな」

「今ですか⁉」

はね返すような大声だった。

「違う、後でだ。それと、さわっていいよ。ただ俺もそっちにさわっていいか？」

「はい。いいですね！　是非さわってください」

ノーと言えるわけがなかった。

11

マイロ

夢じゃないかと不安になるけれど、そんなことはないはずだ、きっと。オーランドの目の前で醜態をさらし、家に帰ってシャワーの後でふてくされていたら、こんなことになっていた。眠れないくらいイライラしていたから、夢ではありえない。でもあまりに、夢のように素晴らしい。かっこいい裸の男がベッドにいて、ぼくをセクシーだとほめるなんて。もっとも相手はギデオン、ぼくが知る誰より思いやりがある人だ。こんな短い間に、彼はぼくの人生最高の友達になっていた。

しかも、なんて素晴らしいんだろう、彼の裸は。思っていた以上にすごい。筋肉質で腹筋が割れているところがたまらないし、ペニスもとても太いのだ。今からそれをぼくの手で握ってしごくなんて――。

「まずい！」

ぼくはがばっと体を起こした。

「どうした？　問題か？」

ギデオンがあわててたしかめる。

「いいえ。あなたにさわることを考えただけで達しそうになってしまったのですが、まだ何もしていないのにそれは避けたいので……さわってもらってもいないし」

彼の指がぼくの肩に踊るようにふれて、ぼくは微笑んだ。

「それはたしかに困るなあ？」

「ええ、困るんです。あなたにさわられるのが好きなので」

「きみのそばかすが好きなんだ」

ぼくは笑顔になった。

「ありがとう。でも進行して、そろそろさわりましょう。ぼくはまだ持つと思いますが、ここは念のため、ぼくから先にあなたのチンコをいじらせてもらいたいのです」

言いながらギデオンの顔ではなく股間を見ていたのだが、どうしてか彼が微笑んだのがわかった。

「それでいいよ」

ゆっくりと、ぼくは手をのばした。ほとんど、自分が肉体を離れて見下ろしながら同時に体の内側にもいる感じで、彼の勃起に指がふれて熱い固さを感じた瞬間、呻き声が出ていた。ギデオン以外の前だったらきっと恥ずかしくなっただろう。いやそうでもないか、ぼくはぼくだ。彼のものをきつく、だがきつすぎない程度に握りこんだ。力は伝わるけれど、うっかり握りつぶさないくらいに。自分以外の相手をするのは難しい。

「いいですか?」

たしかめながら上下にしごく。

「ああ、気持ちいいよ。慣れてるやり方でやればいい」

「したことがないのです。ええと、こういうことを、自分以外には」

ギデオンが硬直した。

「まさか、初めてか?」

ぼくは手を止め、彼を見たが、きっとバカを見るような目つきになっていただろう。だって。

「そうですよ。どうして気付かずにいられるんですか」

「どうしてかな、教えてもらってないからかな?」

「ギド！　だって、ぼくですよ？」

ギデオンが笑顔になる。

「何です？」

「今、俺をギドと呼んだな」

たしかに――呼んだ。そのとおり。

「変ですね、ぼくはいつも誰かをニックネームで呼んだりはしないんです。いえ、あなたを夕トゥの人と呼んでいましたけれど、あれは愛称ではないしまだ知り合いでもありませんでしたから。先行するイメージで、それが呼称として定着したものでした。しかしあなたがぼくをロージと呼ぶからには、ぼくもあなたをギドと呼びましょう。毎回ではなく時おりに。あなたがいやでなければですが。いやならそう申し出てください、それ以外なら、あなたをマスターベーションする作業に戻っても？」

「いいよ。ただし俺を『マスターベーションする』と言うのは金輪際やめてくれ」

心地いいのは、ギデオンがぼくを信頼してくれていることだ。気になることはありそうだけど、流れを切ってそれを聞いてきたり、疑問を浴びせてぼくの判断能力を疑う素振りを見せたりはしない。

手で、また彼のものを上下にしごき、手のひらに伝わる生々しさを楽しむ。

「もう少し力をこめても大丈夫だぞ」

「承知しました。今からあなたが好むやり方で先端をいじりますよ」

「ったく、ロー。俺はきみのせいで死にそうだ」

「死なないでください。ぼくのチャンスはこれきりかもしれないんですよ」

ギデオンが笑ったが、ついにチンコにさわらせてくれる男が出現したのに、ここで死なせてしまうのは笑い事ではないだろう。彼のカリをいじり、こすって、その手で竿をなで下ろした。

彼の息が荒くなり、胸板が上がって、落ちて……。

「さっきすでに言ったことですが、あなたはとても、とてもセクシーです、ギド」

「きみもな」

太ももに手がのせられて、ぼくのモノがビクンとした。はち切れそうなタマがはじけるんじゃないかと思う――気持ちのいいイメージではない。

「今ぎょっとしたな？　どうした？」

「キンタマが炸裂して部屋中に精液がとび散る怖い光景を想像していました」

「痛いな！」

左手をのばして、ギデオンの陰嚢をもてあそぶ。

「それいいな……ああ、それだ。お前の手はすごく気持ちいいよ」

なんということだろう、ギデオンがセックストークを始めてしまった……そして今のところ、ぼくの気は散っていない。まったく気にもならなかった。

「あなたはとても硬くなっているのに、ここの皮膚はとても柔らかいですね。素晴らしい感触です。前の家ではしょっちゅう自分のものをさわっていたので手触りは知っていますが、自分以外のものはまた特別ですね。おおう……たくさん先走りが出てきましたよ……」

その滴りを親指ですくう。不思議と、ギデオンの体液にいやな感じはしない。いい兆候だ。

「ぼくがしごくと、あなたの太ももが張り詰めて……あなたのタトゥ、素敵だ……ぼくはタトゥが嫌いなので、これは変ですよ」

「俺にもさわらせてくれ」ギデオンの手がぼくの脚をなで下ろし、またなで上げた。「きみをイカせたいんだが、ロー。イカせてもいいかい?」

「ええ、喜んで」

「また横になってくれ」

言われたとおりにした。彼のほうがエキスパートだ。ギデオンも横になってこちらを向いた。ぼくの手はまだ彼のモノにさわっていたが動かしてはいない。すると……。

「うわ——ああっ」

根元を強く握りこまれてしごかれると、気持ちよくて白目になりそうだった。

「あっという間にイキそうです」

「いいよ」

「ああもう、最高です」

目をとじたくてたまらないが、開けてもおきたい。ギデオンがさわっているところを見たい。股間に熱が押し寄せて、花火のように全身に快楽がはじけていく。

「人にさわられると、自分でさわるのとこんなに違うなんて、どうして」

「俺が上手すぎるだけかもな？」と彼がふざける。

「かもしれません。反論する余裕もないので。その……もう少しきつめに、お願いできますか……それと少し勢いよく」

「遠慮しないで、どうしてほしいかどんどん言っていい」

ぼくが仰向けに転がるとギデオンが体勢を変え、もう片手でぼくの陰嚢をすくってその裏を擦る。いつの間にかぼくは彼から手を離して、与えられるがままになっていた。

「ええ……いい感じ……少し引っ張ってください。それが好きなので」

たのんだとおりにされると、ぼくはベッドからとび上がりかかった。

「そうです！　続けて！」

「じつは仕切り屋だな？」

「ではぼくをイカせてもらえますか」

彼の手の中へ突き上げる。人生最良の瞬間という気がする。全身至るところが敏感になっていて、でも怖くはない……相手はギデオンで、友達だから、守られて大事にされていると感じる。彼になら何でも言えるし、否定されたりぼくが普通じゃないみたいな扱いをされたりはしない。

それに今のところ、彼のほうもさわるのを楽しんでいるようだし。お互いにお得だ。

「きみがイクところを見るのが楽しみだ。俺の手で体にぶちまけたら、どんな顔をするんだろうな。ほら、俺の手にもっとつっこめよ」

「ウザくないですね……どうしてウザくないんでしょう」

「え？」

ギデオンの手が止まった。

「続けて！」

ぼくの叫びに、彼が笑う。まだしごきはじめ、ぼくは屹立をきつい拳に包まれて、言われたようにその手の中へ突き上げた。世界がバラバラになりそう。全身が浮遊感でぞくぞくして、もうベッドから浮いているかもしれない。また陰嚢を引っ張られると、もうこらえきれなかった。背中を大きくそらせて叫ぶ。何と言ったのかはわからないが、もしポルノにぼくが出ていたら見ていてうんざりするようなことだろう。

腹と胸に精液がとび散った。どうしてかいつも以上に気持ちがいい。ギデオンにされたからだろうか。

顔を上げると、ギデオンが笑顔で見ていた。手にぼくの精液が少しついているが、気にする様子はない。彼の精液は、気持ち悪く感じるだろうか。

「もう動ける気がしませんが、あなたにも今すぐ同じことをしたいです。人生最高の瞬間ですから、あなたをしごいて、すんでから息絶えるとしましょう」

「俺のことはきみの好きにしていいよ」

これは、ただのセックストークだ。わかっていても心が温かくなった。ギデオンが横たわったのでぼくは肩を下にして、彼を見ながらふたたび屹立に手をかぶせた。さっきのように愛撫しながら、もっと亀頭に集中する。ギデオンはぼくと同じように動いて、腰を小刻みに突き上げ、短い息をつく。じつに誇らしい。彼にこんなふうに感じさせているのが自分だなんて、信じられない。

「ぼくは、あなたの精液をいやがるかもしれません。あまり……大抵は、液体が好きではないのです。自分のは平気なので、あなたのも大丈夫かもしれませんが。以前はローションも苦手だったのですが克服できましたし。気持ちいいことに使えるからでしょうか？」

「そう、かもな。直前で手を引いてくれたら残りは自分でやるよ」

「いえ！」とかぶせる。「挑戦してみたいんです。キスしてみたらいいのかも。キスしたほうがいいと思いますか？」

「キスしたほうがいいな」

「あなたの唾液がいやでないといいんですけど。すみません、ぼくはこだわりが多いんです」

ううう。この瞬間、ぼくですら自分にうんざりしている。

「おいで、ロー。気に入らなかったら離れていいよ」

頭の後ろに手を回されそうになって、ぼくはギクリとした。

「それは駄目！　体につくのは平気ですが、髪には絶対、自分の精液をつけたくないです」

たのむからこの場をぶち壊さないでくれ、ぼく。

「わかった」

ギデオンがうなずいたので、ぼくは自分から身をのり出した。彼の唇に口を押し当ててみると、おっ……ここまではいい感じだ。ろくに何もしていないけれど。

「緊張しなくていいよ」

そういう言葉は大抵逆効果だが、ギデオンの言葉はそのまま効いた。緊張が解けて、体がギデオンに溶けていくように感じる。舌が、確実に彼の口の中に入っているのに、ちっとも気持ち悪くない。むしろ……え？　また勃起してきたようだ。

互いの唇が動く。ギデオンは、口の中でぼくの舌を自由に遊ばせ、ぼくも彼に同じようにした。ギデオンの唾液……とても好きだ。キスは時々グロく見えるけれど、意外と悪くない。ギデオンの舌が入ってくると、それもよかった。

ぼくがこぼす音を、彼が呑みこむ。知らないうちにしごく手が止まっていたが、ギデオンが手を重ねてまた戻してくれた。生まれて初めて、裸でほかの男と抱き合って、盛大に射精した後で、彼にさわって悦《よろこ》ばせている。

終わってほしくなかったが、ほんの少ししてギデオンが体を引いた。

「もうイキそうだ。かけられたくなかったら下がってくれ」

彼が手を上げたので、ぼくも手を引けるのだが……そうしたくはなかった。挑戦してみたい。やっぱり、ギデオンとなら。隅々まで思いやってくれて、こんなに楽にできている。だからそのまま愛撫を続けていると、ギデオンがさっきのぼくのように背をそらせて、白い筋を胸元にまで噴き上げた。熱いしぶきがぼくの手にかかって……でも気持ち悪くならなかった。見たこともないほどエロい光景だった。

彼が果てるとすぐさま、ぼくは自分のモノをつかんでしごき、二度目の絶頂に達した。今回のほとばしりはギデオンに、その腹や股間や性器にかかる。

「わあ」ぼくは仰向けに倒れた。「すごかった」

「だろうな。二度もイッてりゃな」

「久しぶりなんですよ」

二人で横たわったまま、少し黙っていた。ぼくの脳が段々と活動を始めて、体がベタベタして気色悪いと訴えてくる。

「そのままで……動かないで。とにかく……すぐ戻ります」

バスルームへ走るとタオルを濡らして自分の体を拭いた。それを洗濯かごに放りこみ、別のタオルを濡らして、まだ裸のギデオンが精液とタトゥまみれで寝そべっている部屋に戻る。彼

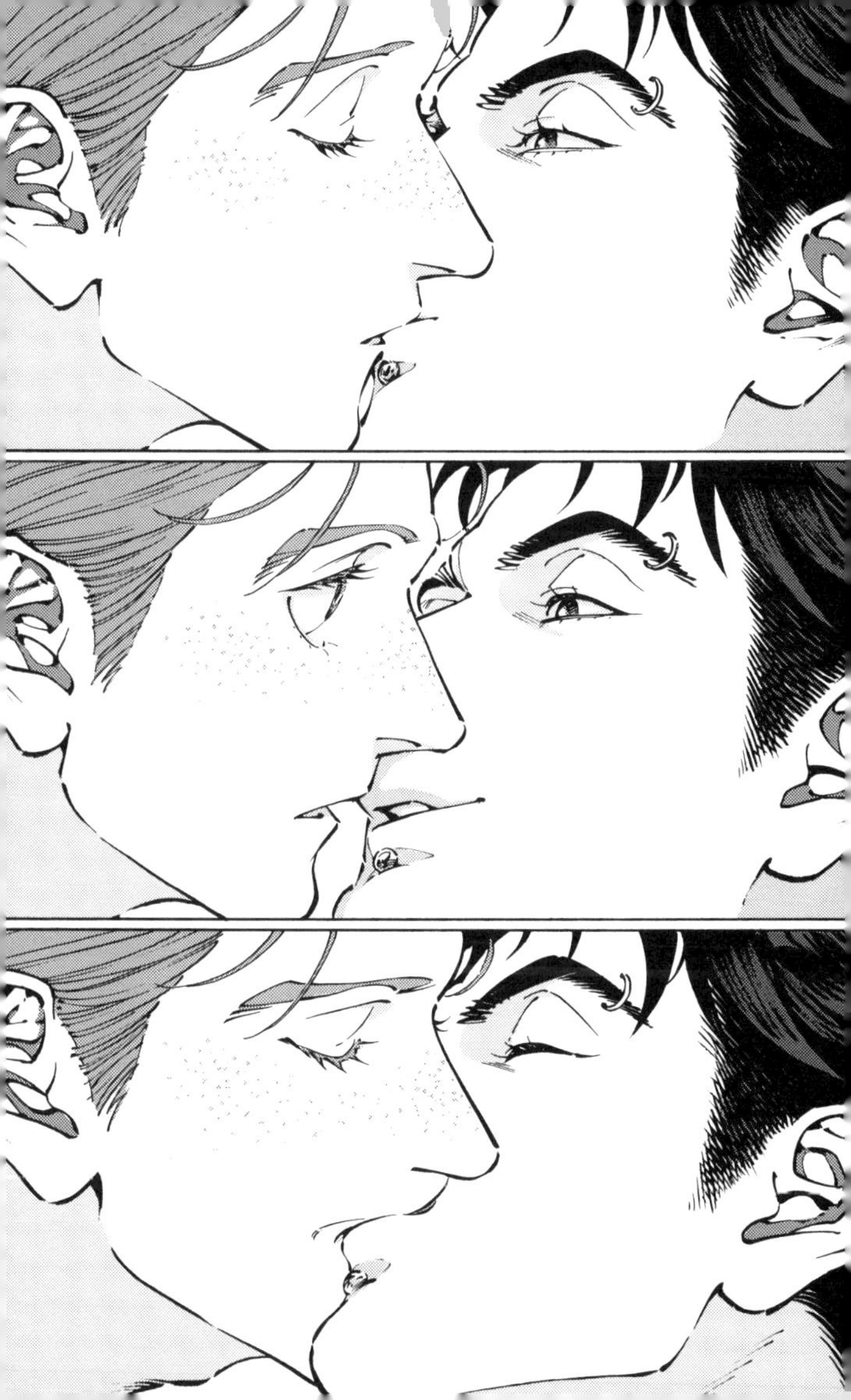

の体を拭いにかかった。

「自分でできるぞ」

「やりたいんです」

仰向けになったままの彼の腹や股間の黒っぽい茂み、萎えた性器からベタベタしたものを拭き取っていく……どうしてこんなことをしているのだろう。でもギデオンの世話を焼く、この感覚は好きだ。誰かの面倒を見る気分なんてぼくには滅多に味わえないものだった。慈しんで、相手の望みを満たすなんて。不思議と、自分が力を得た気分だった。

すむとそのタオルも洗濯かごに入れて、裸でまたギデオンの隣に座った。

彼の乳首ピアスに目を奪われてしまい、手をのばして片方をいじる。舌でなめたらどんな感じだろう。

「さっきのバージンの話、聞いてもかまわないか?」

ギデオンから聞かれた。

「かまいませんが、話すほどのことでも。ぼくはあまり友達がいなくて……あなたとレイチェル以外、本当の友達はいませんでした。ボーイフレンドがいたこともありません。セックスを買うのはいやです。出会い系アプリで何人かに会いましたが、話してみると、あまり興味がなさそうで。ぼくを変だと思ったのでしょう」

「俺はそいつらが嫌いだな」

ぼくはあきれ顔をした。

「あなたの知らない相手ですよ」

「知らなくても嫌える」

「それはたしかに」ぼくは肩をすくめた。「ただ、向こうが気を変えてなくてもきっとぼくが取りやめにしたでしょうね。信頼できない相手とセックスはできませんから。そんな相手の舌や唾液を口に入れたり、精液が体にかかるなんて無理です。あなたのすら、はじめは平気かどうかわからなかったくらいなのに。ポルノではすごく汗をかいてるでしょう、誰かと汗まみれになるなんて本当にぞっとします。冷静に見ると、セックスというのはとても気持ちが悪いことだし、あまり知らない相手とそんなことをするなんて……体の中に相手を入れたり、相手の中に入ったり？」

ぞわぞわと身震いした。

「ぼくはただ……まず相手を知らなくては。信頼し、安心できる相手でなくては。でも誰もいませんでした、あなたに出会うまでは」

起き上がってのり出してきたギデオンにゆったりしたキスをされて、ぼくはぽかんとしていた。ギデオンの舌が口の中をまさぐる。ぼくの舌もお返しをしていた。

早すぎるくらいに彼が離れる。

「ぼくのキスは上手ですか？」とぼくは聞いた。

「とっても」

「ぼくと一緒にオーガズムに達するのは好きですか？」

ギデオンがニヤッとする。

「すごく」

ならこれは、世界一完璧な状況ではないだろうか。

「またやりたいですか？　今すぐにではないです、ぼくはもう二度イッたので。ただ、提案なのですが……あなたが楽しめるのならば、この先もやりませんか。ぼくは色々なセックスを経験してみたいのです。フェラチオと挿入《ファッキング》には特に興味があります。ただ、口の中であなたをイカせるのは無理だと思うし、人を体の中に入れるのも怖いので、まずはぼくがあなたに突っこむ必要があるでしょうね。あなたとならそれは可能な気がします」

恋心を抱いてると思われたりしたら、この先ずっと相手をさせられると勘違いされて断られるかもと心配だった。オーガズムだけが目的だと、よく理解してもらわなくては。

ギデオンは数秒、言葉を失ったようにぼくを見ていた。恐慌がせり上がってぼくに絡みつく。

「しなくてもいいんです。断りたいならかまいませんし……それに、もしやってみてぼくが下手だとかぼくに飽きたとかなら、そう言ってもらえればそこで終了にします。あなたが下手なら、ぼくもはっきりそう言いますから」

「そこは疑ってない」

ぼくは緊張をゆるめた。ぼくをわかっていて、受け入れてくれる誰かがここにいてくれる。不出来ならそう言っても怒らない相手が。

「友情が最優先です、ぼくには友達がいないので。それと、ご心配なく、あなたのボーイフレンドになりたいとかそういう望みはありません。前も言いましたが、本当ですよ。セックスしたいだけなんです。たくさんしたいです。あなたがぼくにとって唯一のチャンスかもしれません」

「それは……ありがとう？」

ぼくは視線をくれてやった。

「それだけが理由でないのはわかってるでしょう。最初の日にあなたは魅力的だと言いましたし、ぼくの裸を見てもいいとも言いましたよね。ただはっきりさせておきたいのは、ぼくがあなたに恋をしているとかそういうことではない、という点です。あなたはぼくの親友で……ぼくたちは最高の友達になったでしょう、ギデオン。親友のきわみです。でも同時にぼくは、あなたのチンコにもとても興味があるんです」

ギデオンの爆笑で、少し緊張が解けた。

「じゃ、まとめると、あるめちゃくちゃイカした相手が俺と仲のいい友達でいたいが、追加で山盛りのセックスもしようってことだな？　よし、どこにサインすればいい」

「契約書の必要はありません。書面がお望みなら作りますが」

またギデオンの口がぼくの口を覆った。どうやらとてもキスが好きなようだ。

「喜んで、きみのセックス探求のお手伝いをさせてもらうよ」

胸の中に喜びがあふれてきて――しかし。

「待ってください。あなたはほかの人ともセックスをしますか？　だって、考えてしまうと……その、あなたが相手の精液を飲んだことをぼくが知らずに、帰ってきたあなたとキスとかしたら……」

「きみとしている期間中は、ほかの誰ともセックスはしないよ」

「ぼくも、しません」できるわけでもないが。「では握手で契約を」

「キスにしよう」

名案だ。ギデオンに唇をふさがれ、仰向けに倒された上に彼がかぶさってきて……ぼくはまた達した。

最高だ。

12

ギデオン

一週間がすぎた。マイロと俺はほとんど毎日、時には日に二度、しごきあっていた。ある時は、マイロはさわられたくない気分だったので（彼いわくの〝人見知り期〟だ）、自慰をしながら俺が自分でしごくところを見たがったし、別の時には母親からの電話のせいで「ムカつきすぎてオーガズムどころではない」こともあった。詳しくは知らないが、どうやら母親はマイロの人生に事細かく首をつっこみたがっているようだ。

まだ俺たちはそれ以上の行為はしていなかった。マイロの方針次第だが、俺も彼の言ったフェラチオや挿入を楽しみにしてはいる。そこまで行きつかなくても別にいいが。マイロと一緒にいるだけで楽しい――何よりそれが大事だ。たとえ彼とのオーガズムがどれほど気持ちよくたって。本当に気持ちいいが。

俺はごろりと転がって、パンツを穿き、ベッドから出た。家の中を歩くと、マイロがもう本屋に出かけたのがわかる。改装は目覚ましく進んでおり、俺も残って手伝いたかったが、今日ばかりは家族とのビーチ・デーなのだ。

シャワーを浴びて仕度をし、本屋へ向かった。鍵がかかっていなかったので中に入ると、マイロが脚立の上で釘打ち機を使って奥の壁に板を打ち付けていた。

俺はしばらく彼を眺めた。マイロは器用で大工仕事もうまく、俺はそれに驚いていたし、驚いた自分がいやだった。どれほど避けようとしても人の子だ、どうしても先入観を抱いてしまう。それを払拭しようと努力はしていた。マイロに出会ってからは、前より真剣に。

　作業を終えた彼が床に下りて、俺に気付いた。

「ゴーグルとヘルメットを着けてください」

「俺は作業してないし、きみの近くに寄ってもいないぞ」

「ギデオン！」

「わかったわかった」

　そばのテーブルに予備があったので、ゴーグルとヘルメットを着ける。

「中、すごくいい感じになってきたな」

「ありがとうございます。予定より遅れている気がしますし、今日はいつもならしないカットのブレが三回ありました。どうやら、あなたをイカせようとして夜更かししすぎたようです。八時間睡眠を心がけているのですが」

「失敗失敗？」と俺がからかうと、彼は笑った。

「楽しかったので。寝坊してもよかったのですが、それはまた別のイライラを生むので、やむなしですね」

「できれば残って手伝いたいんだがな。ジーンとウィルマの家でもよく修理はしたもんだ」

「ポーチの段を見逃していましたよ」とマイロはしごく真面目に言った。

「ああ、前に聞いた。俺はたのまれてない作業はしないんだ」

ゴーグルの中でマイロの目が大きくなる。

「今のぼくは失礼でしたか」

「いや」俺は首を振った。「大丈夫。今日はもう休みにして俺と来るのはどうだ？」

誘う気はなかったのだが、言ってみたら、これだと思った。

「どうしてぼくがそのようなことを？」

俺は眉をしかめないようにしたが、うまくごまかせた気はしない。

「どうしてというか。一日休みを取るのもいいんじゃないかと、そう思っただけだよ」

どうせ、島から引っ越しでもしない限り、マイロはいずれ俺の家族と会うことになるのだ。リトルビーチ島で誰かと会わずにいるのは難しい。

ただ本音では、俺がマイロと一緒にいたいのだ。いい家族だし、家族仲も順調だが、やはり自分だけ毛色が違うズレがつきまとう。むしろ一緒にすごすなら、誰か……だって、マイロのそばではそんな気持ちになったことはないだろう？　自分の居場所じゃないような気分には。

「そう……それはありがとうございます、でも遠慮します。ぼくにはすることがあるので」

「そっか、じゃあ好きにしろ」

思った以上にトゲのある言い方になってしまったし、それに自分でぎょっとした。何を苛立っている、俺。

「ぼくに怒っていますね。どうしてなのかよくわかりません。あなたにどこかへ招待され、ぼくはお断りしましたが」

くそ、と髪をかき混ぜようとして、俺はかわりにヘルメットを払い落としてしまった。

「怒っちゃいないよ。俺がろくでなしだっただけだ。忘れてくれ」

マイロは小首をかしげ、少し目を細めて俺をじっと観察していた。

「何かの理由でぼくに一緒にどこかへ来てほしい、ということですか？」

「いいや」

嘘をついた。だって、本当にそうだろうとも、マイロの予定を変えさせるほどのことだろうか。くだらない動機なのに。

「そうですか。ぼくは行けますよ、あなたがそうしてほしいなら。ぼくたちは友達だし、友達というのはそういうものでしょう」

俺は首を振った。

「大丈夫だ、ロー。することがあるんだから、そっちをしててくれ。俺も睡眠不足かもな――それか、きみのせいでタマから脳みそを吸い出されちまったか。こんなに毎日イクのは人生初ぐらいだしな」

マイロがニッと笑った。

「オーガズムはそれだけで素晴らしいものですが、相手がいるとすこぶる圧巻ですよね」

俺は笑っていた。

「じゃ、出かけるよ。今晩、また家で」

「夕食を料理しますよ」

「肉抜きだろ」

「豆腐を使っても……？」

「いや、たのむからやめてくれ。あれはキツい。きみの料理は基本的にうまいが、豆腐だけは二度と食わないぞ。死ぬかと思った」

マイロがあきれ顔をした。

「人はぼくを〝大げさ〟と評しますが……」俺の足元を指す。「また拷問靴ですね」

「それこそ大げさだ。大体、俺は今からビーチに行くんだ」

「関係ないです、爪先がかわいそうですよ。それにここでそんなもの履いていたら安全とは言えません。出ていってください！」

「わかったって、行くよ」

俺は笑った。

車に乗りこんで親の家へ向かったが、気がつけばまだ笑顔のままだった。

「最近どうしたんだよ？」クリスが聞いてくる。「とんとご無沙汰じゃねえか」

俺たちが座っている裏庭は、両親のプライベートビーチエリアにつながっている。クリスとミーガン《メグ》は、うちの家族の集まりにもよく顔を出すのだ。お互いの両親が昔から仲良しだったことも、俺たちを近づけたのだろう。誕生日も一緒に祝ったたし、親同士が会っている間に二人で遊んだ。クリスの両親は数年前に島外へ移住している。島暮らしに飽きて、今度は山に移り住んだのだ。

「俺は元からこんなもんだろ」

本当はそうでもないが。前はしょっちゅうクリスと遊んだり、食事や飲みに出かけたりしていたが、クリスの暮らしは今やオーランドのものに近い——月曜から金曜まで九時五時で働いて、結婚生活や住宅ローンや老後資金の貯蓄とか、そういうことだ。俺はまだそこには行けない。

マイロなら老後用の貯蓄をしてそうだけどな。うん、いかにも彼はしてそうだ。風変わりなところはあるが、現実的。

「最近は特にじゃねえか。メグだって、この頃お前が来ないって言ってたぜ」

「かもな。マイロとすごすことが多いから」

「お前らってどうなってんの？」

目をやると、母さんがヘザーとミーガンと話しているところで、手をのばして妊娠六ヵ月のヘザーの腹をなでていた。父さんとオーランドはバーベキューグリルのそばで、あれは法律やら依頼案件やら、俺にはさっぱりの二人の大好物で盛り上がっているんだろう。俺はクリスに顔を戻した。

「別に、何も。ただの友達だ——親友なんだ。そんだけだよ」

「そりゃまた早いな。お前は誰かを親友なんて簡単に呼ばないだろ。ってか、これまで俺しかいなかったんじゃねえ?」二人で笑い合う。「話は合うのか?　ちょっと意外な組み合わせに見えるよ」

俺は肩をすくめた。共通の話題があるかとか組み合わせが意外だとか、そんなのは大したことじゃない気がする。

時に、自分の人生にぴったりはまる誰かが存在して、不思議なことに、俺の人生にはマイロがはまったというだけだ。

「さてな、クリス。マイロはベジタリアンで会計学の学位持ちで、タトゥもないし俺がビーチサンダルを履くのを猛烈にいやがる。几帳面にリストを作って予定を立て、携帯に山ほどリマインダーを入れてる。それに果物を全部食っちゃって買い物リストに入れ忘れると、カンカンになったマイロに会える」

笑顔をこらえようとしながらクスッとしていた。

「でも楽しいし、世界の新しい見方を教えてくれるんだ。一緒にいると気分がいいよ」

そして彼とのオーガズムも俺の大好物だが、そこまでクリスに言うことはない。

まだ自分でもつかみきれない謎だが、俺はマイロとしゃべっている時のほうが、家族でいる時より、何なら兄や親友といる時より、くつろいで素の自分でいられるのだ。人間関係とは不思議なものだ。クリスのことは大好きだし、オーランドは誰から見たって最高の兄貴だ。三人で文句を言い合いながら支え合ってきた。二人とも俺のためなら何でもしてくれるだろうし、俺だってそうだ。ただ彼らのそばだと、俺は……何と言えばいい？　マイロのそばにいる時のような、落ちつき？　安らぎ？　充足感？　を、感じられないのだ。

長いピクニックテーブルの上に円をなぞり書きしていたが、クリスが返事をしないので俺は顔を上げた。「何だよ？」

「別に」

「おーっ、弟くんのご機嫌はいかがかな？」とオーランドが俺の頭を、十歳児のように拳でぐりぐりした。近づいてくる母さんと父さん、ヘザーとミーガンへ、俺は顔を向けた。

「一人っ子がよかったよ」とぶつくさ言う。

「俺のが兄ちゃんだから、一人っ子だったら俺だけになるけどな？　バーロウ兄弟のかっこいいほうと言や俺だしな」とオーランドが茶々を入れた。

「この子が生まれたら、子供が二人になるから大変だわ。新しい子はこっちほど手がかからないといいけど」

そう言ってヘザーがオーランドを指したので、皆が笑った。

オーランドが彼女に腕を回す。

「ありのままの俺が好きなくせに。嘘はいけないな」

父さんと母さんがテーブルに皿を置いた。俺の隣にはオーランドが、さらにその隣にヘザーが座った。ミーガンとクリスは、父さんや母さんと一緒に逆サイドに座る。

全員で食べはじめた。チキンにポテトサラダ、焼きとうもろこしがある。

「お店のほうはどう？」

母さんが俺にたずねた。父さんなら、まず話題にもしない。無視しているわけではなく意識に入っていないのだ。オーランドなら父さんと好きなものが同じだから、自然と話に出るだけで。親子三人の共通体験もあるけれど——キャンプや魚釣り、日曜大工を一緒にして育ったし——日々の話となると、オーランドのほうが俺より父さんと話が弾む。

「調子はいいよ。そこそこ実入りもある。最高とは言えないけど、やってはいける」

「ああ、難しいだろう——島でタトゥの店をやるのは。幸い、この島は有名な観光地はどではなくとも観光客が来るから、それは助かるな」と父さんが言った。

「そうだね」

「長い目で見て、それが持続するかはまた別の——」

「ランドー」

母さんが、父さんと兄貴を呼び分ける時に使うニックネームでたしなめたので、俺は心の中で感謝した。俺の店がいつかは潰れるなんてご高説を聞きたい気分じゃない。そんなの死ぬほど話してきた。

「そうだな、お前。ああ、店はうまくいくだろう」父さんがそんな返事をしている。「ああオーランド、後でクライアントの話をしたいから声をかけてくれ。アドバイスが聞きたい」

兄がうなずく。俺は食い物にかぶりついて時間をつぶした。

「オーランドから、お前がウィルマの孫息子と仲良くしてるって聞いたわ。ベバリーがウィルマの娘だったなんて、ほんと、全然知らなかった。さぞ大変だったでしょうねえ」

何という悲劇、と強調するように母さんは首を振る。

「ああ、本当に。マイロ当人も事情を呑みこんでる最中だよ」

「それと――」

母さんが切り出す。ヤバい。こうなるとわかっていたのに、どうして親にマイロのことを黙っていたのか、自分が謎だ。

「島の噂ネットワークで聞いたのだけれどね、その孫とお前が一緒に住んでるって。ギデオン、どうして言ってくれなかったの？」今度はオーランドに矛先を向ける。「お前もよ」

兄が両手を上げた。

「こっちを見ないでくれよ。俺が言うことじゃないし」

次に母からにらまれたのはクリスだ。

「俺は黙秘権を行使しますよ。ギドは俺の親友だから、告げ口はできない」

「告げ口って言い方がさ」とオーランド。

「はっ、俺はギデオンの味方だよ？　口をとじてらんないのはお前のほうだろ。それでマイロをいじめたんだから」とクリスがからかった。

「いじめた？　どういうことだ」と父さんが割りこむ。

「何でもないよ」

俺はさえぎった。帰る時間にはまだ早いか？　ポテトサラダで時間を稼ぐ。

「何度も言ってるけど、あの部屋はマイロのものなんだよ。俺よりずっと住む権利があるだろ。で、まあ、友達だし。いいやつだよ」

「聞いたけど、彼も……ホモセクシュアルですって？　あなたたち二人……」

母さんが言いよどんだ。

俺は溜息をついた。

「ゲイって言っていいよ。何もそんなに重々しく言わなくても。そうだよ、マイロはゲイだけど、俺たちはストレートとあんまり変わらない。指向が同じなら相手は誰でもいいってわけじゃないんだ」

思った以上に強い言い方になったのだろう、オーランドにつつかれたし、父さんが答えた。

「あのな、母さんもそういうつもりで言ってないだろ。家族はお前を愛しているし、兄さんとも区別なく扱ってきたはずだ。もしお前の兄にヘザーという相手がいなくて、いきなり女性と同居を始めたら、母さんは同じことを聞いたよ」

そのとおりだった。母さんは聞くだろう。俺がボソボソと謝ると、母さんは付け加えた。

「お前に幸せになってほしいだけなの。誰かを見つけてね。それに、ただの友達だって、今日ここにその子をつれてきてよかったのよ」

誘ったけど断られたんだ、という言葉を呑みこんで、俺はうなずいた。

少しの沈黙が落ちて、どことなく気まずい食事が続く。その沈黙をミーガンが破った。

「ちょっと言わせて。クリスと私に、子供ができたの！」

「まあまあ！」母さんが声を上げた。「じゃあかわいい赤ん坊が二人？」

ミーガンを母さんがハグして、ヘザー、オーランド、俺たちも順番待ちに立ち上がった。話題は俺から、生まれる子供たちのことに移り、食事を終える。

クリスを祝う気持ちはある。ミーガンのことも。当たり前だ。だが同時に、置き去りにされる感覚もあった。俺以外の全員が前に進んでいるような。

皆が腹いっぱいになると、俺は海のほうへぐいと頭を向けた。

「競争しようぜ」とオーランドとクリスに声をかける。

かまえる前にオーランドがさっさと走り出し、ズルだと叫びながらクリスと俺がそれを追いかけた。

海につっこむ俺の頭を、脈絡のない疑問がよぎる――マイロは、泳ぐのが好きだろうか。

13

マイロ

ぼくはジーンの家のポーチに立っていた。ジーンが、ぼくの血縁上の祖母ウィルマ・アレンと一緒に住んでいた家だ。

爪先が敷居に当たり、ふとギデオンの爪先が心配になった。この何週間もビーチサンダルを履くことはなかったが、今日親の家には履いていったのだ。足がなかなかなじまないのではないだろうか。ぼくのためにビーチサンダルを我慢することはないのだと、気を使わなくていいと、後でちゃんと言わなくては。ぼくへの遠慮のせいで、指の間の不快感を増加させてしまったかもしれない。

ギデオンのことを考えている時ではないと、自分を叱ってその考えに蓋をした。どうしてぐずぐず先延ばしにしているのかわからない。ウィルマ・アレンについて知りたいのに。リトルビーチ島へ来たのはそのためでもあるのに、ずっと言い訳をして逃げてきた。ぼくらしくもないことだし、らしくない自分にはもううんざりしたので、少なくとも半日分の作業を完了させたところで家に帰り、シャワーを浴びて、歩きで町に出たのだ。

そして、あとはノックをするだけ。

そのチャンスがないうちにドアが開くと、そこにはジーンが、ぼくの祖母が愛した男性が立っていた。

「ポーチのステップは異常なしです」開口一番、ぼくはそう言っていた。「断りなく直して申し訳ありません。あれはリスクでしたし、あなたの年齢では絶対安全とは言えなかったので」

ジーンはふふっと笑った。

「この年齢になると、ほとんどのものが絶対安全とは言えないんだよ。きみのおばあさんよりぼくは年上だからね」

しまった。きっと今のは失礼だ。人々は年齢のことを言われるのを好まない。ぼくはたずねた。

「ぼくのことを家に招いてくれますか？」

「喜んで」ジーンが脇に寄る。「入って」

家の中へ入った。清潔で家庭的で、ちょっとだけぼくの基準よりは散らかりがち。ぼくは細々とした物品を置くのをあまり好まないのだ。家具は古めだが状態はいい。母ならいやがりそうだが、彼女もぼくとはまた別方向に好みがうるさい人だ。ウィルマ・アレンもこだわりが強かったのだろうか。

「あなたが、ぼくの実の祖父ですか？」

　その切り出し方は駄目だからやめておけとぼくの脳は忠告していたが、適切な振る舞いを教えるその手の忠告に、ぼくがいつも従えるわけではない。大抵は、気持ちで動く。

「そうだよと言えればいいんだが、いいや、ぼくではないよ」

「そう……」

　ぼくはリビングを歩き回りながら、壁に飾られたジーンとウィルマ・アレンの写真を見ていった。

「ぼくの実の父親と会ったことはありますか？」

「いいや。喉は乾いていないかい？　紅茶とオレンジジュースがあるよ」

「オレンジジュースは朝食に飲むものです。紅茶をいただきます。砂糖抜きで」

　ジーンがニコッとした。

「何です？」

「ウィルマも紅茶に砂糖を入れるのが嫌いだった」

「そう……」

　ぼくはまた言った。最近これればかりだ。どうやらウィルマ・アレンとぼくには共通点がたくさん……二つ、あるようだ。ここまでで二つの共通点が見つかった。

「すぐ戻るよ」

ジーンがキッチンへ消えた。いなくなると、ぼくはウィルマ・アレンがビーチにいる写真を壁から取った。きれいな人だ。母と同じミルクチョコレート色の髪をしている。笑顔もそっくりだったが、母の肌とは違って、ウィルマ・アレンにはぼくと同じようなそばかすがあった。

「戻します」とぼくは、部屋に帰ってきたジーンに言った。

「かまわないよ、好きなように見ていってくれ。ウィルマも喜ぶ」

彼からグラスを受け取る。

「彼女に対して、ぼくの母は憤っていました。島には来たくないと……リトルビーチ島に遊びに来ることも、里帰りもいやがっていました。それがどうしてなのか、ウィルマ・アレンのことを知るまでぼくにはわかりませんでした」

うなずいたジーンの目には、悲しげな理解の色があった。

「彼女の気持ちは当然だ。なかなか納得できるものじゃないだろう。だがウィルマは彼女を愛していたよ。世界の何よりベバリーのことを愛していた。人生というのは時に複雑なものだ」

「どうしてか話してもらえますか？　どうして彼女は、娘を手放したのですか？」

母のことを考えていた。母がどれほどぼくを守ろうとして、夫よりもぼくを選び取ってくれたか。押し付けがましくて一方的なところもあるが、そこには愛がある。

「そうじゃなかったんだよ。いや、そういう形にはなったが、ウィルマが望んだことじゃない。

ウィルマの願いは、きみのお母さんの幸せだった」

　ぼくは紅茶を飲み、また写真を見下ろした。

「聞かせてもらえますか、その話を？　ぼくは……あの人を身近に感じたい。もういない人だけれど、知らないままでは、理解できなくて苦しいんです。ぼくの中ではあの人は母を傷つけた人で、同時にぼくに本屋をくれてネットでぼくを見つけた人で、そういうことは気にかけていたからするものでしょう」

「とても気にかけていたよ」

　ジーンがゆっくりとカウチへ歩いていって座った。ぼくは向かいの肘掛け椅子に座って、横手のテーブルにグラスを置いた。

「きみのお母さんが生まれた時、ウィルマは十七歳だった――妊娠したのは十六歳の時だ。あの時代には、そうそう許されないことだった。貧しい家だったし、まだ高校も卒業していなかった。自分のこともままならないのに、赤ん坊の面倒など無理だった。両親に勘当されてしまうだろう。妊娠がわかって縁を切られそうになったくらいだ」

　色々と納得いった。ぼくの母は六十歳だ。三十六歳の時にぼくを産んだ。子供は持たない主義だった母には予定外の妊娠だった。父も子供を望んではいなかった。避妊はしていたのだが、どうやらぼくが逃げ上手だったか、いやそこを詳しく考えるとグロテスクな話になりそうで、色々連想する前に摘み取った。

ウィルマは亡くなった時に七十七歳だったから、その時代、十六歳の妊娠が社会的に認められていたのかどうかぼくには想像もつかない。

言葉が出せないでいると、ジーンが続けた。

「ウィルマは……ああ本当に、完璧な人だったよ。ぼくは彼女を愛していたが、少々風変わりなところがあってね。時代も今とは違っていて、人間への理解も進んではいなかった。周囲と違えばそれは間違ったことで、あの年齢での妊娠は合法だったが、両親に言い聞かされたウィルマは自分ではいい母親にはなれないと、子供のためにもならないと信じてしまった。それで、腹が目立つ前に、親は彼女を島の外へやった。叔母のところに預けられてね。その間に親たちがマイヤー家との養子縁組を取り計らった。島の、地元の一家だ。いい人たちで、ベバリーのいい親になるだろうとわかっていた。

ウィルマは数年間帰らなかった——叔母のところで高校を卒業し、大学にも行ったよ。勇ましく戦って進学の道を勝ち取ったんだ。何せ、一旦ウィルマがこうと決めたら、できないことなど何もなかった。自分は何にも負けないと、世界に対して証明しようとしていて、そしてそう、何にも負けない人だった」

涙を拭うジーンの手は震えていた。

「いつ彼女は島に戻ったんですか？」

「きみのお母さんが十五歳の時だ。ウィルマはそれはもう彼女を誇りに思っていたよ。賢くて強くて誰にも流されないとね」

「今でもそうです」とぼくは笑った。

「ベバリーは幸せでいい人生を送っていた。法的にも、ウィルマは自分が母親だと言ってはならなかったし、自分にその権利がないとも思っていた。あの家族がベバリーを育てたし、ウィルマは自分ではそんな暮らしはさせてあげられなかったと考えていた。でもリトルビーチ島だからね、当然しょっちゅう二人は顔を合わせた。ウィルマの働く図書館に、きみのお母さんはよく来て、勉強したり本を借りたりしていた。二人でよく文学の話をしていたよ。娘の成長を見られてウィルマは幸せだったが、母親だと言えないことには心を引き裂かれていた。どれほど言いたくとも、マイヤー家に対しての裏切りになる」

ぼくはうなずきながら、この話をどうにか嚙み砕こうと精一杯だった。

「きみのお母さんからスタンフォード大学に合格したと聞いて、ウィルマは心から喜んでいた。あの頃が一番幸せだったと言っていたよ。娘のそばにいられてね。ところがベバリーの両親が交通事故で亡くなり、ベバリーは書類を見つけたんだ。彼女はウィルマに詰め寄った。そばにいたのにずっと隠していたのかと、傷ついて怒っていた。きっと、養父母を失ったことへの苦しみもあったのだろうね」

「一度に両親を三人、失ったようなものです」

母は、そんなふうに感じただろう。ウィルマが自分を手放したことは、きっと母には理解できない。母からすれば愛がないとしか思えないだろう。それはわかる——ぼくも時々、そうやって物事を白黒で分けてしまうからだ。変えようと努力はしている。世界はたくさんのグレーの濃淡でできているのだ。

話しているジーンの顔には悲しみと後悔がにじみ、ウィルマの感情が、彼の中で生きつづけているのがわかる。

「ウィルマは、母に真実を話しましたか？　実際の成り行きを」

ジーンは首を振った。

「後悔していたよ。ベバリーのために最善の選択であろうとも、きっとずっと自己嫌悪に苦しんでいたのだろうね。自分の意志が弱かったせいだと感じていたから。だから、そう、言えなかった。ベバリーから憎まれて当然だと思っていたんだ」

そこから先は知っている。母はそれきりリトルビーチ島を出ていって、戻ることはなかった。

胸が痛い。すべての出来事が悲しい。

かわいそうなお母さん。

かわいそうなウィルマ。

「父親はどうなったんです？」

「船乗りの男だったよ。ウィルマは彼に恋をして、愛されていると信じていたが、妊娠がわかると男はいなくなった」

ぼくの父のように。彼が出て行ったのはぼくが十二歳の時だったが。

胸がずしりと重く、深いやるせなさが骨まで染みこんでくる。

「ぼくは行かないと」

「来てくれてありがとう」

立ち上がると、ぼくは写真を返そうとした。

「よかったら持っていっていいよ」

見下ろした。ウィルマを。今の彼女はぼくにとってもう〈ウィルマ〉だから。アレンの名はもういらない。

「はい。ありがとうございます。また来てもかまいませんか？　ほかの話や、写真のために？　それにぼくは家周りの修理もできますし、納税の時期にはそれも担当できますよ」

ジーンは小さく笑った。

「ああ、また来てほしいよ、マイロ。税金は大丈夫だけれど、それ以外で何かお願いするかもしれない。ギデオンも手伝ってくれるんだ」

ギデオン。彼が恋しい。どうしてかわからないけれど。今日のことを、彼に話したい。

ジーンに玄関まで送ってもらった。ぼくはずっと写真を胸に押し当てていた。

家まで歩いて帰る道すがらも、ギデオンが帰っていて話ができたらと祈っていた。

14

ギデオン

「ギデオン？　いますか？　今とてもあなたと話したいんです」

リビングから声がした。俺は家族との一日を終え、シャワーと着替えを済ませたところだった。

「ああ、いるよ」

リビングへ向かうと丁度マイロがズボンを脱いで、こちらに背を向けてズボンをラックにかけていた。

「最高のタイミングだったな」と俺はふざけた。

「それはぼくの尻が好きだからですか？　それともぼくが見落としている文脈がありますか？」

「きみの尻が好きだからだよ」

「ありがとうございます。あなたの尻もよい尻です。胸板もよいですが。上半身に何も着ていない時が好きですよ。つまり、裸でも着衣でもあなたは魅力的で好きですが、日常生活においいては、素裸より〝シャツなし〟くらいが現実的でしょうから」

俺はカウンターにもたれて彼に微笑みかけた。マイロといると、機嫌が悪いままでいるのは不可能だ。

「それは、家の中では俺にシャツを着ないでほしいってお願いか？」

「そうです。よろしくお願いします。ありがとうございます。とはいえ適切な時に限りですが」

ニヤついてから、俺は近づいてマイロの顔を手で包んだ。

「きみは、俺のカラダとオーガズムの技術だけが目当てなんだな？」

「そこに何か問題でも？」

マイロが真面目な顔と口調で聞き返す。

「そりゃ……」

彼が笑い出したので、俺はその尻をつねった。

「こいつめ」

「痛っ！　やめてください。今のよかったでしょう、引っかかりましたね」

彼を引き寄せる。マイロは俺の乳首に指を這わせた。

「ピアスやタトゥがセクシーだなんて思ったこともありませんでしたよ」

「俺に会ったことがなかったからだろ」

「随分うぬぼれていませんか」

「正しいとわかってるからさ」

「見てもらいたいものがあるんです」

体を引いて、マイロが話を変えた。彼はこんなふうにスイッチみたいに思いどおりに流れを切り替えることもあれば、一つのことに過集中する時もある。

ラックから見慣れないものを取って、マイロは俺に渡した。若い頃のウィルマの写真で、黒い水着を着ている。ジーンの家の壁に飾ってあった写真だ。

「行ったのか」

「そうです。その話をしてもいいですか？」

俺に話したいのだとわかって、胸がざわめいた。マイロが何か話してくれるのが好きだ。一日のこととか、何を考えているかとか。自分がたよれる存在になった気がする。

「いいよ」

彼の手をつかんでカウチまで引いていった。マイロはすんなりついてくる。二人で座ると、すぐさま彼はあぐらをかいた。

「ジーンから、ウィルマがぼくの母を養子に出したいきさつを聞いたんです」

ウィルマとだけ呼んで、フルネームを使っていないことに気付いた。ということはマイロの心の中で、ウィルマについて変化があったのだろう。俺を〈タトゥの人〉ではなくギデオンと呼んだ時のように。

手を差しのべたくて指がうずく。引き寄せて励ましたい。だが迷った。マイロが、俺たちはセックス付きなだけの友人だと明言していたし、俺もそれでいい……と思う。いやもう全然わからん。冗談めかしてふざけて抱き寄せるのと、今そうするのとは同じじゃない気がするのだ。こっちはボーイフレンドっぽさがあるというか。

「その話をしたいなら、聞くぞ」

「話したいともう伝えたでしょう、お間抜けさんですね。今は、一度にあふれないように頭の中を整理しているのです」

俺はうなずいて、マイロの整理が終わるまで待った。数秒が数分にまでのびた後、ついにマイロが口を開いた。

「彼女は、ぼくの母を妊娠した時、十六歳だったんです」

マイロが語ってくれる間、俺は吸いこまれるように聞き入っていた。ウィルマが船乗りと出会い、妊娠し、両親から勘当されかかって、ベバリーを養子に出すよう追いこまれたこと——知った時のベバリーの反応。

首をうなだれ、目をうつむけて、マイロは静かに話をしている。語り終えると顔をさすって、頬にこぼれた涙を肌になすりこんだ。

「とても、とても悲しい話です。そう思いませんか?」と彼が聞いた。

「ああ、そうだな。どんな気持ちだ？」

マイロは肩をすくめる。

「またお間抜けな質問をしてしまったかな？」

彼から笑顔を引き出したい。マイロの笑顔は、宝くじの大当たりのようなものだ。

「いいえ。いい質問でした」

「こっちに来いよ」

たとえこれが、俺がどういうつもりでか設定した架空の境界線を破る行為に思えても、もういい。

マイロの腕を優しくつかむと、カウチまで来た時のように彼は自然に従った。俺は後ろに寄りかかって彼を引き寄せ、マイロをのせて体をのばす。脚の間に収まったマイロは、俺の両腕にかかえられ、俺の胸元に頬を押し付けた。素肌へじかに。

「きみをウィルマに会わせたかったよ」

俺は、彼の二の腕を指で上下になでた。

「ぼくも会いたかったです。あの人のことを全部知りたい」

「ジーンから聞けるよ。俺も話せる。俺にも、彼女との思い出があるから」

マイロのなめらかな顔が俺の胸元へこすり付けられる。今は目覚めるな、と俺は股間に念じた。今じゃない。

「きみの母親には話すのか?」

「ええ。でも難しいんです。母は誰より強情な人なので。一旦こうと思いこむと、別の考え方をしてもらうのは難しい。うまいタイミングでうまくやらないといけませんが、ぼくはそういうのが得意ではないので、どうなるでしょうね」

俺は彼の頭のてっぺんにキスをした。

「うまくやれるさ」そう言ってから、ふと聞いていた。「子供がほしいと思うか?」

「いえ、そうは思いません。子供は大体いつも扱いが難しいですが、ほかの人の子供は好きな時もあります。キャミーは興奮しすぎていない時はいい相手ですね。あなたは?」

「俺もいいや。やっぱりよその子は好きだけど。ヘザーが妊娠してるんだ。ミーガンもさっき妊娠を発表してた」

「それを聞いて、寂しい気持ちになりましたか?」

彼の問いに虚を突かれる。どうしてわかったんだ。

「ああ、なった」

「やっぱりぼくも、そういうことを聞くと寂しくなることがあります。自分を変えるほどではないにせよ」

俺は彼の頭のてっぺんにキスをして、家族の話を続けようとしたが、彼のほうが早かった。

「くつろげますね。こういうことをするのは初めてです」

「そりゃ光栄だ」

マイロが顔を上げて俺の目をのぞきこんだ。

「あなたは男性をベッドに誘うのがとてもお上手なのでは。思わせぶりだし、惜しみなく相手をほめる。学びたいものです」

俺はおどけた顔をした。

「口説こうとしてるわけじゃないんだがな。本気で言ったんだ。でも俺の腕前に敬意を払ってくれてありがとう。たしかにその気になれば相手には困らないが、ただしこの島にはそもそも相手がいないから、どうしようもないな」

「男性とセックスしたくない人がいるなんて信じられないことです。とてもそそるのに！」

俺は笑った。

「そっか。ほら女性だってきれいだけど、ストレートの男にしてみればきっと女性としたくない俺たちのことが信じられないだろうからな」

「それもそうですね。あと、とても悲しくなるので、今夜はもうウィルマの話はおしまいですよ。今日のことをもっと聞かせてください」

俺は温かみのない笑いをこぼした。

「本音で？」

「ぼくはそれ以外を求めたことも、したこともありませんが」

笑ってもいないのに、自分が笑顔になっているような気分だった。じつにおかしな感覚で、マイロから幸せ成分を注入されたような感じだ。

「たしかにな。俺はさ、勝手に拗ねてめそめそしてたけど、こうやってここで話したら、もうあんなのちっぽけなことだったなって思えるよ」

「たとえちっぽけであっても、どういう気持ちを抱いたっていいんですよ。人の感情はあまりにもわかりにくいものなので、ぼくは何冊も本を読みました。筋が通ってなくとも、感じた気持ちは本物なのです」

「それは……」俺は、マイロ・コープランドを地球上の誰より好きかもしれない。「それは、とんでもなく深い話だ」

「またぼくを誘っていますか？」

唇がいたずらな笑みに上がり、マイロの目が楽しそうにきらめく。

「確認しないとわからないなら、俺も大した腕じゃないってことだな？」

「ごまかそうとしていますか。そうですね？」

二人で笑うと、互いの体が一緒に振動し、彼の楽しさが俺の内側に反響する。

「くだらない話なんだよ。ただ、さ……家族に、自分だけどこかしっくりはまってない気がする時があるんだ。父さんとオーランドは弁護士で、俺はタトゥ屋だし」

マイロが眉を寄せた。

「問題でも？　あなたは腕がいいし、その仕事で人々を幸せにしているでしょう」

「あ……そんなふうに考えたことはなかったな。俺が誰かを幸せにしてるって」

今さら気がつくなんて、バカだ。当たり前のことなのに。お客は肌に永遠に刻みたいほど大事な何かを抱いて、俺のところへ来るのだ。

「ぼくはそういうことを考えるのが得意なんですよ。知っていましたか？　もっと聞かせてもらえませんか？」

マイロは腕を俺の胸元に置き、腹を俺の股間にのせて、見上げながらワクワク待っている。

「エラいのをやる気にさせちまったな」

そうは言ったが、俺も悪い気分じゃなかった。

「どう言えばいいかな。父さんが俺と話す時、オーランド相手とは態度が違うんだ。ちゃんと愛されてるし応援もしてもらってるが、兄貴と父さんの間にあるような絆が、俺たちにはないんだよ。父さんは気がついてもいないんじゃないかな。さっきも言ったが、俺は子供はいらないし、それで母さんをがっかりさせてる。もうじき孫も生まれるし、メグの子だってもう一人の孫みたいなもんだけどな。家族といると自分だけ浮いてる気がして、俺が俺以外の誰かだったらいいのにと周りに思われてる気がするんだが、ああ駄目だな、何だかつまらないことばっかり言ってる。もうこの話はここまでだ！」

マイロは笑うだろうと思ったが、違った。

「ぼくにもわかります、自分がその場にうまくはまらない感じや、ほかの誰かだったらと思われる感じ。たとえそれを誰にも理解されなくとも、大丈夫です、自分の心から湧き出た気持ちなのですから。ぼくは……思うんです。皆、周りと同じであろうとがんばりすぎていたり、または、自分の感じるものだけが正しいと思いこんでしまっているんじゃないかと。わかりますか？　ぼくが感じるのと同じようにあなたも感じるべきで、それ以外は間違いや愚かだ、というようなことです。でも本当は、誰もが独特で、それぞれの思い、経験、考え方は、孤独かどうか、寂しいかどうか、どんなふうに苦しむかなどに関係なく……どんな状況でも……どれも間違ってなどいないのです。それが人間であるということだから。どの人生も同じではない。だから……つまらないことなどではありません。ぼくを信頼して話してもらえて光栄です。もし、自分がうまくはまっていないと感じたら、思い出してください、ぼくにとっては、あなたはぴったりはまります。それが助けになるかはわかりませんが。ぼくは、あなたで同じことをしているのです。何か気まずい発言をしてしまったり誰かに変な目で見られた時は、あなたといる時の気持ちを思い出すようにしています」

マイロはそう言った。

やがて「何かおかしなことを言いましたか？」と聞かれて気がつくまで、俺は返事もせずにただ座って彼を見つめていた。激しくなる心臓は、今にも体の外にはねてマイロにとびつきそうだ。

マイロは俺のことを思い出している。それを支えにしている。孤独を感じたり動揺した時、俺と一緒にいる時の気持ちを嚙みしめている。

俺が、誰かのそんな存在になれるなんて。

「そうじゃない。きみは、完璧なことを言ったよ」

「おお。それは珍しいこともあるものですね」

俺たちは笑い合い、笑いにつれて体が動いた。股間が、体の上にいるこのセクシーな男に気付き、固くなって彼を下からつつく。

「お、あなたのチンコは出てきて遊びたさそうですね。ぼくのもそうです」

俺は両手で彼の顔を包んだ。

「きみはこれまで会ったこともないくらいクレイジーなやつだよ。ああ、俺のチンコはすごくやる気だが、きみのは、俺の口の中で遊ぶ気はあるかな?」

それを聞くと、マイロの目が、間違いなくキラリと艶を帯びた。

「ぼくにフェラチオしたいということですか?」

「正解」

「是非よろしくお願いします。早速始めましょう。ぼくのチンコをしゃぶっていただけますか」

「まったく楽しいやつめ。座って」

言われたとおりにしながら、マイロがシャツを引っ張って脱ぐ。

「あなたも脱いでください。裸ギデオンを要求します」

「裸ギデオン、ただいま参りますよ」

俺は立ち上がると短パンと下着を引き下ろし、蹴りとばした。股間はすでにきつくいきり立っている。ゆっくりしごくと、マイロが唇をなめた。

「これまでの人生セックスなしで生きてきたなんて信じられません。ぼくもしゃぶっていいですか」

「百パーセントのイエスだ」

彼の前に膝をついてそのパンツを引き下ろした。下腹にはねたマイロの屹立は固く、雫をこぼしており、陰嚢はもうずっしり重そうだった。

「いい眺めだ」

熱い竿に手を回すと、マイロが息をこぼす。

「あなたのも素敵です。ぼくは今後、すべてのチンコをあなたのを基準にして見るでしょうね」

不快感が体をきしませ、喉元がきつく詰まった。マイロがほかの男となんて、考えるのもいやだ。

「俺にかなうやつはいないさ」

「ですね」

息を切らしたマイロのほうへのり出して、亀頭を舌でぐるりとねぶる。

「うわ！　これは長く持ちませんね」

「イッていいよ。俺のフェラテクニックへの称賛だと受け取らせてもらう」

「そうでしょうか。ぼくがフェラ初体験だからなのでは」

「相変わらず俺のプライドを叩き潰していくなあ、ロー」

短い茂みに頬ずりする。最近また刈りこんだようだ。大きく吸うと、彼の雄の匂いを深々と吸いこんだ。

「はっ？　今何を？　シャワー浴びていないんですが！　そこはきっと汗臭いですよ！」

彼の睾丸のそばで微笑む。

「かまわないさ。ってか、浴びてないほうが好きだ。とにかくエロい。でももちろん、いやならやめるよ。ただ俺のツボなのはわかってくれ」

「そう……」たまに出る、彼の決まり文句。「なら、やめないでいいです」

また彼を呼吸して、ぐいと引き寄せると、その尻がカウチの端に来た。ピチャピチャと玉をなめる。肌のしょっぱさがたまらないし、彼の欲情の匂い、息が上がっていく様、唇からこぼれる鋭い吐息が最高だった。

「その……それ、強くしゃぶってもらっても、よろしいですか？」

「いいよ。きみのタマはいじられたがりだもんな？」

「そうですね……とても好きです。わっ！　ギド……」

最後の一言は、俺が睾丸に唇をかぶせ、気持ちをこめて吸い上げた時の声だ。

彼を味わいながら、屹立をしごく。マイロの立てる音のすべてが俺を満たし、もっと与えたくなる。快楽を貪るマイロは最高の眺めだ。

屹立の先端に舌を使って、割れ目をつついて先走りを味わっていると、彼と目が合った。マイロは白目がちになっていて、そのペニスがビクンとはねる。もう持ちこたえられそうにない。

先端にキスを落とすと、マイロが小さく微笑んだ。

「ありがとうございます」

「フェラの礼か？」

「ぼくを好きでいてくれることへのお礼です」

俺の心臓がまた胸を殴打し、とても収まりきらないくらいに膨れ上がる。この世で最高のフェラ体験をさせてやろうという決意で、雑念を押しやった。

「俺の得意技だ」

ウインクし、彼のものを口に深く、喉に当たるほど呑みこむ。喉を開いて迎え、茂みに鼻をうずめるまで止まらない。

「ギデオン……ああっ……すごいです……もっとしゃぶって……今ぼくはセックストークをし

ていますが止められなくて……すごい……ってこれはもう二度目ですね……でもすごい……」

頭を戻し、それからまた深くしゃぶって、先端をいじめる間は手も使う。マイロの片手はカウチの肘掛けをつかみ、もう片手はクッションに置かれていたが、それを離して俺の髪に指をうずめた。髪を引っ張られて痛んだが、きっとマイロは気付いてもいない。

俺はしゃぶりつづけ、彼の味と感触を楽しみながら、「すごい……」とマイロが言うたびにその言葉を体で吸収する。俺にとって史上最高にエロい時間だった。

マイロの腰がはね、突きこまれて、俺は喉をつまらせた。

「あああっすみません！　ポルノで！　こうやっていたので！」

「突っこんでいいよ、ロー。びっくりしただけだ。喉に詰めこまれるのはエロい。やってみろ。お前のペースで」

マイロのまなざしがひりつく欲情に満ち、髪をつかんだ手に力をこめて、彼は言われたとおりに動き出した。腰を突き出し、愉悦を求め、俺が与える快楽を狙いどおりに貪る。そう経たないうちにマイロに変化が見え、目がうっとりして顔中が幸せそうにゆるんだ。

「そろそろもう……だからもし、いやなのであれば……いえ、そうだ、いやでなければ、飲むんです……？」

腰を引こうとしたが俺は許さず、マイロの股間で頭を上下させ、彼の出すものを味わいたいのだと伝えにかかった。全部飲み干して、一晩中彼の味を覚えていたい。

「イキます……ギド、もう、ぼくは――」

その先は言えなかった。熱い精液の奔流が俺の口を満たす。それを喉に流しこんで俺が貪欲に飲み干す間、マイロはすべてを俺に注ぎこみながらまだ髪を握りしめていた。

「わあ、すごい」とマイロが荒い息をつく。「これさっきも言いましたよね？」

「何回か」

俺のものもひどくうずき、彼を求める熱が張りつめていた。

「今すぐ眠りたいところですが、おなかも空きましたし、何よりあなたをしゃぶってみたいです」

「無理にやらなくてもいいんだぞ」

「やりたいんですよ。立ってもらってもいいですか？　そのほうがエロティックな体勢だと思うので」

賛成しかない。立ち上がると、俺の屹立が彼の顔の前ではずんだ。

「さっきぼくがしたように、口に出し入れしても平気かは自信がないです。それにですね、ぼくは飲みたくないんです。克服しないとなりませんが。胸元に出してもらえればなめられるかも。まず味見をするべきですが、でも――」

「ほらほら大丈夫だから、ロー。何をされたって俺は満足だよ。絶対に。体にぶっかける練習はしてないが、いけそうなのか？」

マイロはうなずき、身をのり出すと、舌で俺のものをペロリとなめた。特に何も言わずにまた試し、それから先端をくわえる。

「それほどまずくはないですね」

「どうもありがとう?」

「失礼。ぼくが台無しにしていますね。心からやってみたいのです。夢にまで見ていました。ただ、いっぱいいっぱいで」

「ならやめていいぞ。後で試してもいいし」

俺が引こうとすると、マイロが俺の腰をつかんだ。

「駄目です! やりたいんです、あなたと。あなたがしてくれたみたいに気持ちよくしてあげたいし、それに……ぼくの脳は取り散らかっていますが、でも前からフェラチオにはとても興味がありました。キンタマから始めましょうか」

動き出した彼を見下ろす。彼は舌でさっとふれてから、次はもっとゆっくり試していた。俺はその頭の片側に優しく手を当て、なでながら、ちゃんと励ましとして伝わるよう願う。

またペニスのほうへ戻ってくると、今度は根元から上へとなめてくる。それだけで俺の腰が砕けそうだった。マイロだから。

「くそ、いいぞ。すげえ」

彼は微笑み、俺のやり方を真似て鈴口にキスをして、唇をかぶせた。大げさに聞こえるだろうが、俺の全身が震えた。初めて知る最高の快感だった。

「信じられないような口だな」

その言葉を受けて彼はもっと深く呑みこみ、手も添えると、しごきながらしゃぶった。技術的には最高のフェラとは言えないが、相手はマイロで、その猛烈な熱意がすべての刺激を何万倍もにして響かせる。

マイロは喉までは入れなかった。試そうともしない。全然かまわない、俺のものが彼の口の中にあるのだ。初めての相手として俺を選んでくれたことを、一生感謝していきたい。

「ああ、それでいい」

強く吸い上げられ、しごく手にも力がこもってくると、俺はそう呻いた。

「最高だ、この口やみつきになりそうだ。かまわないか？　また一緒にヤる時、俺をしゃぶってイカせてくれるか？」

マイロがうなり、たまらない振動が俺を抜ける。

顔を上げて彼が囁いた。

「大好きな味です……舌に当たる感触もいいですね」

絶頂が出口を求めて押し寄せ、もうこらえるのがやっとだ。

「くッ、もうイくぞ」

俺は腰を引き、手で自分のものをつかんでマイロの顔からそむけようとしたが、マイロがぺろっと手のひらをなめると俺の手をはたき落とした。屹立を、もう俺好みだとわかっている力強さでつかむ。何回かしごかれると、俺の睾丸はぐっと張り詰め、激しく射精していた。精液の筋が彼の首筋と胸に当たり、肌を汚す様子に、俺はもう一度放っていた。

俺を見るマイロは、目を見開いて唇はぽってりと濡れ、俺の精液にまみれている。たずねた。

「よかったのですか？　ぼくは飲めませんでしたが」

俺はぽかんとして言葉を失っていた。あれだけ俺が猛烈にイッたのに、彼はわかっていないのか？

「ザーメン飲めるかどうかは関係ないよ、ポルノとは違うからな。人それぞれ好みがある。今のは、俺の人生最高のフェラだった」

「そうですかね」

「俺を嘘つき呼ばわりか？」

身をのり出して、マイロが自分の味を感じずにすむように、頬にキスをする。

「俺のにまみれてすごくエロいよ」

「たしかにあなたのものが付いて、セクシーになった気がしますね……本当にそんな気分だ」

「本当だって」

マイロは指先を俺の精液に浸し、ペロリとなめて、ゲホッとむせた。

「これは。失礼。じつに気色悪いですね。無理です！　これはありえない」

俺は笑っていた。本当に、そんなことはどうでもいいのだ。俺は彼が好きなだけだ。

「そういうことにしたい人もいるが、最後に飲みこめるかどうかはいいフェラの条件じゃないのさ。かわりに毎回きみにぶっかけてやるよ」

マイロはうなずいた。

「食べると言えば、お腹が空きました。夕食を作ると申告したのは覚えていますが、ナスのパルミジャーナを一緒に作るのはいかがですか」

「かまわないけど、でもやっぱり鶏肉を入れたほうがうまいよな」

マイロの料理には大満足なのだが、ふざけてダメ出しをするのが好きなのだ。冗談なのは伝わっているはずだ。

「そうやって文句を言うけどいつも食べているじゃないですか」マイロが立ち上がる。「ぼくは肉が苦手なんです」

「俺のソーセージは好きだろ？」

眉を上下させて、性器を握ってみせた。

「うわあ。それはひどい冗談ですよ。本当に、どうしようもなく、ひどい」そう言いながら彼はクスクス笑っていた。「裸のままやりましょう。ただし、手を洗う時間はいつもの倍です」

「いいけど、そっちはエプロンがあるだろ。俺はむき出しだ」

マイロはパンツ一枚でよく料理をするので、エプロンを常備しているのだ。

「そうだった、忘れていましたが、念のためにあなたのエプロンも用意してあるのです」

マイロが自分の部屋から彼とおそろいのエプロンを取ってきた。エプロンのロゴはこうだ。

〈この下は着てるかって聞かないで?〉

「ぼくのと同じ、カリフォルニアのお店から取り寄せました」それを投げてくる。「ほら、ギド。食事時をもう三十分もすぎてしまいましたよ。フェラチオしてもらっておいてよかったです。いい気分なので空腹で立腹にならずにすみます」

「毎日マイロをしゃぶれ、だな。了解」

俺は彼と一緒にキッチンに立って、料理に取りかかった。

15

マイロ

ぼくらは、手のしごき合いを卒業した。しごくのもとても気持ちよかったけれど、口に彼のをくわえてみた今は、これからずっとああしてギデオンをイカせたい。

この二週間で、暇さえあればお互いをしゃぶりあった。たしかにぼくのほうがより口腔体験に積極的だったが、二十四年間性器に口をつける行為を知らずにすごしてきた人間にとってその実現は一大事だったし、口のほうだって実行を求めてやまないのだ。

ギデオンがどうしてぼくの精液を平気で飲めるのかは理解の外だが、別によさそうなので、ぼくも満足だった。

本屋の改装も順調だ。あと半月ほどでの完成が今から待ちきれない。今日は、人をたのんで自分ではできない作業をしてもらっている。もう三度たしかめに下の店へ行ったが、これでも邪魔をしないようぐっと我慢しているのだ。ギデオンはいつもどおりの朝寝坊。十時とか十一時まで毎日寝ている二十六歳なんてぼくは彼しか知らないが、ギデオンの店は正午からだし、すぐ階下だから、たしかに理にはかなっていた。

でもぼくは退屈していて、こんなに退屈だと、じき我慢できなくなって店の作業にこと細かな口出しを始めてしまう。仕方ないのだ。自分の欠点を否定するつもりはない。

レイチェルに電話して一緒にすごしてもよかったのだが、気がつくとギデオンの部屋のドアをそっと開けていた。パンツ一枚で寝ているギデオンの蹴とばしたブランケットが、ぼくなら耐えられない状態で半分ベッドからずり落ちている。

「ギデオン」

囁いた。ピクリともしないので、ゴホンと咳をする。反応はない。これで起きないなんて。

一歩下がり、静かに出ていきかけたが——でもやっぱり退屈で。仕方なく、あからさまな咳をしながらギデオンの名前を紛れこませた。ゴホッ、ギデオン、ゴホゴホッ。

ギデオンの目が、ゆっくりと開いた。

「どうして目が覚めたかわかるか？」

「あ、起きましたか」

「さあ」

ぼくは肩をすくめた。ベッドにとび乗る。

「気が揉めて……こんな状態だと、ぼくは人に絡んでしまうんです」

「俺は眠いんだが……気を揉むより俺を揉んでほしいね……」

「笑いを取ろうとしているあなたはとてもかわいいです」そういうところも大好きだ。

「それは、不発だったってことだな」ギデオンが腕を回してぼくを引き寄せた。「ベッドに来いよ」

「ギデオン！　駄目です。そうはいきません。朝の口臭もします」

彼は肘をついてぼくを見下ろした。ぼくは仰向けで見上げる。

「まあとにかく、きみがいれば、俺がうぬぼれる心配はないな」

しまった。気を悪くしている。言ってもいいことを識別するのはどうして難しいのか。ぼくは真実を言いたいだけなのに。だが、ギデオンはぼくにとってお気に入りだし、絶対に傷つけたくない。

「ごめんなさい。いやな思いをさせたかったわけじゃないのです」

「してないよ。冗談だって、ロー」彼はぼくの首筋に鼻をこすり付けた。「少しイチャつかないか？　歯を磨いてくるからさ。そのほうがよければシャワーだって浴びるぞ？」

ぼくはクスクス笑った。もう股間が固い。

「おかしなことですけど、あなたの汗はちょっと好きです。驚きですが。それと、いつだってイチャつきたいのですが、ここでは下の店に行きたくて集中できないし、作業員はもうぼくの顔も見たくないと思います。ぼくがいちいち細かいので」

「まさか！　きみが細かい？　そんなわけないだろう？」

「皮肉を感知しました。意地悪を言わないでください」

「口が臭いって俺に言ったのはそっちだろ」

「朝の口臭だと言ったんです。混同してはいけません」

どうしてそうなったのかわからないが、いつの間にか二人で転がり合いながら、相手をくすぐったり組み伏せたりしていた。こんなのぼくは大嫌いなはずなのに、おなかが痛くなるほど笑って、胸は空気でも吹きこまれたように不思議にいっぱいで……それが不愉快なはずなのに、ただ、自然で。

ギデオンが上からのしかかり、仰向けのぼくの腰に馬乗りになった。手首を押さえつけられている。ぼくのものはすっかり勃起していた。ギデオンの腰がぴったりくっついているのもさらにまずい——じつによくない。

「ビーチに行かないか？」

見下ろす彼の、焦げた蜂蜜色の目は食い入るようだ。本当にカッコよくて、もう何度目かだが、どうしてぼくをこうやってかまうのだろうと不思議になる。

「行きます」

声は思った以上に上ずっていた。ギデオンがニッと笑って、親指でぼくの右手首の血管をさする。

ぼくらを包む空気が、何かおかしい……いつもと違って……心が揺れる。

ブブーッ！

ポケットで携帯電話が鳴り出す音に、ぼくの心臓がとび上がった。

「うわっ、びっくりしました」

「無視しとけ」

「下の作業員からで、ぼくが出ないといけない用だったら？」

何とかギデオンを押しのけずにポケットから携帯電話を取り出す……この体勢は好きだ。ギデオンが上の。どのくらい好きかというと、こうやってずっとこのまま暮らしていく方法を見つけたいくらいに。（失礼、ぼくらは親友なので、居心地が良くてこうしているんです）

「母からでした」と言って、それでもぼくは電話に出た。「おはようございます、お母さん」

隣でギデオンがばったりと崩れる。

『一週間も連絡なしで！　いつも私から電話しないといけないじゃないの。元気にやってるか知りたいだけなのよ、マイロ』

溜息が出た。それはわかっているし、ウィルマとの事情を知った今、あれも母の態度に影響しているのかもと思う。それでももし、息子がぼくでなければこんなことは言わないんじゃないかと、つい考えてしまうのだ。

「心がけます。とても忙しかったもので」

『ジーンにはまた会ったの？』

「ええ」

ジーンと会っていることは伝えてあった。一度、事情を知りたいかと母に確認したが、断られたのでそれきり聞いていない。それにそういう話は対面でするのがいい気もするのだが、ぼくにはよくわからない。

「出勤前のコーヒータイムですか？」

聞かなくてもわかっている。ただ話題を変えたかった。

『そうよ。朝、あなたと話ができなくなって寂しいわ。今は何をしていたの？』

「ベッドでギデオンともつれ合っていました。これからビーチに行くんです」

「うえっ」とギデオンが呟いた。

母は黙っていた。らしくもない沈黙で……。

「セックスしていたわけではないですよ！　していたら電話には出ませんから。それにぼくらはまだそこまで進んでいませんし。とにかく、最後まではまだなのです」

「マジかよ」

ギデオンだ。怒っているのかと一瞬思ったが、彼はただぼくの胸元に顔を押し当て、笑いをこらえるように肩を震わせていた。

『あなたたち、カップルなの？』

「いえ。ただの友達です。よくあることですよ、お母さん。こういうのは普通です」

まあぼくはこれまで友達と体の関係を持ったことはないけれど、珍しくはないはずだ。当然では？　ぼくとギデオンを基準にしていいなら、これは皆がやるべきことだ。完璧だし、二人で何倍も楽しめるし。

『あなたはそれでいいの？』

「ええ、両方の意味でいいです――ギデオンと友達でいるのもいいし、おまけにセックスができるのもいい。言いましたよね、お母さん、彼とは親友なんです」

母と電話するたびに一からそのことを説明していた。いつもはセックス部分は飛ばして。

溜息をついた母が、見えなくとも、口を結んでぼくが聞きたくなさそうなことを言わないようにしているのがわかった。

『あなたに傷ついてほしくないのよ』

「ギデオンは絶対にぼくを傷つけたりはしませんよ」

するわけがない。骨の髄から信じている。

ギデオンは頭を上げ、不思議な笑みを浮かべてから、ぼくの胸元にキスをした。シャツを着ていなければ素肌だったのにと、惜しくなる。

『普通にあることなのよ、マイロ。そのつもりが彼になくとも、そういうことにならないとは限らないの』

「普通にあることなら、ぼくも経験するべきでは？　人生の一部でしょう。お母さんがぼくを永遠に守れるわけではないですし」

『やれるだけやるわよ』母は悲しげに言った。『そっちに行こうかしら』

「駄目です！」

ぼくはあわてて断った。どう聞こえたか察して、つけ足す。

「気にしてほしくはありませんが。ただ、ぼくは……自分の足で立とうとしているところなんです。本屋が完成して、こっちが落ちついた頃なら、どうでしょう」

互いの沈黙が引きのばされた後、母が言った。

『もう仕事の準備をしないと。愛しているわ、マイロ』

「ぼくも愛してます」

電話を切った。

「大丈夫か？」とギデオンに聞かれる。

「ええ。母は悲しそうだし、それはぼくの本意ではありませんが、自分でやり遂げないとなりません。母が来たら仕切りはじめる。ぼくの仕切り屋モードは母ゆずりなのですよ」

ギデオンがうなずいて、どうしてか、全部わかってくれたのが伝わってきた。

「俺を信じてくれてありがとう。きみを、絶対にわざと傷つけるようなことはしないよ。誓う」

しないなんて、約束はできないはずだ。人生はそういうふうにはできていない。

「ぼくも、あなたをわざと傷つけるようなことはしないと誓います」

ギデオンはまた肘をつき、その手に顎をのせた。

「誓いは完了。さて、俺はシャワーを浴びて、その後で親友をビーチへつれて行くとするか」

「歯もちゃんと磨いて！」

ベッドから下りる彼に注文をつける。

「嫌いになるぞ！」

彼が叫び返した。

いや、それは嘘だ。ぼくにだってわかっていた。

16

ギデオン

歯を磨いてさっとシャワーを浴びた。マイロと母親の会話のことは考えないようにする。マイロを傷つけるなんて、絶対にしたくない。彼は俺にとって……そうだな、思いもしなかったくらい大事な存在になっている。もしかしたら、ちょっと駄目なくらいに。

終わると、マイロが待っていた。

「朝食にスムージーを作りました。足りますか？」

「何も作らなくていいんだよ、ロー。俺の面倒を見ないとなんて思わなくていい」

「違いますよ。ぼくがやりたいんです。ぼくのサンダル、どうですか？　指の間に何もないビーチサンダルですよ！　足の甲のストラップだけです。これは買うべきですよ」

「俺は普通のビーサンで困ってないから。困るのはきみだろ」

「冗談ですよ。あなたは気にせず履いてかまいませんと言いましたよね？　さあ出かけましょう。本屋に寄ってから」

短パンが玄関前に準備されていて、マイロはサンダルを脱ぐとその短パンを穿き、またサンダルに足を入れた。

「いいけど。どうしても本屋の作業を見ていかないと駄目か？」

「ええ、ギド。そうです。駄目です」

マイロはよいしょと肩にバッグをかけた。

「タオルと日焼け止めと帽子を二人分、念のために持ちました。ビーチパラソルがあったらと思うのですが、ありますか？　備えておくのはいいことです」

マイロはいつもこうだ。ビーチに一緒に行くのはこれが初めてだが、すでに俺は、出かける時はマイロがすべての準備をしなくてはならないこと、そうでないと何か見落としがないかと不安になることを学んでいた。

「パラソルならある。ビーチマットも。一階だ」

コンフリクト・インクの予備の備品室からビーチパラソルを出した。俺はマイロを本屋に寄らせないようにがんばったのだが、無駄だった。彼はすべての作業が正確に行われているか確かめないと気がすまないので、本屋を出るまで二十分かかった。

海は近いので歩きで行ける。俺はビーチパラソルを担ぎ、マイロはバッグを運んだ。それほど混んでいない日でよかった。砂浜には家族連れやグループから一人まであちこちにいたが、座る場所を探すほどの混雑ではない。

「カリフォルニアだったらもう無理ですね」

マイロがビーチマットを広げた。

「カリフォルニアが恋しいか？」

俺はビーチパラソルを砂に突き立てる。

「母のことは恋しいですね。難しい人ですが、母だけがこれまでずっと味方でいてくれたので」

「よかった。いいお母さんだな」

マイロはうなずく。俺たちは座った。

「シャツを脱いでください。あなたに日焼け止めを塗ります。済んだらぼくにもやってください」

間違いなく俺のペニスには耳がついていて、隙あらばマイロの言葉を深読みしようとしている。（〝やって〟？　喜んで！）

言われたとおりに俺が脱いでいると、マイロがバッグからボトルを取り出し、俺の肩や背中に中身をすりこんだ。

「タトゥを好きになったのはいつですか？」

「昔から興味はあったんだ。タトゥの入った男に目がなかったし。十代の頃はタトゥが出てるポルノ動画ばっかり見てたね」

「ぼくにもあったらいいと思いますか？」

「え？　いや。全然！　きみはそのままでいいよ」

「よかったです。耐える自信がありませんから。でもいつかタトゥを入れたいと思ったなら、あなたにたのみます」

「よし、約束だ」

「エロティックですよね……あなたのタトゥ……あなたのピアスも。特に乳首のものがいい。あれを舌ではじくのが好きなんです」

俺の股間が熱を持つ。

「公共の場で勃たせないでくれ」

ハッと息を呑んで、マイロが俺の肩ごしにのぞきこんだ。

「勃っていますか？」

「まだだが、俺の体をなめる話なんかしてたらすぐだぞ」

「むむ。わかりましたよ。こちらを向いて、ぼくと向かい合わせになってください」

従ってから、俺は彼に眉を上げた。

「前は自分でできるってわかってるよな？」

「ええ、でもあなたにさわるのが好きなので」

俺も彼にさわられるのが好きだ。胸まわりと腕に日焼け止めを塗りこまれたが、脚は断る。自分でできるし。お返しとして、俺も彼の正面、背中、頬、鼻、額にローションを塗った。

「かわいい顔に日焼けさせるわけにはいかないからな」

おっ、顔が赤くなった。

「カリフォルニアではよく海に行ったのか？」

二人で並んで横向きに寝そべって、俺はたずねた。

「昔は。一人で行くのも、大人なのに母と行くのも変ですからね」

マイロに友達がいなかったなんて、信じられない。一緒にいて誰より楽しいのに。

「まるきりいなかったわけではないですよ、ギデオン」マイロが俺の考えを読んだ。「いつも一人ぼっちだったわけではありません。ただ……仲が続かなかったり、気持ちが通じる感じがなかったりということです。ぼくが手間のかかる相手なのはわかっています。だから、ぼくの脳が真の友達だと見なすような相手はいませんでした。それに、本当にそれでかまわなかったんです。人間は難しいから。あなたはそうじゃないけれど……レイチェルも。ただピタッと合った。こんなのは初めてです」

そう、俺とマイロはピタッと合ったのだ。

「それは俺が最高だからだな」

「どうしてあなたにはボーイフレンドがいないんですか」

マイロはこちらを見ずにたずねたが、俺は彼から目を離せなかった。

その手のことをマイロに言われると胸がよじれる気がするのだ。俺がメニューにはないものを求めているのに、彼のほうは今のままがいいのだと思い知らされる。この先は目に入ってもいないと。

「立候補するかい？」と俺はふざけた。

はっとしたように彼がこちらを見る。

「まさか、そんなこと。絶対しません」

「時々、俺は嫌われてるんじゃないかって思うよ」

俺の笑顔から冗談だとわかった様子で、マイロは両手で顔を隠して笑った。

「すみません。ひどかったですね。そういうつもりで……言っているわけじゃ……」

「いいんだよ、ロー」

言い訳なんか必要ない。彼が求めているのは友情とセックスだ。何も悪いことはない。俺だってこの関係は気に入っている。ただ、もしかして、ボーイフレンドみたいな仲だったらどうだろう、なんて思うこともあるだけで。

「じゃあ、どうしてボーイフレンドがいないんです？」

「ふーむ、きみは気付いているかな、リトルビーチ島には適齢期の同性愛者《クィア》の男性がきわめて少ないということに」

「納得です。彼氏がいたことはありますか？」

「島にいた十代の頃、それとも都会で暮らしていた頃？」

「両方。すべての時。あなたのことは何もかも知りたい」

　俺のほうも、マイロに隠しておきたいことなど何もなかった。

「島に戻る前、一年半ぐらいつき合った相手はいるよ。俺のほうは真剣だったし、真面目な交際だと話し合って合意したはずだった。ところが、その間もほとんどずっと浮気されてたってわけさ」

「あなたがいるのに浮気なんてする人がいるんですか」

「だろ？　意味不明だよな、この俺がいるのに」

「その相手を愛していましたか？」

　マイロは指先でビーチマットに円を描いていた。

「いや。かなり好きではあったけどな。愛せるかもしれないとは思った。運命の相手とかではなかったね」

「本気の恋をしたことはありますか？」

　どう答えたらいいか、俺は悩む息をついた。

「難しい話だな。クリスを覚えてるか？　子供の頃から俺たちは親友だったんだ。ティーンだった俺たちは二人で、お互い相手にお試し体験を始めてさ。俺がゲイだと初めて打ち明けたのも、あいつにだった」

「彼はバイですか？」

「そ。彼の妻はそれを承知してるが、他人にはあまり言ってないから、このことは内緒だぞ」

マイロは信用できるし、クリスは俺の判断を尊重して理解してくれるはずだ。

「でもそうだな……俺はクリスを愛してたが、親友だったから、そこから来た気持ちなのか恋心なのかはわからなくて、混乱したよ。やがて、これは恋だと思ったんだが、クリスのほうにはそんな気持ちはなかった。あいつにとっては、ただ友達とのちょっとしたおふざけだったのさ。あれはキツかったな、あいつは俺の期待を裏切ったと思って落ちこんでたし、俺を傷つけたことも、気持ちを返せないことも申し訳なく思ってた。でもしょうがないよな、気持ちは変えられるもんじゃない――ないもんは変えられないし」

「だから島を出たんですか」

「それもある。でもずっと島外で暮らしてみたかった。あの時は、戻るつもりはなくて」

「彼との間に気まずさはありますか?」

次にそれを聞かれたので、俺は首を振った。

「いや、今でも親友さ」そこでマイロをつついた。「親友の一人、だな。今は二人いるから」

マイロが下唇を噛んで、ニコッと笑う。それを見ると俺の体の内側が変になって、いい意味でぎゅっとよじれるのだ。

「あなた方はセックスはしましたか?」

「どこからセックスと呼ぶかによるな。お互いに手コキはしたし、口でもやって、まあそれはちょっと素股みたいなこともしたが、最後まではヤッてない」

　目をそらして、マイロはごろりと仰向けになった。

「今もまだ……？　その、彼を愛してますか？」

「愛してるけど、友達として、家族みたいにだ。もう恋愛っぽい気持ちはない。それでよかったんだって今はわかってる。クリスと俺は対《つい》じゃなかった。そうなりたいわけでもないし。俺は、恋愛運はないと思うね。多分向いてないんだよ」

「信じられませんね——あなたが恋愛に向いてない、というのは。誰よりも、あなたこそ愛されるにふさわしい人です」

　不思議と心がやわらかくなった気がする。きっと、マイロのためだけに。なんてかわいいんだろう。マイロの前だと、彼の目に映るままの自分になりたいと思う。

「今からきみにキスをするよ」と俺は告げた。

「人前ですが」

「かまわないか？」

　彼がうなずいたので、俺はゆっくりと身をのり出した。じりじりと、その瞬間を引きのばしながら——。

「マイロ！」

　がばっと起き上がったマイロの頭が俺の顔に激突した。

「ぐっ」

　俺は鼻を押さえる。痛みが広がってたちまち涙が出てきた。

「あああっ、ごめんなさい！　ついうっかり……そんなつもりでは……」

「マイロだー！」

　レイチェルの娘のキャミーが目の前に走りこみ、俺たちのビーチマットに砂がとぶ。後ろには母親のレイチェルがいた。

「ごめんね。何だかお邪魔だった？」とレイチェルに言われた。

「ギド、大丈夫ですか？」マイロが俺の手をどかして鼻を眺めた。「とても赤くなっていますね」

「とても痛いからな」

「氷を持ってきます」

「大丈夫だよ」

「本当にごめんなさい」

　また謝られて、こんなにあわてさせた自分が申し訳なくなる。

「ロー、平気だから。本当に」

　彼のほうが怪我をしたかのように、俺はその鼻の頭にキスをした。見られているが、気にしないだろうか。

レイチェルの視線を感じる。マイロが彼女にどれくらい俺とのことを話しているか知らないが、見やると、興味津々の顔をしていた。

「何してるの？」とキャミーが聞く。

「ギデオンとのんびりしているんですよ」マイロが答えた。「今日は元気が有り余りすぎてはいませんか？」

「もー、マイロ！」

「はい、キャミー？」

「ママに髪を編んでもらったの。かわいいでしょ？」

コーンロウに編んで、先端をビーズで飾ってあった。

「かわいいです。似合っています。ここが好きですね」

マイロが編んだ髪の下部を指さす。子供の相手がうまいのだ。本人は気付いてなさそうだが。見るからに、キャミーはマイロになついている。

「どうしてギデオンがお鼻のあたまにキスしたの？　それに、さっきはどうしてあんなにお顔が近かったの？　ギデオンはボーイフレンドなの？」

マイロがぽかんと口を開けた。

レイチェルが笑う。

「ねえ、そんなにあれこれ言わないの」と娘に言った。「マイロ、好きなように答えて」

俺のほうにひとつウインク。

「いいえ。ギデオンはぼくのボーイフレンドではありません。ぼくたちはただの――」

「とても仲のいい友達だよ！」

俺は早口にかぶせた。セックス仲間、なんてマイロが言わないよう願いながら。

マイロがこちらを見て囁いた。

「言うつもりはありませんでしたよ」

「念のためだって」

彼は二人のほうへ顔を戻した。

「ぼくたちは、親友のきわみなんですよ。二人とも、一緒に遊びますか？」

俺たちの関係を彼がそう呼ぶのは、これで二回目だ。かわいくて、とことんマイロな言い方。

「遊ぶ！」

レイチェルとキャミーが口をそろえた。この二人は大好きだが、その返事に俺はちょっとだけがっかりしていた。

マイロはまず俺を立たせ、ビーチマットの砂を振り落としてから、二人を招く。四人でしばらく楽しんだ。キャミーがそんなにマイロとよく一緒にいるなんて知らなかったが、すっかり一緒に公園や本やアイスクリームの話で盛り上がっているから、そうらしい。マイロとレイチェルの仲は、マイロと俺の仲に似ている――もちろんセックスは抜きだ。ふざけ合って隠し事なく何でも話す。本屋の店内でマイロが全員に強制するヘルメットとゴーグルについて、レイチェルがぶつぶつこぼしていた。

　彼らとすごすマイロを見るのは楽しかった。いつかクリスやメグ、ヘザーやオーランドともこうなれるだろうか。彼らには俺の知るマイロを知って、愉快で楽しいマイロを見て、どうして俺がこんなにマイロを好きなのかわかってほしい。

　そのうちみんなで海に入って少し泳いでから、またビーチマットでくつろいだ。

「もうじき、初めて本を発注するんです。最近のタイトルを少し入れたくて」とマイロが言った。

「店のオープニングイベントを盛大にやりたいわね」とレイチェル。「あと何週間かで完成でしょ？」

「ええ。でもぼくはパーティーは苦手です」

「でもいい宣伝になるよ」

　レイチェルが応じる。たしかにそうなのだが、俺としてはマイロに無理はさせたくなかった。

「どう思いますか」

　そう、当然のように、マイロは俺に聞く。

「レイチェルの言うこともたしかだが、自分がいいと思うことを、やりやすい範囲でするのがいいだろうな」

マイロは、特に屋内では、大勢が大声でしゃべるのが苦手だ。ほかの騒音は平気なのか、改装工事の音は気にしていない。

「計画してもらえますか?」マイロがレイチェルにたのんだ。「あと、当日もいてもらえますか?」

「まかせて。私にできることなら何でも。ただギデオンには賛成——やりたくないならしないでいいよ」

マイロが首を振った。

「いいえ、名案だと思います。加えて、島の人々ともっと知り合いにならなくては。ジーンも招待しましょう」

マイロは俺のほうを向いた。

「あなたの家族にも伝えてもらえますか?」

「絶対言うよ」

マイロが手をのばし、俺の手を握ってそのまま離さなかったので、俺の胸はいっぱいに満たされた。

17

マイロ

数週間がめまぐるしくすぎていった。ぼくは本屋のことで忙しかった。レイチェルもよく来てくれたし、ギデオンもタトゥの店にいない時はこっちを手伝ってくれた。

ギデオン……彼を思って微笑む。彼はあらゆる面で完璧じゃないだろうか。時々はぼくを苛立たせるようなこともするけれど、今でも時々買い物リストに追加を忘れるし、ぼくが退屈していても寝坊するし、そうその上しかもだ、この間フェラし合って彼の部屋で寝てしまった時に知ったのだが、なんとイビキをかくのだ！　いつもはイッた後でぼくが自室に戻るか彼が自室に戻るかするので、それまで聞いたことがなかったのだ。ぼくは必要にそなえて耳栓を常備している。また寝入ってしまった時のために、彼の部屋にもいくつか置くことにした。

だが、そんなイラつきの原因すら、かわいいと思えるのだ。大嫌いなことなのに、どうしてかギデオンがやるとちょっと愛らしい気がするのは謎だった。筋が通らない。誰かとオーガズムを得ていると脳の働きが鈍磨するようだ。

ギデオンとの間にあるものは、友情とオーガズム以上の何かに思えたが、ぼくの勘違いかもしれない。恋人に立候補しないかと言われた時だって、冗談だろうけれども、ぼくはいつも注意深く線を引いて自分の立場をわきまえていることを示してきた。ぼくが重いと思われて、この関係を終わりにされたくはない。

　本屋の改装は完了し、今日は夕方から開店祝いのイベントだった。レイチェルがとてもがんばって準備してくれたので、ぼくも盛り上がりたかったが（友達ってそういうものだろう）、現実には今にも吐きそうな気分だった。あまりにもパーティーっぽい雰囲気だし、ぼくはパーティーが得意ではないのだ。大嫌いなことリストのほぼトップに入るくらいに。

　ぼくはベッドにひっくり返り、行かないですめばいいのにと願った。

「大丈夫か？」と戸口からギデオンが聞いた。

「ズボンを穿きたくない」

「ズボンなしで行ったら目立つだろうな」

　ぼくが溜息をつくと、ギデオンがやってきて横に座った。

「いい考えじゃなかったかもしれません。たくさんの人々が一度にぼくに会おうとするでしょう。全員と話して返事をしないといけないのでしょうが……大変です」

　だが本当は、くじけたくない。やれる自分になりたい。何にも足を取られたくはない。

「ロー……あんまりしんどいならやめとこう。客の相手はレイチェルができる。俺も手伝うよ。それにもし下に行ってつらくなったら、上に戻ってくればいい。あとは俺が何とかする。きみはリトルビーチ書店の改装をあんなにがんばってやり遂げて、新しいウェブサイトやＳＮＳまで自分でやってるんだから、その成果は楽しまないと。必要ならいつでも俺が手を貸すよ。俺はそんなに本も読まないしきみほど賢くはないけどさ、それでも――」

本気で言ってるのだろうか？

「あなたは賢いですよ。とりわけ、人生について賢い。賢さには色々な形があります。それにあなたはとても優しい。誰もがあなたを好きだし。ぼくも力づけられます、親友がそばにいてくれると」

うなずいたギデオンは下唇を親指でさすって、何かじっと考えこんでいた。

「どうかしましたか？」

「俺たちは〝親友のきわみ〟だったよな。きみは、下に行って挑戦してみたいか？　それとも、かわりに俺が適当に話しておこうか？　きみは調子が悪いとでも言えばいい」

彼がそこまでしようとしてくれるのがうれしかった。基本的に、ぼくは誰にも言い訳でかばわれたくはない。母が時々するように、子供みたいに過保護に守られたくはない。だが思えば母はとても自己主張が強く、ぼくの意志を曲げてでも押し通そうとするところがあった。ギデオンは違う。最終決定はぼくのもので、だから、平気だ。

「ぼくは、楽しみたいです。楽しんでいいはずです。本当に粉骨砕身でここまでやってきたのだから」

「そのとおりだ。きみに『ヤる』とか『ヤッた』と言われると俺は燃えるって話はしたっけ？」

　ぼくはニヤッとした。

「じゃあこういうのはどうです……後で、あなたの口をヤってもいいですか？」

　彼の胸で低いうなりが生まれて、口からこぼれた。セックストークも悪くないのかもしれない……ポルノの中みたいなことを言うのは、まだためらわれるけれど。

「是非、後で俺の口をヤってくれ」

「運次第ですね」

　ウインクして、色っぽい感じを出そうとした。間抜けに見えていませんように。むしろ、運に恵まれているのはぼくのほうなのだ。

　立ち上がったが、ギデオンに手首をつかまれて、彼の脚の間まで引き戻された。今日は暖かいが、きちんとした格好をしたかったのでぼくはドレスシャツに蝶ネクタイだ。ギデオンがぼくの太ももを上下になでる。

「きみは本当によくがんばった、マイロ。俺はとても……この旅を、俺にも体験させてくれてありがとうな」

　肌がカッと、欲情とは違うもので熱くなった。内側で火が燃え盛り、すべての熱が胸に集まる。ギデオンなしではここまで来ることもできなかったのに？　彼がどれほど大きな存在になっているか、知らないのだろうか。

「見た目によらずとても優しいですよね、あなたは」

彼が笑った。

「体面にかかわるから内緒だぞ。じゃ、行こうか」

ギデオンに手を取られて握られたまま、ズボンをかけてある玄関先のラックまで行く。だがぼくがズボンを穿いてからは手を握ってこなかったので、今夜彼に対してどう振る舞えばいいのか不安になった。ビーチでは手を握ったけれど……今日はそれとは違う。彼の家族が来るし、ぼくとセックスしていることを彼は知られたくないかも——いやフェラチオとか手でしごいたりしていることを。あれってセックスなんだろうか？　誰もが挿入するとかされるとかが好きなわけではないだろうし、あれもセックスに入れていいだろうと結論付ける。

脳内に疑問の種がまかれると、もうそのことしか考えられない。オーランドの前ですでに醜態をさらした。今夜も取り散らかってギデオンに恥ずかしい思いをさせたらどうしよう。もしギデオンがセックスのことを知られたくないのにぼくがキスしたりさわったり、抱きしめてもらいたくてたまらなくなったら？　ギデオンはぼくのためにいてくれると言ったし、ぼくもそれは信じる。彼は嘘はつかない。でも優しい人だから、ぼくのために本当はしたくもないこともするかもしれない。

ぼくの息が荒かったので、ギデオンは店の前側へ建物を回りこむ寸前でぼくを止めた。

「大丈夫か？」

「ええ」

本当のことではないけれど、大丈夫でありたいのだ。完璧な夜にしたい。

彼はぼくの顔を手で包み、目の下を指でなでてから、額にキスをした。

「きみならやれるさ」

ぼくはうなずいたが、心の中では……やれるだろうか、本当に？　ギデオンの信頼はありがたい。だってぼくは、全然自信がない。

もうレイチェルは本屋にいた。後で家族がキャミーをつれてくるそうだ。店は六時開店。レイチェルが、短めに切り上げたほうがいいと考えたのだ。店の前の石畳に新しいテーブルも設置してあるし、ギデオンとぼくとで格子状のひさしから粒状のライトをたくさん吊るした。

「いつ見てもここには驚かされるよ」

ギデオンはカフェテリアへ歩いていくと、青いカウンターの表面を手でなでた。このエリアは海岸のテーマで統一されていて、白と水色とサンゴ色をたっぷり使っている。

「何回も見たでしょう」

「それでもまだ感心するのさ」と彼がウインクし、ぼくの腹がおかしな具合にはためいた。

レイチェルはすっかり仕事モードだ。

「みんなが来る前に料理を並べちゃいましょ」

ちゃんと仕切ってくれる。尊敬だ。

食べやすい軽食を用意してあって、ベジタリアン用もあるけれどぼくは食べるつもりはなかった。他人と同じ皿の料理に手をつけるなんて無理だ。ぞっとする。

三回、料理を並べ直した。一度目はレイチェルが駄目出しをし、二度目はぼくが気に入らず、三度目でやっとお互いに納得した。特にこだわりのないギデオンはあっちで自分のことをしていた。

ガラスドアをノックしたのはオータムだ。島の人で、レイチェルの両親の都合がつかない時に時々キャミーの面倒を見ている。彼女にはバリスタの経験があったので、カフェ担当として雇った。

やがてギデオンが言った。

「六時になった。入り口を開けてこようか？」

ぼくは彼を見ずにうなずいた。ギデオンが通りすぎながらぼくの頰にキスをしていく。心が楽になったが、馬鹿げた話だろう。どうしてキスが効く？

ドアベルがチリンと鳴って、ぼくははっと緊張したが、すぐに深い息をついて背中をのばした。

「いらっしゃいませ、リトルビーチ書——ああなんだ、あなたでしたか、ジーン」

老人はふふっと笑った。

「がっかりさせたかな？」

「いいえ！　そうじゃありません。知らない相手が来るかと思って、挨拶をしなくてはと心を奮い立たせていたところです」

　ぼく自身にすら、時々ぼくが理解しがたい。毎日本屋で働くのはやれるだろうと思うのだが、今日は準備を重ねたイベントの日で、人をもてなさないとならないから、全然違うのだ。

「ほら次のチャンスが来たぞ」

　ギデオンの言葉とほぼ同時に、子供を二人連れた二人組が入ってきた。家族連れと見ていいだろう。

「ハロー、リトルビーチ書店へようこそ、いらっしゃいませ。おいでいただけて光栄です。ぼくは新しい店長のマイロ・コープランドですが、決してミスター・コープランドとは呼ばないでください」

　よし。それほどひどくはない。

「初めまして！」女性のほうが言った。「お店が再開すると聞いてうれしいわ。閉まってる間、寂しくて。あなたのおばあさんは特別な方だったから」

（母や養子問題について聞かれませんように、聞かれませんように――）

「ありがとうございます。ジーンからも思い出話を聞いています。ジーンたちは――」

「パートナーだったんですよ」とギデオンが口をはさんだ。

　パートナー。そうだ。その言葉を使うべきだった。愛人、というのは子供の前では刺激が強いかも。

「ゆっくりしていってください」

ぼくはそう締めた。彼らが歩き去ると、呟く。

「全員と、あんなふうに挨拶しないといけませんか？」

「いいえ、スイーツ、大丈夫よ。お客さんの相手は私にまかせて」とレイチェルが答えた。

「ああ助かります。もう満足しましたから」

ギデオンがクスッとした。

それから三十分ばかり、人の出入りはあったがそう大変ではなかった。オータムがせっせとコーヒーを出し、レイチェルが客の話相手を引き受ける。ちらほらとぼくにも人が寄っては来たが。

やがて、三十歳くらいの男性が近づいてきてたずねた。

「ワイルダー・ウィリスの『露天商の息子』はありますか？」

ぼくは目玉がとび出そうになった。

「なんと！　ありますよ。ぼくもあの本が大好きです！」

それにあれもクィアの本だ。ギデオンが思うほど、彼は島で孤立した存在ではなかったのかもしれない。

「こちらへどうぞ。案内します」

彼を先導し、書棚からその本を抜くと、二人でレジまで移動して、ぼくがレジで会計した。

「この本をお読みになったことは？」と彼にたずねた。

ギデオンが近くにいてこちらを見ている。ぼくは親指を立ててみせた。

「いや、でもいい評判を聞くので」

客の男性がぼくにニコッと笑いかけた。なかなかいい人そうだ。

「ぼくはマイロ・コープランドです」

「ネルソンだ。よろしく」

「こちらこそ」

「読書クラブを作る予定はあるかな？　あったら入りたいんだけど」

なんてわくわくする話だろう！　新しい友達を作るのは本当に素敵だ。

「ええ、作ろうかと。ぼくは親友に——親友の片方に——言われて『不思議の国のアリス』を読みました。好きにはなれませんでしたが。映画版も何だか妙で、なのでぼくが選ぶ本は偏りが激しいかもしれませんが、読書クラブはやってみたいですね」

「なら、そのうちまた様子を見に寄らせてもらうよ」

「是非そうしてください」

彼は内気っぽく手を振って、店から出ていった。

「ギデオン！　見てましたか？　いい人でした。知ってる人ですか？」

ギデオンは眉を寄せていた。

「いや、一度も会ったことはないな。観光客じゃないか？」

「読書クラブに加入したいと言っていたので、きっと引っ越してきたばかりの人ですよ」

ギデオンが腕組みした。

「どうかしましたか」

「まあこんなに素敵になるなんて！」女性がぼくらの会話に割りこんだ。「あなたのおばあ様は素敵な方だったわ。私たち、ちっとも知らなかったけれど……あの人とベバリーのこと」

「ベバリーも知らなかったのです」

「あらそう……」

ぼくの答えが期待外れだった感じだが、どうでもいい。

ギデオンがぼくと腕を絡めた。何だか、とてもいい感触だ。ぼくの脈拍がすぐに落ちついてくる。

「では失礼」と彼が女性に断った。

それに続いて、話しかけてくる人が増えた。少しばかり圧倒されそうになる——だがありがたいことに、さわってくるような人はいなかった。

ギデオンはずっとぼくのそばから離れなかった。テーブルのところで彼が小さなサンドイッチを手にした時、声をかけられた。

「調子はどうだ、スナックちゃん？」

彼の兄の声だとわかる。顔を上げると、オーランドが腹が丸くなったきれいな妊婦の女性をつれてそこにいた。さらにクリスと、彼の妻だろうミーガンという女性、それに二人の年配の男女がいて、こちらはギデオンの両親に違いない。

たちまち吐き気が体を襲い、ぼくを容赦なく責め立ててくる。ギデオンはぼくの親友だ。彼の家族にはいい印象を持ってもらいたい。ぼくなんかとどうして仲良くしているのかと、そういう目で見られたくはない。

（ヘマをするな、ドジをするな、バカをするな）

「だからいい加減その名前はやめろって」

ギデオンが言い返した。狙ったかのように、丁度そこに十人ばかりの客が新しく入ってくる。ぼくたちは料理のテーブルから脇へのき、ギデオンがぼくのほうを向いた。

「俺はガキの頃、菓子を盗み食いするのが好きでさ。クッキーのジャーに手を突っこんだところを見つかっちゃう子供っているだろ？　あれが俺さ」

「そう……うん、いいのではないでしょうか。あなたは素晴らしい体をしていますし。そうでないとしてもやはりかまわないかと思います。この社会はあまりにも人を肉体的外見や体重で判断しすぎだと、ぼくは思っているのです」そこでオーランドを見た。「あなたがそうしていると断じたいわけではなく。遠回しに当てこするような意図はありません。ぼくはただ……」

黙れ！　今するべきはそれだ——黙れ、ぼく。

「俺の名誉を守ってくれてありがとう」

ギデオンがぼくの首筋に手を当てて、うなじを揉む。励ましだとわかった。

「それに、聞いたか？　俺の体は素晴らしいってさ」と兄に向かって言った。誰かが——主にぼくが——何か言うより早く続ける。「母さん、父さん、ヘザー、彼がマイロだ。ロー、きみはもううちのバカ兄貴には会ったしクリスとメグともライトハウスで会ってるな。彼女はヘザーで、こっちはやっぱりオーランドという名前のうちの父、そして母のアンマリーだ」

「会えてうれしいわ、マイロ。ギデオンはあなたのことばっかり話すのよ」

アンマリーがそう言った。みんなの視線がさっと、ぼくの首筋にさわっているギデオンの手に向いたのがわかったので、ぼくは一歩距離を取った。

「ありがとうございます。ぼくも、ええと、お会いできて光栄です」ぼくはヘザーのほうを向いた。「女の子か男の子かは、わかっているのですか？」

まあ、いずれはっきりすることだが。どんな子供であろうといつかは両親に、勘が正しかったかどうかを教えてくれる。

「男の子よ」

「もう名前は決めていますか？」

「ジェイコブというの」

「ハロー、赤ちゃんのジェイコブ」

ぼくはそっと声をかけながら、距離を保って彼女にさわらないようにした。妊娠した女性の腹にさわる人がいるのは聞いているが、許可も取らずに失礼だろう。ぼくにだってわかることだ。

全員から集中した視線が熱くて、どんどんほてった気分になってくる。変な行動だっただろうか。こうやって赤ん坊にも挨拶をしたいと思うのはおかしかったのか。

「失礼、声をかけてもいいか、まず先に聞くべきでした」

「全然いいのよ。とても素敵だった。この子はあなたの声を覚えて生まれてくるのね。最初に挨拶してくれた人だって、わかるはず」

ヘザーの笑顔で、少し気が楽になった。

ギデオンを見ると、ウインクが返ってきた。彼が手をのばして、またさわろうとしたようだったが、そこで手を引いた。ぼくは眉を寄せないよう我慢して、すでに何かまずいことをしでかしたのかと悩んだ。

18

ギデオン

家族の前でどう振る舞うかマイロと決めてはいなかったが、彼から距離を取られて正直少し心がくじけた。マイロにどう見ても興味津々だった男もいたし。今日が初対面だが、すでにあの男は大嫌いだ。

マイロとはただの友達なのだと、自分に言い聞かせる。一緒にセックスを楽しむ友達、ではあるが、ともかく友達なのだ。マイロが俺の手から離れたからって、俺が何を言う権利もない。うちの家族に何か——今以上——思われるのは、こっちだって避けたいのだし。

「島に来る前は何をしていたんだい？」

父さんがマイロに聞いていた。学歴は父さんにとって重要なのだ。必ず話の頭にそれを聞く。じかに言われたことはないが、学位を取らなかった俺を残念がっているのだろう。だが誰もが高等教育に向いているわけではないというのが俺の信念だった。学歴は、賢さや能力の物差しじゃない。

「ああ、ぼくは金融関係の仕事をしていました。十六歳で大学に行ったので。二十二歳でフランクリン大学の院を修了して、会社に入りました」

は？　十六歳？

「マジか。初めて聞いた」

今や俺は、自分の首筋を揉んで気を落ちつけていた。どうしようもない。

「これまで学位の話はしていませんでしたね。あなたは？」とマイロが聞く。

「大学は出てないんだ」

人生で初めて、そのことが不安になる。

「そう。ぼくもその話は初めて聞きました」

それで評価が変わるのか？　と俺の頭の中で小さな声が囁いたが、マイロはマイロだ。そんなことにはこだわらないだろう。

「きみとギドはすぐ仲良くなったよな」とクリス。

「そうですね。彼は……そう、ぼくの親友です。あなたの親友でもあるのは存じていますし、それを打ち消すつもりはないです。何と言ってもお二人は幼なじみ同士ですから」

マイロが、少しばかりすがるような目で俺のほうを見た。安心させたいし、こめかみにキスをして、ちゃんとやれているから息をしてくれと言いたかったが、彼が一歩引いた時に示した境界線を越えたくもなかった。

「シェアすればいいだけさ」

クリスが俺の肩に腕を回し、引き寄せて、俺の額にキスをした。俺たちにとって珍しい仕種ではなかったが、マイロがちらりと目に不安を浮かべて一歩下がるのが見えた。

「てめえ、どこにくっついてたか怪しい口で……」と俺は茶化した。

「ほらそこ」とメグに叱られる。

「こりゃしまった。きみを愛してるってわかってるだろ？　きみの欠点は男の趣味の悪さだけだ」

俺がからかうと、マイロ以外の全員が笑った。大丈夫かと舌先まで出かかったが、過保護と見られたくはなかったし、自分でも避けたいし、マイロがそれをいやがるのもわかっていた。

大声のティーンたちが、どうやら無料の食事とコーヒー目当てで入店してきた。笑ったりしゃべったりする声が、すでに会話でざわつく店内に甲高く響いた。

母がマイロにこの本屋のことや、カリフォルニアで暮らしていた地域について何か聞いている。数分後には、ナディーン・アンダーソンがやってきて店内での読書クラブ開催の話をマイロに持ちかける——どいつもこいつも読書クラブか。それを聞きつけたジャネット・ヒューズもマイロに話しかけ、自分の編み物クラブでこの場所を使いたいという話を始めた。

見覚えのない若者が、マイロに求人のことを聞いた。俺の家族はマイロを取り囲んで、店がどれほど見違えたかと話している。

マイロの神経がどんどん張り詰めていくのがわかった。誰かに話しかけられるたび、返事がもっと早口に、そっけなくなっていく。俺にとってさえ店内はもう騒がしいのに、加えてどこかで子供が突然泣き出した。

誰かにドンとぶつかられて、マイロが固まった。

「ロー？」

俺がそう囁くと、彼は首を振る。騒ぎにしたくないのだ。

マイロは両手を揉み合わせ、それから片手で胸元をさすって心臓の上をほぐした。人々が近づいてきて、マイロは笑顔で応答したが、それは俺が見慣れた彼の微笑みではなかった。瞳にも届いていないし、部屋中を照らしたりもしない。

誰も気付いた様子はなかったが、誰も俺ほど彼を知らないのだ。マイロは持ちこたえようと懸命だった。どうやって助けられるのかもわからないし、それにやっぱり俺は余計なことはしたくなかったし、助けが必要だという目で彼を見ていると思われたくもなかった。

ガシャンという音が鳴り響き、マイロがとび上がった。見てみるとどういうわけかパンチボウルが床に叩き落とされていた。

「皆さんは……ええと……ぼくは、行かないと」

マイロがそちらめがけて走っていった。俺がさっと家族を見やると、母さんとオーランド、ヘザーが心配そうに見送っていた。

「手伝ってくるよ」

彼のほうへ向かいながら、俺の胸の中で鼓動が激しく乱れた。レイチェルも来ている。破片を片付けようとするマイロの動きは乱れてぎくしゃくしていた。

「客を散らしてくれ。ここは俺たちが」とレイチェルに言うと、彼女はうなずき、周囲の人々の気をそらしにかかった。

「ロー？」

俺は彼の横に膝をついた。マイロは床にかがみこんでいて、その膝にパンチが赤く染みていた。目をとじ、うつむいて、体を前後に揺らしている。

「マイロ？」

俺はまた彼のうなじに手をのせた。いやがられないよう祈る。

「できない、ごめんなさい……無理です……無理……無理……」

マイロはそうくり返していた。

「なあ、ここは大丈夫だ。きみも大丈夫だ。ここから出よう」

上から影が落ちて、見上げるとオーランドだった。

「モップを取ってきて片付けを手伝うよ」

「助かる。マイロのズボンが濡れたから二階へつれてくよ、俺は鍵を持ってるし」

たよりない言い訳だ。鍵を渡せばいいし、そもそもマイロだって二階に住んでいるのだから、自分の鍵くらいあるはずだ。しかしとっさにそれしか出てこなかった。

「そうしろよ。ここはまかせとけ」

オーランドがニコッとした。兄貴に無言の感謝を送って、俺はマイロをつついて立たせた。

マイロは無言で、だが早く浅い息遣いで体をこわばらせていた。

周囲の注意を引きたくはないので、彼の手を握って指を絡め、作り笑いを浮かべて裏口からマイロをつれ出すと、二階へ上って、家へ入った。

ドアが閉じると、もう安全だと、マイロを抱きこんでその髪の匂いを吸いこみ、こめかみにキスをした。マイロの激しい震えが俺の体まで揺らす。

「もう誰もいないよ。大丈夫だ、ロー。もう平気だ」

こんなに誰かを守りたいと思ったことはない。俺がしてもいいことかも、どうやればいいのかもわからない。大体俺は何者だ？　オーガズム付きの友人？

「ごめんなさい……」

「おいおい、何謝ってるんだ。謝るようなこと何もないだろ」

「パニック寸前だったのに？　やめておけばよかった。やかましすぎました。耳栓をすればよかった。人も多すぎたし。ぼくに質問してきたりさわったりぶつかったりして……」

俺はぎくりとして、いやなら今はさわらないほうがいいかと迷ったが、マイロのほうから俺の首筋に顔をうずめてきた。

「ちゃんとやりたかった。あなたの家族に好感を与えたかったし、どうしてぼくなんかと友達なのかと思わせたくなかった」

「家族はきみを気に入ってたよ。大学院の話を聞いた時の父さんの目の輝きを見なかったか？　父さんの新しいお気に入りになったぞ。どうして友達になったのかなんて、絶対思わないさ、きみみたいに優しくておもしろくて賢くて……セクシーなやつと」

期待したようには笑ってくれなかった。

「ズボンが鬱陶しくて……パンチまでついてしまったし。もう無理です。脱がないと。ベタベタして耐えられない」

マイロが下がってボタンに手をかけたが、俺はその上に手をのせた。

「俺が脱がせても？」

彼がゆっくりうなずいたので、俺は膝をついて前のボタンを外した。靴を片方、そしてもう片方と脱がせる。靴下を片方、そして逆側も。それをマイロ用のズボンラックのそばに置いた。次にズボンを引き下げて、マイロが足を抜くのを手伝ってから、そのズボンを定位置にかける。

見上げると、マイロがじっと見つめていた。

「あなたは、ほかの誰よりぼくを混乱させます」

「あんまりいい感じには聞こえないな」と俺は眉を寄せた。

「そんなことはないです」

俺は立ち上がった。キスをして、ただゆったり、唇だけを合わせる。

「店に戻ってもらえますか？」マイロがたずねた。「ぼくは、あなたを必要としたくないんです。自力で対処するのが重要なのです。それに、あなたならパーティーを安心してまかせられます」

ここを離れたくなど全然なかったが、俺は「まかせてくれ」と答えた。

「ご家族には、ぼくは頭痛だと伝えてもらえますか？　あなたが嘘をつきたくなければ、それも当然ですが、本当に少し頭痛がしてきたので、嘘にはならないかと」

俺はそれも承知して、ドアに手をのばしたが、そこでマイロに背を向けたまま止まった。

「あのさ……マイロ。たまには、誰かを必要としてもいいんだよ。自分でやろうとするのももちろんいいことだけど、誰かの助けを必要としたって、それは弱さじゃない。きみだけに限ったことでもない」

返事はなかったので、俺は部屋を出て一階の店へ戻った。オーランドがすでに破片を片付け、レイチェルがレジで会計の列をさばいている。

「お友達はどこ？」

戻った俺に、母が聞いた。

「頭痛がするって。部屋で休んでる」

皆の表情からして信じてないのはあからさまだった。

「彼は問題ない」と言った俺の口調は、尖っていて言い訳がましかった。

「わかってるわ」と母が答える。

兄と目を合わせてまた無言の感謝を伝えると、ウインクが返ってきた。

「珍しいもんを見たよ」とクリスが言う。

「何のことだ？」

「ボーイフレンドといるお前」

「でしょ、やっぱり？」とメグまで加わった。

「二人ともすごくキュートだった！」とヘザーまで言い出す。

げ、やっぱりこいつら。こう来るだろうと思っていた。

「マイロは俺のボーイフレンドじゃないよ」

そう言うと、胸の中で爆弾が炸裂したようだった。最悪だ。マイロにボーイフレンドになってほしいのだ、俺は。なれなくてへこんでいるし、マイロのほうがどう思っているのかもわからないし。

オーランドとクリスにからかわれたこの間とは、もう全然違う。マイロとの距離がずっと縮まっていて、俺はもう、ただの友達だと事あるごとに言って回る男から卒業したい。

「そういうことマイロに言ったりからかったりするなよ？　ただの友達なんだから」

「そりゃお前が彼氏じゃ恥ずかしいもんな」

後半の念押しを無視してクリスがジョークをとばした。

「はっはっは。この野郎が」と俺は言い返す。「レジでレイチェルを手伝ってくるよ」

客の間を回って機嫌を取るより、そっちのほうがずっとマシだ。

俺はレジに向かい、家族はそれからすぐに帰った。最後の客が帰ったのは三時間近く経ってからだった。カウンターにもたれかかって、俺はふうっと息をつく。

「大変だったな」

「マイロはどう？」とレイチェルがたしかめる。

「さあ」

俺は肩をすくめた。だが知りたい。マイロに追い払われて少し心がチクリとしている。わかってはいるのだ、それでも切ない。

「ここはいいから上に戻ってあげてよ。店のほうは片付けて戸締まりしとくから」

ほっとした思いが全身にあふれた。

「ありがとう。恩に着るよ」

二階へ上がると、部屋は暗くて静かだった。マイロのズボンが玄関脇のラックから消えている。洗濯機に入れたのだろう。朝まで汚れを放置しないのはいかにもマイロだ。

彼の部屋の前にたたずんだが、入りたい気持ちをぐっと抑えこんだ。一人にしてくれとたのまれたのだから、それは尊重したい。

かわりにそのままバスルームへ向かい、手早くシャワーを済ませてから、タオルを巻いただけで自分の部屋へ戻った。

部屋の電気をつけると、ベッドのブランケットが盛り上がっており、見覚えのある赤茶の髪の頭が枕にのっていた。

マイロは、わざわざ俺のベッドまで寝に来たのだ。

これまで彼が一人でここで寝ていたことはない。オーガズムの後で寝入ってしまうことはあっても、こんなのはなかった。

すごく、いい。ちょっと良すぎるくらいだ。

笑みを浮かべて、俺は腰のタオルを外すと電気を消し、ベッドに入り、マイロの腰に腕を回して寝にかかった。

19

マイロ

ギデオンが明かりをつけた瞬間、ぼくは目を覚ましていたのだが、動かないようにした。自分のベッドのほうが好きだ。あっちのほうが寝心地が良くてすぐ眠れる。ギデオンのベッドはホテルのものほどひどくはないが、それでも自分のとはわけが違う。このベッドに入ったのは、彼を近くに感じたかったからだ。それをどう受け止めればいいのかわからない……ギデオンがここにいるぼくを見て、どう思うのかも。だって、単にしごき合うだけの仲なのに。

肩にギデオンの唇がそっと押し当てられて、ぼくは微笑していた。ギデオンのキスは何より素晴らしい。彼は愛情深くて、それにぼくに優しくするのが好きみたいだ。もともとぼくは人とくっつき合うのは好きではない（自分のスペースが何より大事だ）のだが、ギデオンとくっついているのは好きだった。不吉な兆候かもしれない。彼への気持ちが膨らみすぎているのではないかと、心配になる。

「うまくいきましたか？」

ぼくはそっと聞いた。パニックになったことに腹が立つ。時々、自分の脳に心底うんざりする。

「うまくいったよ。母さんが、そのうちきみをつれて遊びに来いってさ」

ぼくの心臓は胸の中で激しく打っていて、握り合ったギデオンの手の中に転げ落ちていきそうなくらいだった。いつもは大体、他人からどう思われようと気にしない。気にしても仕方ないことだ。ぼくに変えられることではないし。だが、ギドの家族はただの他人ではない。ギドの人々であって、そしてギドはぼくのだ——いやそうではないが時々そんなふうに思えるのだ。

「ご家族に、変だと思われはしませんでしたか？」

「ロー」

ごろりと、ぼくはそちらを向いた。ギデオンの部屋は表通りに面しているので、外からの薄明かりが入る。

「ギド、ぼくは神経多様性者《ニューロダイバージェント》です。みんなと同じように振る舞えない時もある。それは別にいい。そうでないふりをされるほうが、適当にあしらわれている気がします」

　彼は溜息をついた。

「何も言ってなかったよ。でも何か言われたって、俺のきみへの気持ちは変わらないからな」

　ぼくはうなずいた。

　彼の手がぼくの尻をなで下ろす。パンツ一枚だけの格好で引き寄せられて、ぼくの股間はすぐさま目覚めはじめた。ギデオンがニヤッとする。

「〝帽子《たち》が落ち《まち》ると〟勃つな？」

「ぼくらのお気に入りの言い回しですね」

　からかいを返したが、たしかに。セックス関連となるとぼくは目がないし、何でもたくさん経験してみたい。

　それにギデオンのことが大好きだ。多分、好きすぎるくらいに。今夜、守られている気持ちにしてくれたし、押し付けがましさも見下されてる感じもなく、ただ大事にされていると思わせてくれた。ぼくは彼を真似て、その尻のカーブを下までなで下ろした。

「裸ですか」

「セクシーな男がベッドの中で待ってると期待してたのかもな」

「シャワーを浴びたばかりだからでは」

「どうかな」

ギデオンから鼻の頭にキスをされて、両頬が赤くなるのを感じた。この上なく濃密な一瞬。これまで、ギデオンが口にぼくのものを入れたりしたのに、今のキスのほうがずっと親密に思える。それ以上、もっと彼に近づきたい。

「あなたの親友でいられるのがとても好きです」

ギデオンの頭がゆっくり上がり、強い視線でぼくを見下ろした。てっきり気を変えるのかと、さっきのことはもう大丈夫かと確認されるかとぼくは身構えたが、そうはならなかった。ギデオンはただ言った。

「俺も、きみが大好きだよ」

「ぼくとセックスしてもらえませんか？　挿入までのセックスを」

そう補足しながら、ぼくは自分に驚いていた。

「あなたを感じたいんです。そういうふうにあなたとつながってみたい。お互いの一部になるみたいに。それに、オーガズムも楽しみです」

くすっと笑ったギデオンの息が顔にかかって、歯磨き粉のミントの香りが感覚を満たした。

「欲張りだなあ」

「これまでを埋め合わせしなくてはならないので」

「だな」

そう言って、ギデオンがぼくの唇に唇を押し当てた。しばらくキスをし合って、相手の口に舌を差しこむ。密接に体液を交換しあっているのだが、もうギデオン相手にそのグロさについては意識しない。ただ、ギデオン以外の誰が相手でも無理かもとは思っていた。

やがて、ギデオンがのしかかってくると、ぼくの首から胸、腹へとキスでたどり、パンツを下ろして性器に口をかぶせた。

ぼくの腰がベッドからはね上がり、彼の喉奥に突きこんでいた。

「駄目です！　それはやめましょう、あなたの口の中でイッてしまいそうです」

ここでイキたくはなかった。ギデオンの中に放ちたい……というか、ギデオンの中でコンドームの中に。

「いつもすぐイッちゃうからな」

ふざけた軽い声だった。もう、ギデオンの声から色々なことがわかるのだ。ギデオンだけの些細な色々が。冗談なのかとか、その笑顔がどんな意味かとか。

「最初の頃より長持ちするようになっていますよ」

ギデオンは股間に頬ずりしたが、なめようとはしなかった。

「きみといると本当に楽しいよ」

温かくはじける幸福感を抱えきれずに、ぼくは笑顔になる。

「あなたといるのも楽しいです。今日は、あなたの尻と楽しいことをしたいです」

ギデオンが笑い声を上げ、膝立ちでかがみこんでぼくにキスをした。

「俺の尻はおまかせするよ」

そう言いつつ彼は仰向けになったのだが、ぼくもかまわない。右乳首のピアスに舌を這わせて、それから左乳首にかかる。舌に伝わるひんやりした感触が気持ちいい。

「乳首ピアス好きすぎだろ。そこから来ると思ったよ」

好きだし、これに関してはもう心得もある。これまで誰かに挿入したことがないので、ぼくは緊張していた。

「ぼくがこれまで山ほどポルノを見てきたことは知っているでしょうが、でも、どうしたらいいのか指示してください。あなたを傷つけるようなことは避けたいし、ただし、自分でやってみたいです。あなたが自分の指を尻に入れるのもとてもエロそうな眺めで良いと思うのですが、それはまたの機会にとっておきましょう」

「きみは本当に新鮮そのものだよな。ナイトスタンドのローションとコンドーム取ってくれ」

ぼくは引き出しを開けてまずローションを、それから小さな四角い袋を取り出して、テーブルに置いた。

「この体勢でやるか？　きみはキスしながら俺をほぐせる。俺がうつ伏せになれば、きみは尻にだけ集中できるよ」

「ええ、お願いします。全部やってみたいです」

ギデオンとの時間は隅々まで全身で味わって、永遠に大事にしたい。

「じゃあそれでいこう。ローションで指を濡らしてくれ、始めるぞ」

ギデオンの指示どおりにした。彼が開いた膝を引き上げてくれたので、ぼくはその間に膝をつく。キスではなく乳首ピアスをなめるのに舌を使いながら、ぬるぬるした指で後ろの穴をさすった。

「こんな感じですか」

「ああ、いいぞ。もう少し強めに押してもいい。ふちをぐるりとさすってから、自分のタイミングでいいので、中に指を入れてくれ」

今は、こと細かな指示がありがたい。ちゃんとやりこなしたいのだ。ぼくのするすべてを、ギデオンに好きになってほしい。

逆の乳首に移ると、金属のバーをいじりながら彼の穴をさすった。シャワーしたての肌は石鹸の香りがして、肌の匂いでますます興奮が高まる。ギデオンの首筋に顔をうずめ、そこも甘噛みした。ぼくの勃起も、彼の穴を強く求めて固く張り詰め、雫をこぼしている。

指先を押しこんだ。第一関節を出し入れする間、ギデオンがぼくに腕を回して引き寄せる。ぼくは彼の首筋に口をかぶせて肌を味わい、吸った。

互いに腰をゆすり、性器をこすり合いながら、彼の肉体に意識を集中させる。リラックスしながら同時に快楽が響き渡っているような体。内側は熱かった。こんな熱いところにぼくのものを入れて大丈夫か、自信がないくらいに。

二本目の指を入れると、彼が背をそらせて色っぽい、欲望まみれの声で呼んだ。

「ロー……ああ、その調子だ」

深いところではじけた火花が、ぼくの中を一閃ごとにまばゆく熱する。ギデオンの尻の感触はたまらないし、肌の味は完璧だ。彼の隅々まですべてがほしくて、吸い上げる力が増した。

「うッ……痛ッ」

ぼくは顔を上げた。

「すみません」

しまった、噛みついていた。

「歯を少し立てるぐらいがいい。強すぎないくらいで」

「了解です」

今度は彼の口にかじりつき、舌を入れ、彼を味わう。これまでギデオンとのキスが存在しなかった世界にずっといたなんて。そんなところでぼくはどうやって生きてこられたのだろう。どうやって幸せでいられた？

今にも射精してしまいそうだったので、体を引いた。

「もう見たいです」

ランプのスイッチを入れると、ギデオンがうつ伏せに転がって、手と膝で四つ這いになった。念のためにもっとローションを足し、身をのり出して、ぼくの指でほんの少し開いたギデオンの尻の穴を観察する。

「こんなところにぼくを入れてくれるなんて、とても信じられません。とてもいい穴ですね」

「はは、その穴もきみが好きみたいだ。きみのモノで広げられるのが待ちきれないよ」

普段のギデオンは挿入役《トップ》が好きなのだと、ぼくは知っていた。両対応《ヴァース》だし受け役《ボトム》もやるとは言っていたが、どちらでもいい時は上を好む。それでも、もしぼくらがこの先ずっとセックスを楽しむ友達で、ぼくがギデオンに一度も挿入させることができなくとも、彼が気にしないのはどうしてかわかっていた。ギデオンは、そういう人なのだ。

顔を近づけて、彼の尻たぶにキスをした。

「ぼくはがんばります。いつかあなたに挿入させられるように」

「気にしなくていいよ」

「ぼくがそれを必要としているのかもしれません」

もしかしたらそんな形で、ぼくをギデオンのものにしてもらいたいのかもしれない。

「ほら、ロー。ヤッてくれ」

二本の指を動かして、それが彼の中に入り、小さなしわの輪が指で広がるのを見つめた。

「すごくエロいですね……それになかなか興味深いですよ、ぼくたちの肉体が互いを受け入れながらなじんでいく工程が」

ギデオンが笑った。

「まったく、ベイビー、ベッドで人体の解説か」

ふざけた手で彼の尻を叩く。

「いい子にしててください――おっ、今ので穴がピクッと締まりましたよ」

肩ごしにギデオンがぼくを見た。

「きみは最高にどうかしてる。今にもタマがはじけそうなぐらい切羽詰まってるくせに、入れもせずじっくりと俺の体を観察してるとは」

もっともだ。

「じゃあ、いきますか」

それでも三本目の指を足しながら、彼の体に注目してしまう。とてもきつかったのが、出し入れするごとにゆるんできた。

「挿れながら、ここを見たいですね」ぼくのモノがピクンとする。「ああ、そうです。ぼくのチンコがあなたの体に出入りしているところが見たい、ぼくを受け止めてくれているところを。ぼくの動きへの反応を。どんなふうにしてほしいのか、見ていれば体が教えてくれますから、あなたの筋肉のこわばりや体の震えが……」

待った。ぼくが煽り言葉を？　そんなつもりはなかったのに、ポルノのようなしゃべり方になってないか？

「いいぞ、燃える」

「そうですか？　ぼくは今のがセックストークなのかどうか、ここで座って考えていたところで」

「セックストークでいいから。挿れろよ、ロー。俺の尻に来い」

なるほど、ポルノの中で聞くより現実のほうがずっといい響きだ。ぼくは指を引き抜くと震える手でもたもたとコンドームの袋を開け、それを自分の勃起にかぶせた。

ローションで濡らしてから、ギデオンににじり寄って彼の後ろに膝立ちになり、その尻に向けて屹立で狙いをつけた。矢印みたいに。ほぐれた穴に先端が当たったところで、ぼくは声をかけた。

「ギド」

「どうした？」

「ありがとう」

彼は振り返って微笑んだ。

「こっちこそ」

それは、彼が言える最高に完璧な言葉だった。きっと礼なんか必要ないと言いたいのだろうけれど、感謝したいぼくの気持ちをわかって大事にしてくれたのだ。

前にゆっくりと押し入り、そして……。

「ああ、すごい。信じられない。こんなに熱くて、きついなんて。ぼくはセックストークを忌み嫌っていたのに、全然止められません、だって、ああ、死にそう、ギド……うわ……」

ギデオンの笑いが体を震わせて、ぼくの陰嚢まで愉悦が走った。

「はっ？」

白目を剝きそうになる。もっと前へ進み、ギデオンの体に受け入れられる感覚に酔っていると、しまいに腰がぴったりと彼の尻についた。

「動けません……」

「いつかは動かないとな」

「ずっとここに住めませんか？」

「現実的には難しそうだな」

「ここではぼくが現実担当かと思っていました」

ギデオンが手にローションを絞り出し、自分のものをしごきはじめた。

「ヤッてくれ」

そう言われては断れない。ぼくは体を引き、それから何度も何度も腰を突きこんだ。体中がじんじんして今にも破裂しそうで、快楽と幸せがぼくの中に響き渡る。体が擦れ合うたびに、自分はこの世で一番幸せだと感じた。ほかの誰にもないものをぼくだけが得ていて、それは輝かしくて完全無欠で、ああもう思い切り達してしまいたい。

それは……奇妙で不思議だった。自分が誰かの中にいて、彼の肉体の内側にいるのだとわかっているのは。でも、唯一無二の感覚だった。ギデオンとぼくは相手の一部分になっていて、それはまるでぼくの頭の中にある彼とのつながりのようで――こうなるのが当然だったみたいに、ぼくらの絆の延長のように。

「ギド……」

「あと少しでイキそうだ、ロー。もっと激しく来い。お前の名前を呼びながらイカせてくれ」

よし……それは是非。ギデオンの腰をつかんで彼を激しく突き上げた。

「こんなの、ああっ！」

ぼくの声が魔法のボタンでも押したようにギデオンの尻がぎゅっと締め付けてきて、痙攣し、その間もいつもイく時のように呼吸が荒くなっていく。

「マイロ……すげえ、いい」

ギデオンが背を丸め、鋭い息をつき、ビクビクと伝わってくる収縮から、たった今ベッドと手に解き放っているところなのだとわかる。

ぼくがやったのだ。

この体で。

ぞくぞくと背中を熱が駆け上り、限界を超える。あふれる。オーガズムにわしづかみにされて、ぼくはコンドームを満たした。

ベッドに二人で崩れ落ちる。ぼくがギデオンの背中の上に。ギデオンの体の下は汚れているはずだ。ぼくは彼を仰向けに転がすと、その胸元に寄りかかって、彼の精液で二人の肌がくっつくのにまかせた。

「セックスとは、ぼくが経験した中で最高のものですね」

ぼくの頭のてっぺんに、彼がキスをする。

「俺たちの相性がいいからさ」

「ですね」

ギデオンとの友情を失うようなことがあったら、どうしたらいいのかぼくにはわからない。

20

ギデオン

それから一週間のうちにマイロは俺を二回ヤッて、毎回一緒に彼のベッドで眠りに落ちた。

俺はどこでセックスしようとどこで寝落ちしようといいのだが、マイロは気にするから、自動的に彼の部屋へ行くようになった。

なお、マイロと一緒に眠ったのはその夜だけではない。別の時は、彼の部屋で話をしていたら彼が自然と電気を消したので、同じベッドで眠った。昨夜は二人でチェスをしていたら――マイロが望みなしの俺に教えようとしているのだ――彼が立ち上がって言った。「あなたには今夜ぼくの部屋で眠ってほしいのですが、ぼくは疲れているのでセックスはしません」

俺があっけにとられてすぐ返事ができないでいると、彼は言い直した。

「今夜はぼくの部屋で眠っていただきたいのですが、お願いできるでしょうか」

そんなに丁寧にたのみこむ必要もない。どうだろうと俺は承知しただろうし。むしろこの世で俺がマイロのためにやらないことなんて、ある気がしない。そう思うと……驚き？　不安？　めっぽう最高？　まだ答えにたどり着いていない。真実だということだけはわかる。

今日はクリスと早めのランチをしてから店に出る予定だ。タトゥの予約は一時まで入っていない。

ライトハウスに着くと、クリスはもう先にテーブル席についていた。手を振って呼ぶ彼の向かいに腰を下ろす。

「調子は？」と聞かれた。

「まあまあさ」

今、マイロのためなら何でもする自分に気付いて、それが意味するところを認められなくてビビってるところだけど、気にしないでくれ。

「メグはどうしてる？」

「つわりで死にそうで。どうして〝つわり《モーニング・シック》〟なんて呼ぶのかわからんね。朝に限った話じゃないし、メグだってそうだし。毎日胃がひっくり返るほど吐いたり、ずっとえづいてるのがとにかくかわいそうで」

「そりゃ大変だな。医者は何て？」

俺は目の前に置かれていた水を飲んだ。

「吐きやすい体質もあるってことらしい。医者は、赤ん坊は順調だって。妊娠中でも飲める薬をもらおうかな。はじめのうちは朝だけだったのに、この一週間くらいは一日中で、参ったね」

クリスがせかせかと、心配そうに顔をこすった。

「しんどそうだな。何かできることがあれば言ってくれ」

「そうするよ」

ウェイトレスがやってきて注文を取った。俺は特大のデカバーガー。まだ普段から肉は食っているが、マイロと同じものを食べるほうが楽なことも多いのだ。

「マイロはどうしてる？」

クリスに聞かれると、間抜けな笑いがほぼ耳から耳までニヤニヤと広がってしまう。クリスがくくっと笑った。

「やっぱりな」

「何がやっぱりだ」

何の話かわからないふりをした。

「お前、あの子が好きなんだろ」

否定する理由もなかったので、俺は肩をすくめた。嘘をついたってクリスにはすぐバレる。

「ん。そうだよ。マイロは……」

マイロをどう説明すればいいのかすら俺にはわからない。

「……マイロがいると、人生が明るくなるんだ」

かろうじてそれだけ言えた。

「わかるよ、俺にとってメグがそうだ。な、俺に向けてた気持ちとは違うだろ？」

そこに踏みこまれても驚きはなかった。クリスはその気になれば正面から切りこむたちだ。偉いと思う。

「違うな。ま、かなり前からわかってたけどな。別の人生だったら俺たちはもっと何かになれたかもしれないけどさ、お前とは友達でいるのが一番だ」

そう言うとクリスもうなずいた。

「マイロのほうも、お前に夢中だぜ。憧れの目でお前を見てる。お前にできないことは何もない、って目だ」

俺は笑っていた。

「いーや、俺にできないことが山ほどあるのはバレてるよ。今、俺にチェスを教えようとしてるんだけど、これがボロボロでさ」

二人で笑いを交わしたが、しまいに俺は一つ呻いた。席にぐったりともたれる。

「マイロの恋人になりたい」だが、マイロは俺とそうなりたいかどうか。

「どう見てももうそうだけどな」

「いや、それがそうでも。この間、マイロが母親から電話ではっきり聞かれてた。マイロは、俺は恋人じゃないし、そうなりたくもないと答えてた」

クリスが眉をしかめた。

「キッツいな。お前の目の前でか？」

実家に帰る時、一緒に行かないかとマイロを誘ったら、どうしてそんなことを自分がするんだと言われた時のことを思い出していた。

「正直なんだよ。だから、相手の気持ちと関係なく物を言うことがある。悪気はない。ただ、マイロは物事を違った形でとらえてるんだ」

「それでもさ……やっぱちゃんと話し合ったらどうだ」

「何をだ？　お互いの関係について大人同士の話をしましょうってか？　何だってそんなイカれたことを俺がしなきゃならないんだ」

こっちに向けて真剣な視線をくれてから、クリスが口を開いた。

「それでお前が幸せになれるかもしれないからさ。お前はな、自分は幸せになれないって思ってんだろ——自分じゃ足りないと思ってる」

胸がずしりと重くなって、言葉の一つ一つがそこに積み上がった。こんなの、どう答えればいい。クリスにこんなことを言われるのは初めてだ。でも、これは真実じゃない——真実じゃないだろう？

「俺は別に、そんなふうに思うような境遇じゃないぞ」

「何をどう思うかに理由はいらないだろ。ただそう思う、それだけのことだってある。それが人間だよ、性格とか何かＤＮＡだかのアレだろ。何でもいいさ。お前の胸にある〈愛の呪い〉のタトゥを見ろよ。それってお前の本音だろうが」

その語句が入った部分を指でさされる。

ある意味では、たしかにそうだ。二十六年間の人生で、俺がセックス以上の仲になりたいと本気で思った男はかつて二人しかいない。一人はクリスで、これは片思いに終わった。もう一人はずっと浮気してたクソ男。

マイロに出会うまでは、そうだった。

マイロを失うなんて耐えられる気がしないし、クリス相手みたいにその後も友達でいつづけるのは、きっとはるかに苦しいだろう。マイロは特別なのだ。俺の心の隠された場所を、彼に見つけられるまで気付きもしなかった場所を、すっかり占めているような存在。

「はい、お待ちどおさま」

パッツィが俺たちの前に皿を置いて、会話をぶった切った。助かった、どう返事をすればいいか俺には見当もつかなかったからだ。

クリスは料理にかぶりついてから、フォークの先で俺を指した。

「ところでド派手なキスマークだな?」

「うるせえよ」

俺は襟元を引っ張って隠そうとした。

彼の笑い声に、結局つられて自分も笑っていた。

21

マイロ

まるで彼にビーコンがついているかのように、ぼくがふとカウンターの本の山から顔を上げた時、ギデオンが店の前を通った。ポケットに両手をつっこんでいてこちらを向かなかったが、それでもぼくの胸は高鳴った。彼を見るだけで発作のように心臓がドキドキして、彼に対するこのおかしな胸のざわつきは日ごとに強まっている。

ぼくだって馬鹿ではない。ギデオンに恋をしたことくらい自覚している。初めての気持ちでもないし。ただ今回の相手は、ぼくにとってほぼ最高級に大事な人で、たまたまセックスしている相手でもあり、何があろうと失えない相手だった。

しかも、ちょっとした恋心で収まりきらないかもしれないのが怖い。だからあんなにくり返し、ぼくらは親友だと線引きしてきたのに。もちろん事実でもあるけれど、同時に友達以上の仲だと勘違いしないよう自分に言い聞かせ、さらにぼくがそんな期待はしていないとギデオンに知らせるためでもあった。

彼との取り決めは、現実とは思えないほどいいものだったが、やっぱり良すぎたのかもしれない。隣の店に行ってギデオンと話したい衝動が胸の中ではね回り、ぼくをほとんど物理的に押していこうとするのだが、でも客がいる。オータムが受け持っているカフェスペースで何人かの客がパソコン作業中だ。留守を彼女にたのんでもいいけれど、でも……ぼくがギデオンに会いに行く理由は？　数時間前にぼくのベッドでぬくぬくと眠っている彼を置いてきたばかりなのに。

ぼくのベッド。

ギデオンがそこに寝ていた。

うぐ。恋心は救いようがない。

ドア上部のベルがチリンと鳴った。

「いらっしゃいませ、リト——ああ、あなたですか」

「あらあら、大歓迎してもらっちゃった」とレイチェルが返す。

「失礼。あなたに会えるのはほぼいつでも歓迎ですよ。ただお客様のように出迎える必要はないかと」

「反論できないわ」

ぼくは本の山をカートに載せると、夏向けのディスプレイを飾り付け中の正面ウィンドウまで押していった。ギデオンからいくつか借りたビーチタオルと、一緒に一ドルショップまで行って買ってきたバケツやシャベルの小物類でとてもかわいらしくなっている。

ぼくは溜息をついた。

「どうしたの、スイーツちゃん？」とレイチェルに聞かれる。

答えを飲みこむところだったが、たよるべきところでたよらないなら、友達がいる意味とは？

「ぼくにはきっと、一生ボーイフレンドはできないと思います」

ぼくはそう打ち明けた。これまでは、セックスの欠如だけが悩みどころだった。だが他人とのオーガズムを知った今では、それ以上のものがほしくなっている。そうは言っても、この先ほかの誰かとセックスできるようになるかもわからないのだ。ギデオンのように信用できる誰かに会えるとは、そう期待できないだろう。

ギデオンなら、最高のボーイフレンドになれるのに。

「どうしてそう思うのよ」

レイチェルが、本を整理しているぼくに聞いた。

「自分のことをよく知っているからですよ」

ぼくを扱いかねる人は多いし、ぼくも大抵の人とはうまくやっていけないので、目算はかなり悲観的だ。

レイチェルは口をつぐみ、沈黙していたが、それから言った。

「ギデオンはあなたが好きだよ」

ぼくはあまり浮かれないように、期待してその言葉にしがみつかないようにする。

「ギデオンはとてもいい人ですからね。ぼくとは友達で、ぼくとセックスするのも好きですし」

ぽかんと口を開けたレイチェルが、迫真の死にかけた魚マイムをしていた。

「待ってよ。ねえちょっとそこ詳しく。あなたギデオンと寝てるの？」

ぼくは棚をじっと眺めた。

「まったく駄目ですね、何のまとまりもない。これでは並べ直さないといけませんね」

「いえいえいえ。悪いけど、それは許さないよ。こんな爆弾発言しといて何もなかったみたいにお気楽に仕事に戻るなんてナシ。そりゃあんたたちが仲いいのは知ってるけどさ、この間手もつないでたけどさ……ギデオンはあなたにペタペタさわるし……ああそうよねえ、あなたを見てたあの目つき」

「は？」ぼくは作業の手を止めた。「ギデオンはぼくを特別な目で見ているんですか？　それと、ぼくが彼とセックスしているのは何か問題になりますか？」

「全然、ギデオンとヤるのは何も悪くないわよ。あなたはいい思いをするべきだし、ギデオンがあなたに向けてる目ときたら、うっとりしちゃうわよ。誰だって、いつか誰かにあんなふうに見てもらいたい」

それは気になった。

「どんなふうにです？　彼はぼくをどんな目で見ているんです」

レイチェルがにっこりした。

「半分は、あなたを生きたまま食べちゃいたいみたいな、半分は──」

「それは残酷ですね。まったく素敵に聞こえませんが」

レイチェルはくっきりした黒い眉を上下に揺らした。

「そうねえ、でもそういう目よ」

そこでぼくもピンと来た。

「それはぼくとセックスしたいというような目ですか？」

レイチェルが周囲を見回したので、少し声が大きすぎたかもしれない。

「あなたと今すぐこの場でセックスしないと死んじゃいそう、っていうような目よ」

彼女は想像力過剰ではないだろうか。

「ぼくはしょっちゅうギデオンを見ていますけれど、本屋の真ん中でぼくの服をむしり取りたいという様子を見せたことはありませんよ。それに、たとえそうだったとしても、それがぼくのボーイフレンドになりたいという意味だとは限りません。ぼくのペニスが好きだという意味でしょう」

「えっ、あなたが挿入役《トップ》なの？」

「レイチェル！」

彼女が両手を上げる。

「ごめんごめん！　そうよね、余計なことだった。でもさっきの、最後まで言わせてよ。ギデオンがあなたを見る目つきはね……何て言うのかなあ、時々、現実にあなたが存在していることが信じられないみたいな感じよ」

ぼくは首を振った。

「それは、ぼくを変だと思ってのことでは」

「そういう意味で言ったんじゃないって」

それはわかっていたが、ぼくは沈黙を保った。

「ギデオンがあなたを見つめる目つきはね、まるであなたの重力圏に自分がいられるだけで幸運だって噛みしめてる感じなのよ、マイロ。まるで、あなたがいなくなったら、いいものが一緒に残らずなくなっちゃうみたいなね。まるで、あなたなしではどう生きていけるかわからないように」

そこで突然、ぼくの胃がアクロバット大会に参加して、何回も宙返りを始めた。

「人はそんな目つきになったりはしませんよ。それは本の中の話でしょう。ファンタジーとか、恋愛映画とか」

「あなたとギデオンが主演のね」

二人で笑い合う。ぼくは心から、とても、レイチェルの言葉が正しいかギデオンを見て確かめたくてたまらなくなっていた。ぼくがこれまで見逃していた可能性もあるだろうが、そうは思えない。それでもはっきりさせないと、考えすぎておかしくなりそうだった。

「ここの仕上げをまかせてもいいですか？」

「えっと……うん、いいけど。どこに行くの」

「ギデオンを観察しに」ぼくはレジカウンターのほうへ視線をとばした。「誰かがレジに向かっていますよ」

「はいはい、どうも、あなたの身代わりに働いておくわ」

レイチェルの声はやわらかく、笑みを含んでいて、得意ではないのにぼくは突然彼女をハグしたくなった。なので、ハグをした。一瞬だけ。それから、何かに感染しないかというようにとびのいていた。

「すぐ戻ります」

これまでのうちでも、これはとびきりの愚行かもしれない。けれど、ぼくはずっと用心深くわきまえて生きてきた。滅多にバカはしなかったから、一回くらい許されるだろう。

店を出て、まっすぐコンフリクト・インクへ向かった。そろそろ店の間を仕切る壁を壊してドアをつけたくなっている。

中へ入ると、ギデオンの焦げ茶の目がさっとぼくを見た。ぼくは目を凝らして、ギデオンにぼくを生きたまま食べたいとか幸運を噛みしめている様子がないかと見つめたが、そんな気配もない。驚いているだけだ。

「よっ。何か用か?」

男性客の肩甲骨部分にタトゥを彫りながら、ギデオンが聞いた。

「何でもありません。あなたに会いに来ただけです」

ギデオンがニヤッとした。ぼくは目を細めたが、やはり普通の笑顔に見えた。

「よければ椅子を出して座ってくれ。彼はコルトンだ。奥さんがリトルビーチ出身で、夏には毎年バカンスにこっちに戻るんだ。コルトン、俺の友達のマイロだよ」

「どうも、はじめまして」とコルトンが挨拶した。

「こちらこそ」

　本当は、ギデオンと二人きりになりたいから帰ってくれませんかと聞きたかったが、それはやめたほうがいいことくらい知っている。

「俺は島に来ると、いつもギデオンにタトゥを入れてもらうんだ」

　コルトンが言っていたが、ぼくはギデオンを見つめていた。ギデオンはぼくのほうを見ないで手元に集中している。利口だ。何と言っても、誰かの皮膚に消えない柄を入れているのだ。

「誰もがギデオンの腕は素晴らしいと言いますからね。いつかタトゥを入れることがあったら、ぼくも彼にたのみたいです」

　少しだけ首を傾けたギデオンの唇の端が持ち上がった。

「よそにたのんだら俺は傷つくからな」

「それは……ぼくは決してあなたを傷つけたくはありません」

「わかってるって」ウインクした。「からかっただけだ」

　やっぱりレイチェルはどうかしている。どう見てもギデオンはぼくを生きたまま食べたくはなさそうだし、ぼくらがロマンス小説の登場人物であるかのような目つきもしていない。ぼくは腕組みした。期待するのではなかった。

「どうしたんだ？」

　ギデオンがそうたずねて、タトゥマシンをインクに浸けた。ギデオンの仕事に興味があったので、ぼくはタトゥの入れ方について調べたのだ。それまではタトゥガンと言うのだと思っていたが、業界ではタトゥマシンという呼び方が好まれている。

(あなたがぼくのボーイフレンドになりたいのではないかと思って来たんですよ……)

「何でもありません。仕事に戻ります」

ぼくは椅子を片付けて、外に出た。

本屋に一歩入るなり、ぼくは述べた。

「ギデオンは全然ぼくを食べたくないようです」

オータムが取り落としたマグカップが床で砕けた。しまった。ぼくはもう少し、周囲に誰がいるかや発言の大きさに気をつけなくては。幸い、近くにいたのはオータムとレイチェルだけだった。

ほうきとちり取りをつかんだが、オータムが自分でやると言った。カウンターに寄りかかったぼくにレイチェルが声をかける。

「五分しか出てないでしょ」

「ギデオンは別に特別な目でぼくを見たりしませんでしたよ」

レイチェルが、ぼくのせいで精根を使い果たしたみたいに、がくりと首をのけぞらせた。いや、ぼくだって疲れ切っている。そもそも彼女が言い出したことだ。

「話し合いなさいよ、マイロ。あなたは誰より正直者なんだから。ギデオンと話して、自分の気持ちを伝えなさいって」

一理ある。それならぼくにもできる、はずだ。

だがもしやってみて、結局、ギデオンを失うだけに終わったら？

22

ギデオン

今日は一日中予約で埋まっていた。マイロはあれから姿を見せなかったが、俺はずっと気がかりだった。さっき来た時の様子がどこか妙だったからだ。理由がわからなくて耐えがたい。

このタイミングで、というのも勘ぐってしまう。昼前にクリスと話題にしたばかりの時に。あいつがマイロに何か言うわけはないが、誰かに聞かれていたら？　開店パーティーの夜のことをか俺たちのことを人から言われて、それでマイロが動揺していたら？

あれこれ考えて頭が破裂しそうだった。

仕事が終わったのは夜九時だ。フレディはまだ作業をしていた。

「じゃあまた明日」と俺は手を振って店を出た。

「ああ、またな」とフレディから返ってくる。

隣の店へ向かった。九時には閉店のはずだが、もう閉めたのか、レイチェルも残っているかもわからないが。

店内にマイロの姿が見えたが、オータムやほかの誰かはいないようだ。試してみるとドアが開いたので、入ると、マイロは掃き掃除を終えるところだった。

「やあ」

俺はポケットに両手を入れて、マイロのそばのカウンターに寄りかかった。

「緊張しているか何か考えていますね？　あなたがポケットに手を入れる時は、そのどちらかに限ります」

マジか。自分でも意識していなかったが、マイロが見抜いたことには驚かない。

「今日はずっと、きみが心配で」俺はぐるりと見回した。「ほかに誰もいないか？」

マイロは何か、大事なことを言いたいようだったし、俺の頭の中の悲観主義で短絡的な声はさっきからずっと、この関係はもうおしまいだと囁きつづけている。

マイロはこくんとうなずいてから、一気にまくし立てた。

「あなたがぼくを生きたまま食べたいような目で見ているとレイチェルが言ったんです。ぼくはそれは単にセックスしているからではないかと考えたのですが、彼女は続けてあなたがぼくの重力圏にいるだけで幸せという様子だと言ったし、ぼくがいなくなったらいいものが全部一緒に消えるようだとか、そんな滅茶苦茶なことを言うんです。ぼくがそんな特別なわけはないと思うのですが、確かめたくなって、あなたが見たくて、でも見に行ってもあなたは普通でした。それで悲しくなって……それは、だって、あなたのそばにいるとぼくはいつもあなたの重力圏にいられてよかったなと思っていますし、あなたがいないと時々、自分に何かが欠けたような気がするんです」

俺はカウンターから体を離した。まさか、今俺が聞いているのは、自分の勘違いではないだろうかと信じられずに。

マイロが先を続けた。

「脳では、そんなのは世界一馬鹿げた話だとわかっています。あなたがいないとぼくが欠けるなんて、理屈に合わない。ぼくたちは別々の人間なのですから。お互いを必要とはしていません。あなたに出会う前からぼくは問題なく生きていましたが、今はもう変わってしまいました。ぼくはあなたのボーイフレンドになりたいし、あなたには毎晩ぼくのベッドで眠ってほしい──あなたのベッドではもうごめんですが、そのほうがあなたの身のためでもありますからね。ですけれど、ぼくたちは親友で、あなたを失いたくはないし、あなたがぼくと同じものを求めているはずはないですよね。だって……こんなぼくですから」

俺は数歩、彼に近づいた。また話し出そうとする彼の唇に「いいから」と指を当てる。肌を破って自分があふれてしまいそうだ。思ってもいなかった──俺が彼を求めたり、彼が俺を求めたりするなんて。

「手は洗いましたか？」

聞かれて俺は手を下ろした。

「最後のタトゥを入れた後は洗ったが、掃除の後は洗ってない。すまん」

「大丈夫です」

マイロの頬を手で包み、うなじに手を滑らせて引き寄せ、そっとキスをする。

「ああ、俺はきみを生きたまま食っちまいたいよ。きみが好きすぎて、それもセックスのためだけじゃなくて、死にそうな気分だよ、ロー。きみといると、本当はずっとそれがほしかったんだと、自分でも気付いてなかった幸せでいっぱいになる。ああ、きみの世界にいられて俺は幸運だと思うよ。時々怖くなるくらいだ」

「重力圏です」

「似たようなもんだろ。俺とボーイフレンドにならないかって、告白してるところなんだぞ。一番気になるのがそこか？」

マイロの笑顔が、島中を照らす。

「本当ですか？」

「ああ」

「でもぼくらの友情はどうなりますか」

「その分、もっといい関係になれるんじゃないかな」

そう答えたが、マイロの言いたいことはわかる。根拠のない不安ではない。

「もしぼくたちが別れることになっても、ぼくと友達をやめたいとは思わないでほしいんです」

まったく、マイロはこの世の誰よりもいじらしいと思うが、当人はちっともわかっていないだろう。

「俺としちゃ別れずにすませたいけど、絶対にないとは断言できないな。つき合うというのはそういうもんじゃない」

マイロから振られる可能性だってあるのだし。

「ただ、これは約束できる。きみと友達でいたいという俺の気持ちは、永遠に変わらないよ」

「あなたとクリスのようにですか?」

その名前をやけに強調する。

「マイロ・コープランド……もしかして俺のもう一人の親友にやきもちか?」

「はい」と素直に言った。「開店パーティーの日にぼくの気持ちがおかしかったのはそのせいでもありました。でも、あなたに言いたくなくて」

俺はマイロの手からほうきを取ってカウンターに立てかけ、マイロを引っ張って抱き寄せた。首筋にキスをする。マイロは首をそらして呻いた。

「やきもちなんかいらないよ。俺がほしいのはあいつじゃない」

「ぼくですよね」と確認する。

「とても、すごくな」

唇がぶつかるように合わさった。間からマイロが舌を差し入れてきたので、好きにさせた。

俺の股間にマイロの勃起が当たり、互いにきつく腕を回して体をがくがくとこすり付けながら、相手の服を引っ張る。脱がしたりはしない。残念だがここは本屋の中だし、俺も自制した。

「あなたを犯したいです、ボーイフレンド」

マイロの言葉で、全身に熱がじんじんとあふれる。

「二階へ行こう」

「待ちたくありません。すべて投げ出してやってしまいたい。相手を求めすぎるあまり二階へ行く時間も惜しい、というシチュエーションです」

「ポルノの見すぎだな」

とは言ったが、俺の股間は間違いなくその案に乗り気だった。

マイロは返事をしなかった。俺の手首を握ると引っ張って歩き出す、レジで立ち止まって自分のカバンをつかむ。俺を、店舗のすぐ奥にあるトイレまでつれていった。

「本気で？」

俺の勃起がビクンとはねる。俺としちゃ完全に乗り気だが、マイロがそんな真似を許すとは思わなかった。

「便器には近づかないでくださいね」

　キスしながら中へ入った。

　マイロの背中が壁に当たり、俺はさらに押し付ける。それでますます興奮したらしい。足の間を太ももで割ると、マイロは反射的に腰を揺すりながら俺の口に舌をねじこんだ。

「その様子だと、バッグの中に使うものが入ってるんだな？」

「そうです。あなたとセックスしているからには、常に備えを万端にしておくべきだと思いまして。それとですね、ぼくがあなたにしたように、ぼくにもキスマークをつけてもらえませんか？」

「やってやる」

　俺は肩口にうなりをこぼした。マイロにすべてを与えたい。キスをし、首筋をなめて、肌に吸い付いた。

「ギド。ああっ、あああ」

　肩に彼の爪がくいこみ、その手がずり上がって俺の髪に滑りこむ。服を脱いでいれば彼の熱い肌を感じられただろうに。マイロは喘ぎ、荒い息をつき、そのままイケそうなくらいに俺の太ももに自分をこすり付けていた。実際イケると思う。

　さらに強く吸い上げた。肌の表面に集まる血流を彼は感じているだろうか。俺のつけた印を、誇らしげにまとってほしい。

彼の手が俺の尻に動いてジーンズの中に入ってこようとした時、俺は頭を引いた。

「すっかり紫色だ」とキスマークにそっと唇を当てる。

「よかった。もうヤれますか？」

「よし来い」

それからは互いの服に襲いかかって、むしり取った。俺が自分の服を床に落とそうとするとマイロにひったくられる。

「許しませんよ！」

彼はその服を、トイレットペーパーや備品を置いてある棚に載せた。

その棚に置いていたバッグをマイロが開けて、小さいローションの容器とコンドームを取り出す。

「ここでどうだ？」

俺はシンクの前に立って尻を突き出し、ひんやりする陶の流しをつかんで鏡と向き合った。

「素晴らしい名案です。その体勢ならお互いを見ることができますし、ぼくのものがあなたの尻に入っていくところもぼくから見えます。こたえられない絶景ですよ」

「ずっとそのままのきみでいてくれ」

視線が合う。彼のまなざしはとても繊細で、無防備で、俺の息を奪いそうになる。

「ありがとうございます」とマイロが俺の肩にキスをした。

俺は足を広げて、彼のぬらつく指が後ろに当たるのを感じた。円を描くようにしてから、先端が押し入ってくる。

「今もまだ、あなたがこんなことをぼくに許すなんて、信じられません」

一本の指、それから二本の指が俺を犯す間、互いの視線が鏡の中でずっと絡み合っていた。時おりマイロが身をのり出して俺の肩や首にキスをして、回した腕で乳首ピアスをいじったりはち切れそうな勃起をなでた。

「お前のを挿れてくれ。尻の中でお前を感じながらイキたいよ」

俺はねだる。マイロがぶるっと震えた。

指が抜かれると、彼がいた体の奥が空虚になる。マイロはもたもたとコンドームとローションで準備してから、俺の肩に額を当て、俺の襞の中へ押し入ってきた。

「俺を見ろ。入る間、ずっと見ててくれ」

マイロはすぐに従う。ためらいも、気恥ずかしさもなく。そしてニッコリした。

ゆっくりと、俺の穴をみっちりと自分のもので広げながら入ってくる。ヒリつく刺激が、彼の感触がたまらない。これまで、挿れられるのがこんなに最高だと思ったことはなかった。相手がマイロだからだ。

マイロが陰嚢までぴったり押しつけると、俺たちは一緒に息を吐き出していた。

もう、そこからは。

マイロは俺の中で我を失い、腰を引いては幾度もくり返し叩きつける。俺たちは声を抑えなかった。マイロは俺の名前を呼んで、俺の尻がどれほど気持ちいいか語る。俺はもっと強くヤッてくれとねだり、マイロはセックストークが大好きになったとかごにょごにょ呟いていた。シンクについた手が汗で滑る。つかみ直そうとして石鹸の容器を叩き落としていた。二人してよろめき、棚にぶつかると、芳香剤のボトルがガシャンと床に落ちた。

「ああ、こんなの。すごくいい」

マイロが喘ぎ、肩に歯を立ててくる。

「ぐッ」

「すみません」

「いいんだ。気持ちいいよ。もう一度やってくれ」

マイロはまた噛みつく。その間俺は自分のものを、きつく激しくしごいた。

「イッてください、ギド。あなたの尻に締め付けられるのがたまらなく良いのです……ぼくの中から搾り取られるのが……」

めっっっっちゃエロいことを言う。煽るのがうまいのだ。目の前がぼやけて、俺はしごきつづけた。マイロに乳首をつままれた瞬間、限界を超えて、陰嚢がぐっと張り詰めたかと思うと、シンクに精液の奔流をぶちまける。

それを追うようにマイロもオーガズムに屈した。

「ギデオン、ギデオン、ギデオン」唇からこぼれる名前とともに、俺の中で彼のモノがピクつく。「あなたのボーイフレンドでいられるのが幸せです」と喘いだ。

「俺も幸せだよ」

またキスをして、よろよろとさらに何か叩き落としながら笑い合い、さわり合った。相手の体を、それからその場をきれいにして、服を着込み、手を洗う。

ドアを開けてマイロを先に通すと、マイロは店に入って――そこで立ち尽くした。その背中にぶつかった俺は、彼を支えた。

「お母さん？」

マイロが問いかける。

はっと俺の視線がとび、そしてそうたしかに、本屋の中には一人の女性が立っていた。

「営業終了の看板も出していないし、ドアの鍵も掛け忘れていたわよ」

彼女はそれだけ言うと、容赦のない視線で俺を貫いた。

23

マイロ

トイレのドアを振り返り、それから母を見て、ぼくの頬は火のように熱くなり、恥ずかしくて本当に顔が焼け落ちそうだった。

今、ぼくがセックスを……そこのトイレで……している間、母は店内にいたのだ。鍵を閉め忘れたから、誰が入ってきてもおかしくなかった状況で。

母に知られたのだろうか？　セックスの匂いがするとか、ぼくらの声を聞かれたとか？　ぼくらはあからさまだったし。こうしてセックスを知った今、どうして最中にみんなあんなに騒がしくしているのか、ぼくにも理解できていた。

「こんばんは、ミセス・コープランド。俺はギデオンといいます。こうしてお会いできる日が来て、光栄です」

ギデオンが一歩出ると母に手を差し出した。母はその手を見たが動きもしないので、やっぱりトイレでぼくらが何をしていたか知っているのだ。

「ああ、もう。ぼくたちはちゃんと手を洗いましたよ、お母さん」

底抜けに気恥ずかしいが、今さらごまかしても仕方がない。

「マイロ！」

母が唖然とするのと同時にギデオンも「言いやがった」となった。

「だって、洗ったでしょう。セックスした後、汚いまま出てきたと思われたくありませんからね。それにギデオンのほうは指をどこにも入れては——」

「こんなことになってすみません！」とギデオンがかぶせた。

「下品よ、マイロ……」

「率直なだけです。ぼくはいつでもそうでしょう」

今さらぼくにそれ以外を期待するほうがおかしい。たかがセックスしていたからと言って。

「ここに何をしに来たんです？」

母が身をこわばらせる。ぼくは人の機微を読むのは苦手だが、母のことはよくわかった。

「母親と会えてうれしくないという意味ではありませんよ。会えてうれしいです。ただ驚いているので」

「でしょうとも」と母が返した。「あなた言ったじゃないの、このミスター……」

「バーロウです」ギデオンが名乗った。「ですが、ギデオンと呼んでください」

「ミスター・バーロウとはただの友達だと言ったじゃないの」と母は言い終えた。

「わざとですね？　ぼくが苦手な呼び方で呼ばれるのを好まないと知っているのに、どうしてギデオンに同じことをするんです？」

母はわけもなくギデオンを邪険に扱っている。そんなことをされる筋合いはない。

「いいんだよ、ロー」とギデオンがなだめた。

「いいえ、よくはありません」

ぼくは首を振る。母のほうを向くと、その目には後悔の色があった。それと同時に、主導権を奪おうとする鋼鉄の意志も。

「ぼくたちはただの友達でしたが、今は友達でもありボーイフレンドでもあります――友達《フレンド》が重複していますが、ぼくらはその両方になりました。二人で決めたんです」

ギデオンの手を握ったが、彼の腕は少しこわばっていた。ぼくは眉をひそめる。彼を見た。

「気が変わりましたか？」

ボーイフレンドが二秒しか長持ちしなかったなんて、いかにもぼくらしい。

「は？　まさか！　きみの彼氏でいたいよ。俺はただ、繊細な状況を慎重に取り扱おうとしてるだけだ」

ギデオンは母に顔を向けた。

「その……こういう形で会うことになってすみません。でもあなたの息子さんは俺にとって大事な人で――」

「なら人前でセックスするような真似はおやめなさい」

母がこれまで大勢をすくみ上がらせてきた視線をくれた。

「彼をトイレにつれこんだのはぼくですよ」とぼく。

「あなたの心配はごもっともですが、あえて言わせていただくと、俺とマイロがどこで何をするかは俺たちの自由です」

うっ。ギデオンは大人しく引き下がらないとわかっておくべきだった。彼はそういう男ではない。

「マイロは私の息子よ」

「マイロは立派な大人です」とギデオンがはね返す。

「マイロはここにいますし、いないかのように発言権を無視されるのは心外です」とぼくは物申した。

「二人で話をしましょう」

母にそう言われたが、ぼくは首を振った。

「それがギデオンについての話なら、お断りします。彼はぼくのボーイフレンドなので。驚いたでしょうし、ぼくに恋人ができるとは思ってもいなかったでしょうけど――」

「そんなことないわ。私にとって、あなたの幸せ以上の願いがあるとでも?」

母の声はいつもよりやわらかく、無防備だった。

「ええ、ぼくの幸せを願っているのはわかっています」

それでもやっぱり、ぼくに出会いがあるとは信じていなかったけれど。ぼくだって、自分が誰かとめぐり合えるなんて思っていなかった。

「いいんだよ」ギデオンがぼくに言った。「少し散歩してくる。お母さんとあれこれ話も溜まってるだろ」

もう遅い時間だし、ぼくは二階に戻ってギデオンと一緒のベッドに潜りこみたいだけなのだが、彼の言うとおりだった。

ギデオンが身をのり出し、ぼくの頬にキスをして、唇で耳元までをたどった。低く囁く。

「そうしたければ、お母さんを上に泊めてもいいから。まかせるよ」

ぼくはうなずく。離れると、もうその唇が恋しい。

「鍵は持ってるから、入り口は閉めていくよ」

ギデオンが出て行ってしまうと、母が呟いた。

「……マイロ」

「彼とてもかわいいですよね？」

母は小さな笑みを噛み殺した。鉄みたいにタフな人だ。誰のことも恐れないし、周りは母を怖がるが、ぼくは怖くはない。

母がカフェの小ぶりなテーブルへ歩み寄ったので、ぼくはその向かいに腰をかけた。

「とても素敵ね、このお店。見事な仕事よ、マイロ」

リトルビーチ書店への誇りがまた胸を膨らませる。

「ありがとうございます。うれしい言葉です。ここが好きなんです。自分のものだと感じられる何かを持てたのは、人生で初めてのことです」

　母が溜息をついた。テーブルの上で固く握りしめた両手を見下ろす。

「あなたが心配なだけなの。それは普通のことでしょう？　親が子を心配して胸を痛めるのは。あなたは自分が自閉スペクトラム症だからと思っているけれど、そうじゃないのよ」

「ええ、でもぼくが神経多様性者《ニューロダイバージェント》だから余計に心配しているでしょう？　ぼくは、自分が人と違うことはわかっています。それでかまわない。ぼくはぼくでよかった。ぼくの見方で整理された世界が好きなんです」

「あなたに傷ついてほしくないの」

「傷つかない人はいません。誰だって心破れるものです。ギデオンだって、ぼくの心を破るかもしれない。むしろその可能性は高いでしょう。いつか、今は愛らしいと思っている物事が、耐えがたくなる日が来るかもしれない」

「そうならあなたにふさわしい男じゃないってことよ」

　ぼくは肩をすくめた。

「それはまた別の話です。それでも、ぼくには経験する権利がある。二十四歳になるまで、恋人を持ったことがありませんでした。失恋したこともありません。ギデオンと会うまでセックスをしたこともないし――」

　母が片手を上げる。

「そこの詳細は結構」

「話したりしませんよ」

　ぼくらを一瞬、沈黙が包んだ。

「もし未来が見えて、ギデオンがいつかぼくの世界を壊すとわかって、それを変える方法がないとしても、ぼくはやっぱり彼と恋がしたい。悲劇に酔いたいからではなく、〝もし〟を避けて刈りこんだような人生を生きていきたくないからです。これは、ぼくには簡単なことではありません。ぼくの脳も、理屈も、これは愚行だと言うんです。でもここが勝つ時もある」

　ぼくは胸元をさすった。

「ぼくは、ここに勝ってほしい」

　母は目の下を指先で払って、涙を受け止めた。

「いつも私より勇敢なのね。私があなたの父親に心を開くまで何年もかかって、なのに結局あの男はいなくなった。あの経験でよかったことなんて、あなたを得たことだけよ。二度とあんな目はいや。あなたの言うこともわかるけれど、でもやっぱりあなたにもそんな思いはさせたくない。あなたを守るのが私の役目だから」

「いいえ、違いますよ。ぼくを守るのはぼくの役目です」

「あなたはあの男のことをよく知らないでしょう、マイロ。あなたとすぐ友達になったなんておかしいと思わない？　一緒に住もうと誘うなんて？　ああ、そういえば自分の店を続けるために彼にはあなたが必要なんだったわね」

「ありのままのぼくを好きになる人はいないと言いたいのですか？　ぼくでは無理だと？　ほかの人たちと世界の見え方が違うだけで、ぼくにはそんな価値がないと？」

「違うわ。そんなつもりは絶対にない。あなたは私の人生の光だもの。誰にも負けない、最高の子よ。あらゆる幸せに恵まれるべきよ。でも気をつけないと。世間には悪い人たちがいてね、他人を平気で利用するのよ。だからね、ギデオンはあなたとつき合うことで得をするのだから、気をつけてほしいだけ。もし私が誰かと交際するなら同じことに気をつけるもの――私の財産や作り上げた会社を狙っているんじゃないかとね」

ぼくは体を引いて、目をとじた。理屈ではわかる。ギデオンを疑うということではなく、世間には悪い人々がいて他人につけこんでくるのはたしかだ。

それでも、ギデオンはそんな人ではないと、ぼくの心は知っている。

「ギデオンとぼくがいつまで続くかはわかりません。でも、彼はそんなことはしません。ぼくを利用したりはしませんよ」

「そうであるよう祈るわ」

ぼくも祈りたい。

「会えなくて寂しかったです」とぼくは正直に言った。

「私もあなたがいなくて寂しかった。苦しいくらいにね」

母は自分の本音をさらけ出すたちではないし、弱さを人に見せようとしない。でも、ぼくのことはいつでもこうやって信頼してくれているのだ。

「ここまで来てくれてうれしいです」

「私も、来てよかった」テーブルごしにぼくの手を取って握る。「でもそのキスマークは少しやりすぎじゃない？」

ぼくは隠そうとした。

「逆側よ」

ギデオンに痕を残されたこともすっかり忘れていたので、ぼくは微笑む。

「ああもう、マイロ。あなたをどうしたらいいのかしらね」

「どうやってかっこいいボーイフレンドと出会えたかについて、ぼくが話すのを聞くというのはどうですか？」

「断るわ、私はそこまで若くないし、変な気持ちになりそうだし。あのたくさんのタトゥも……ピアスも、好きになれないわね。何だって自分の顔にあんなことをするの？」

「ぼくはあの顔が好きです」

「でしょうとも。自分の体にあんなことはしないと約束して」

「そんな保証はできませんね」

ぼくはそうふざけた。別にタトゥやピアスをするつもりはないけれど……そう思うけれど。

「私に、彼を気に入ってほしいんじゃないの？」

「そうですよ」

そして母は努力してくれるはずだ。ぼくのために。きっと簡単にはいかないだろう。ぼくは母をよく知っている。心のスイッチをあっさり切り替えられない人だ。ギデオンのことを怪しんでいるし、それはなかなか克服できまい。

「ギデオンは、ぼくを幸せにしてくれます。ぼくは彼を、愛しているのかも。どうやって判別できますか？　お父さんを愛していましたか？」

母がぎゅっと両手を絞り上げた。

「いやな気持ちにさせるつもりはありませんでした」

「わかってる。ええ、あの人を愛してた。信用するより愛したほうが先だったかしらね。つき合うより前のことだった。はっきり判別する方法はないわ。ある時、ふと違うと感じるの……相手を見て、その人なしでは自分の世界が完成しないような気持ちになったりね。その時が来たら、きっとわかる」

時々、それは感じる。ぼくの世界がギデオンなしでは完成しないような。ギデオンにもそれは言った。

「お父さんがあなたを傷つけて、ごめんなさい。ぼくのせいでそんなことになってごめんなさい――」

「いいえ、あなたのせいじゃない。あの人のせいよ」

だからなのかもしれない。ぼくが原因で父に去られた母は、いつかギデオンも同じようにぼくを捨てると信じているのかもしれない。ぼくが原因ではないと、たとえ一日中言いつづけたところで、原因なのは二人ともわかっていることだ。父が望んだ息子は、ぼくにはなれないものだったのだ。

「今もまだ愛していますか？」

聞くのは初めてだが、気にはなっていた。ぼくを選んで後悔はなかったのだろうか。愛した男を失ったから、いまだに誰も寄せ付けないのだろうか。

「あの人がもっとまともな男だったら、私たちにも別の未来があっただろうとは思うわね」

ぼくは左手の爪をいじった。

「もう二度と、誰かを好きになる気はないんですか？」

「ない」母の本音だった。「私はそういうタイプじゃないから」

そうなのだろう。聞く前からわかってはいた。

「ウィルマは――」

「その話はしたくないの」

「でも、お母さんが考えていたのとは違うんですよ」

「無理、マイロ。今は絶対に。いい？　一生そうかも。もう意味もないしね。すぎたことよ。もう死んだ人なのだから、蒸し返しても何も変わらない」

どんな言葉も、どんな説得も効かないだろう。母はもっと逃げるだけだ。

「島にはいつまで滞在する予定ですか?」

「決めてないの」

「今夜、ぼくとギデオンの家に泊まりますか?　ずっとは駄目ですよ。お母さんを愛していますけど、でも……だって、ほら」

母はあきれ顔をしたが、唇には笑みがともっていた。

「ええ、そうでしょう。聞こえてたもの。泊めてくれないだろうと思ってましたよ」

24

ギデオン

ベバリー・コープランドは俺がのたうち回って苦悶の死を遂げることを望んでいる。

言葉にこそ出さないが、その必要もない。

俺に失礼な態度も取らないし、マイロのためだろうが、不気味なくらい優しくしようともしていたが、俺に見られていないと思う時の目には刃が宿っていた。

俺を忌み嫌っている。

いつかマイロを傷つけると思って、俺を憎んでいる。

それを怒れない気分もあった。彼女はマイロを愛し、最高の人生を望んでいる。表面的には、俺がマイロにつけこんでいるようにも見えるだろう。利用する理由がある。マイロは俺の住居と店がある建物のオーナーだ。だから、納得はいく。

だが、一週間も経てば呪いの目つきにもうんざりしてくる。彼女が家に泊まったのが一晩だけで、その後はホテルに移ったのがせめてもだ。マイロが彼女に言ったのだ。

「ずっとはいられないと言いましたが、ここに泊まっていてかまいません、お母さん。ただ、ぼくたちはたくさんセックスするので、それはわかってくださいね」

これが、彼女が俺を火あぶりにしたい理由をまたひとつ増やしたに違いない。

いつものように、俺はマイロより遅くまで寝過ごした。今日は二人とも休みだ。しばらくベッドでごろごろしながらベバリーとマイロのことを考えていると、マイロがやってきてベッドにとびこんだ。

「今日はあなたの家族に会うので緊張しています」

「どうして？」

彼の髪をもてあそぶ。マイロは……くそう、なんてきれいな男だ。俺なんかの相手をしているのが信じられないくらいに。

「おかしなことを言ったりしたくないんです。とりわけ、ぼくたちがボーイフレンドになったからには。この間みっともないところを見せましたし」

「そんなことなかったぞ」

「その場にいたぼくが証人です」

「俺もその場にいたんだが」

俺はクスッとした。

「ギデオン……ごまかしはぼくらのためになりません。ぼくには、ほかの人たちと同じように振る舞えない時があります。否定してもその事実はなくならない。そういうことをされると、空腹だったりあなたとオーガズムを得られない時より腹が立ちますし」

今度俺の口から出たのは大きな、腹からの笑いだった。

「最後のやつは新しいな」

「セックスがまだ新しいですからね。話をそらさないでください」

俺は溜息をついた。

「何が起きようと二人で対処していこう。それでどうだ？」

マイロがニコッとすると、彼の幸せが流れこんできて、俺まで幸せにしてくれる。

「あなたは完璧ですね！　いいえ、あらゆる部分が完璧なわけではありませんが、ボーイフレンドとしてなら完璧です」

「きみといていいことの一つは、俺がうぬぼれる心配はないってことだな」

マイロにかかると、おだてられながらぺしゃんこにされる。

「えっ、すみません。傷つけてしまいましたか？　正直に言っただけですが」

「からかっただけだよ」

朝の歯磨き前のキスが嫌いなマイロのために、唇はやめておく。かわりに額に唇を押し当てると、俺はベッドから出た。

一緒にシャワーを浴びて、俺の両親の家に行くために身支度をする。本音を言えば俺もちょっとばかりドキドキしていた。マイロが何かするという心配ではなくて、家族の前に恋人をつれていくのが初めてだからだ。俺は男運が悪すぎる。自分がしくじってマイロを失うのが怖いし、愛する身内をそこに巻きこむのも怖い。少なくとも家族にクリスとのことは知られていないし、クズな元カレは会わせたこともない。

マイロがビーチマットや色々なものをバッグに詰めた。俺たちは玄関先で立ち止まり、そこでマイロがズボンと靴を身に着ける。最近はそばにローブもかけてあって、母親が来るとマイロはパンツ一枚の上にそれを羽織っていた。

マイロの母といえば。今日は彼女も迎えに行って、俺の両親に会わせるのだ。

いきなり、事態が音速で進みはじめている。

ホテルに車を停めると、ベバリーはもう表で待っていた。助手席から降りようとするマイロを、いいからと制して後部座席に乗りこむ。

　これから何が起きるやら。俺ではマイロにふさわしくないと彼女がはっきり言った日には、俺の母がぶち切れるだろう。ある意味ではベバリーはうちの家族と正反対もいいところだが——都会もので金持ちで、それがにじみ出ている——その一方で、俺よりうちの家族としっくり来そうでもある。

「あのホテルのベッド、劣悪ではありませんか？」とマイロが聞いた。

「そう悪くないわよ。もっとひどいところで寝たこともあるし」

「母は、大学寮に入れるようになるまでは簡易宿泊所にいたのですよ。仕事を見つけて、大学のお金を自分で払ったんです」

　マイロの笑顔は誇りで輝いていた。

「それはすごい。大変だったでしょう」

　俺はバックミラーに映る彼女へ視線をとばしたが、こちらを見てはいなかった。

「必要なことをした、それだけ」と彼女は答えた。

　リトルビーチ島ではどこへ行くにも時間はかからないのだが、マイロはあからさまに緊張していた。一分ごとにもぞもぞしている。俺の実家に着いて前に車を停めると、俺は彼のうなじに手をのせ、引き寄せて互いの額を押し当てた。

「大丈夫だ、ロー。信じろ」とそっと囁く。

「わかりました」

彼の鼻の頭に軽いキスをした。離れた後、ついベバリーを盗み見ると、彼女はこっちを向いて小首をかしげ、じっくり眺めていた。

「レイチェルは何分か遅れるそうです」

マイロがそう言いながら、車から降りて肩にバッグをかけた。ベバリーも含め、車の片側で合流する。

「着いたら裏に回ってくれって伝えといてくれ」

マイロがメッセージを打ちながら、ごく自然に俺の手をつかんで指を絡めた。ボーイフレンドを持ったことがないにしては、恋人の仕種をすんなり身につけている。

家の横を通りすぎた。ハワイアンパーティーをテーマにした飾り付けがすんでいて、ということは母さんが父さんに手伝わせたのだろう。母さんは、その手のことで客をもてなすのが好きなのだ。南国風の松明、パイナップルを器にしたドリンク、テーブルや砂に挿した高いフックから下がっているレイ。予備のピクニックテーブルまで出ている。

まだ誰も俺たちには気がついておらず、マイロはスタンドから黄色いレイを取ると俺の首にかけた。

「ぼくは何色のにしましょうか」

そんな些細な問いかけに、俺の胸がバカみたいにときめく。マイロにかかると、どうしてこうもすべてが新鮮でみずみずしく感じられるのか。

「緑色は？」

　マイロが顔をしかめた。

「青にするか？」

「そうしましょう」

　もちろん、どれがいやか、心を決めてから聞いたに決まっている。俺は笑った。

「着けますか？」と俺はベバリーに聞きながら、断られないよう祈った。

「結構よ――」

「お母さん」とマイロ。

「わかりました、もらいます。ありがとう」

　相変わらず俺を毛嫌いしている。俺は彼女にも青いレイを選んで手渡した。それを首にはかけたが、マイロに気を使っただけなのは見え見えだった。

「マイロ！」

　キャミーが叫んで駆け寄ってきた。彼女の到着で、家族の目がこっちに向く。

「おっ、スナックちゃんの登場だ！」とオーランドが騒いだ。兄貴というやつは最低だ。

　キャミーがざざっと、マイロの前で止まった。

「本日のエネルギーレベルは？」とマイロが確認する。

「レベル6だって、ママが」

「それなら何とかなりそうですね」

「ほら、これもあるからだいじょうぶ」

キャミーが耳栓の入った袋をかかげる。付箋には〈子供の声用耳栓〉とあった。

マイロがニコッとする。

「素晴らしいですね。携行しておくことにしましょう」

すでにポケットに一セット持っているはずだが、それを言わないマイロが愛しかった。

「マイロのママですか？」とキャミーがベバリーに聞いている。ベバリーとレイチェルはもう本屋で顔合わせ済みだ。

「ええ、そうよ。お名前は？」

「カミラ。でもみんなキャミーって呼ぶの。マイロはめちゃくちゃ楽しいの！　わたしはマイロと結婚したいんだけど、ママがね、マイロは男の子が好きだし、年上すぎるって」

「こらこら、俺の彼氏はやらないぞ」

俺は冗談をとばしながらマイロの肩に腕を回した。

キャミーの目がまん丸になる。

「海でお手てつないでたから、そうだと思った！」

「キャミーは会うたびに『マイロとギデオンが木の上で』って歌ってくれるんですよ」

マイロは俺にバックパックを手渡すと、キャミーがとびつけるように膝をついた。キャミーがマイロの首にしがみつき、腰に両足を回したので、俺たちはそのまま家族のほうへ向かった。

ベバリーは、キャミーを運んでレイチェルのところへ行くマイロから片時も目を離さなかった。その目には感動のような色があった。

その場の全員をベバリーに紹介し、誰もが挨拶を交わすと、マイロはさらにヘザーの腹に「こんにちは、赤ちゃんのジェイコブ」と声をかけていた。

マイロがキャミーを下ろしている横で、俺の母がベバリーにたずねる。

「あなたもベジタリアン？」

「いいえ、全然。何でも食べますよ、ありがとう」

母さんがマイロのほうを向く。

「ギデオンから、何を作ればいいかヒントをもらったの。私もレシピを調べてみたのよ。野菜のケバブもあるし、美味しそうなレシピだったからコーンサラダと黒インゲンのバーガー、ポテトのグリルもあるわよ」

しっかり気配りしてくれる母さんが誇らしい。

「ぼくのために何もお骨折りいただかなくてもいいんですよ」

「いいえ、折りますとも。ギデオンの友達なんだから、くつろいでほしいもの」

「ボーイフレンドです」とマイロが胸を張る。

「そうだった、あの子のボーイフレンドね。おかげであの子はとても幸せそうで」

「母さん」

　俺はうんざりと声をかける。

「うっ、気色悪い。こんなのどこがいいんだ？」とオーランドが俺を指さした。

「ああ、いいところがたくさんあるのですよ。彼は楽しくて優しくてとても才能があります。自分の好みではなさそうだと思っても、ぼくの料理をどれも食べてみるんですよ。時々、ぼくが好きそうなものを持って店に来てくれます……ぼくを連想したからと、ザクロ茶をくれたり、外で作業して日焼けで顔がピンク色になった時には帽子をくれました。ぼくが毎週月曜に卵とトースト、オートミールを必ず食べることも、それができないとイライラしてしまうことにも動じません。足の指をいじめないサンダルを買って渡したら、元から気にしていないのにそれを履いてくれます。その上、かっこいいです」

「そんなの聞いたら私までギデオンに恋しちゃいそう」とヘザーがふざけた。

「私もよ」とメグが乗っかる。「ザクロ茶もくれないんだから」と楽しそうにクリスを叩いた。

「俺から一つ二つ学べることがありそうだな？」

　俺はオーランドとクリスにジョークをとばすと、マイロを抱いて頭のてっぺんにキスをした。ボーイフレンドもいいものだ。気に入った。

「きみのほうがイケてるよ」とマイロの耳に囁く。

その後しばらく、ピクニックテーブルを囲んで楽しんだ。メグはまた気分が悪くなって、中で横になる。ベバリーは物静かだった。返事はするしあちこちの輪に交ざってはいたが、どうやら俺たちを、そしてこの状況をどう受け取るべきか値踏みしているようだ。見るたびに、彼女の視線は俺やマイロ、それか俺やキャミーやレイチェルと一緒にいるマイロに向けられていた。

「泳ぎに行こうぜ」

しばらくしてオーランドが声をかけてくる。

マイロを見ると、うなずいていた。ベバリーはヘザーや俺の両親と一緒に砂浜に残ったが、残りの皆は海に向かった。すっかり忘れていたが、ベバリーは島育ちなんだった。ただ俺の両親より年上だし、マイロを産んだのはもっと後なので、接点はほとんどないようだ。

水遊びをして、お互いにしぶきをかけ合うと、マイロはとりわけクリスと本気でやり合っていた。やきもちをぶつけているのだろう。

レイチェルはずっとキャミーを抱っこしていたが、キャミーは時々マイロの背中にしがみついて、あたりをぐるりと泳いでもらっていた。

だが、やがてマイロは俺のところに来ると、首筋に腕を絡めてきて、ぷかぷかと浮かんだ。俺はその腰を抱いて彼を見つめる。青い瞳、睫毛に留まる水滴、そばかすと合わせて鼻や頬を飾る雫。

「ぼくの人生で一番素敵な日です」と彼が呟いた。

世界中の幸福を丸ごと手渡されたような気がした。

「俺もだ」

それからマイロにキスをしていると……兄とクリスが不意打ちをしかけて、俺たちが離れるまで水責めにする。

「てめえら最低だ」と俺は二人に言い渡した。

二人が笑う。そしてマイロがまたクリスと対決を始めると、オーランドが俺だけに言った。

「おめでとう、俺はうれしいぜ、弟よ」

俺も幸せだった。

25

マイロ

「母にも来てもらおうとしたのですが、断られました」

ぼくはジーンに家へ上げてもらいながら説明した。信じられないことに、母はリトルビーチ島に一ヵ月滞在すると決めたのだ。

　辞書で〈仕事中毒〉の項目を引けば母の写真があってもおかしくないような人だ。休暇など決して取らない。母の秘書など、母の無事を確かめにぼくに電話してきたくらいだった。じつは誘拐されていてぼくのところに来ていないと疑ったんじゃないだろうか。でも、母とぼくがこんなに長く離れていたのも初めてだ。ぼくが遠くにいたら、母にももっと旅をするきっかけがあっただろう。

　幸い、母はリモートである程度は仕事をこなせた。ぼくのそばにいない時はよく仕事をしている。

　ぼくらがこの先どう前に進むのかは、まだわからない。ぼくにリトルビーチを離れる気はない。この島が好きだ。たとえギデオンとの仲が駄目になっても、島に残りたかった。ギデオンとボーイフレンドでいられなければ落ちこんで打ちのめされるだろうけれど、それでもずっと友達だとギデオンは約束してくれたし、ぼくはそれを信じている。ぼくたちは親友のきわみなのだから。

　そしてリトルビーチ島は家だ。ぼくの家。そんな場所ができるなんて思いもしていなかった。

「彼女に押し付けてはいけないよ、マイロ」

　ジーンが玄関を閉めて、ぼくらはキッチンへ向かった。

「母はあれこれぼくに押し付けてきますよ？」

「きみはそうされて気分がいいかい？」

「いいえ、でも母はそれでもやめませんから」

　ジーンが笑いをこぼした。

「彼女もウィルマのことは知りたいはずだ。ただ、自分のタイミングで聞きたいんだろう」

「でしょうけれど、彼女のタイミングはお話になりません」

　裏口から奥の庭に出る。もうギデオンがぼくの荷物をここまで運んでくれていた。美しい裏庭には花があふれて茂みがあり、くねる玉石の小道がその間を抜けている。

　今日は休みなので、ここに屋根付きのロッキングチェアを作るとジーンに約束していた。それがあれば、日干しにされずにウィルマの庭をゆっくり眺められる。

　木陰に椅子があるので、ジーンはそこに座った。どうもぼくが来るとそばにいたいようなのだ。ぼくも彼とすごしたりウィルマの話を聞くのが好きなので、お互いに得だった。

「そういえば……きみとギデオンが」とジーンが切り出す。

　ぼくは笑顔になった。

「それって、ぼくのボーイフレンドのギデオンのことですか？」

　ゴーグルとヘルメットを着けて、予備をジーンにも渡す。ジーンは文句も言わずにそれを着用した。レイチェルとギデオンは彼を見習うべきだろう。

「町でもそういう噂を聞いたよ」

「そういうゴシップは大歓迎です。ぼくにかっこいいボーイフレンドができたと、皆で話してほしいですね」

吐息をついて、ぼくは書き上げた設計図をバッグから取り出した。

「でもじつは、それ以上なのかもしれません。あなたはウィルマを愛していると、どこでわかりましたか？　母にも聞いてアドバイスをもらいましたが、ギデオンにぼくの気持ちを伝える前にできるだけ情報を集めるべきと考えます」

ぼくは思っていることをそのまま言ってしまう癖があるが、今回はやめようと心に決めていた。失敗したくない。もしギデオンが逃げたら？　ぼくのことはそれなりに好きだけど愛してはいなくて、それで関係がすべて終わってしまったら？　それかぼくが彼を愛しているつもりでそう言って、でもじつは勘違いだったら？　確証がほしかった。

「そういうのは徐々に起こることではないかな。ある時気がついたら、彼女がいないと、ほかの誰といても同じほど幸せには思えなくなっていたんだよ」

「ああ、それはぼくもとても感じます」

「ほかの人の前なら恥ずかしかったり情けないようなことでも、彼女の前だと違ったよ。ありのままのぼくを好きでいてくれると知っていたから」

「ギデオンもそうだと……そういうふうにぼくを好きだと思います。そう言っていたし、決してぼくに役立たずな思いをさせたり、恥ずかしく思っているそぶりはしません」

一度、オーランドの件でそんなふうに思えたが、あれは誤解だったたし、あれからは一度もない。ギデオンといるといつも安心できる。

「ウィルマの笑顔を見るのが何より大切だったよ。あの人を幸せにするのがね。何かしてあげたくて、いつもそばにいたかった」

「ギデオンの笑顔がほとんど世界の何より大好きです。ぼくのおかげで笑顔になったなら、さらにいいですね。まるで、ぼくがたくさん失敗したとしても、そこだけはうまくできたみたいな気持ちになれます」

ジーンがうなずいた。

「どうやら、たとえ今はまだだとしても、きみはいずれそこにたどり着きそうだね。ギデオンもきみにすっかり夢中だよ、さっき来た時もきみの話が止まらなかった」

聞いただけで宙に浮きそうな気分だったので、ぼくはのばした手でポーチの手すりをつかんで自分の重しにした。たとえ愛でなくたって、今でも最高だ。

「ウィルマのおかげですよ。会ったことのないぼくを愛してくれて、店を遺してくれて、だからぼくは島に来て、これまでにないくらい幸せになれました。ウィルマにお礼が言えたらよかった」

「言えるよ」ジーンが答えた。「ぼくは死後の世界のことはよくわからないし、死んだらどこへ行くのかも知らないけれど、でも彼女に話しかけているし、きっと聞こえていると信じている。もしきみが声に出さなくても、届いているさ。きみを見守る方法があるのなら彼女は必ず見守っているとも」

「ぼくは家ではズボンを穿いていないから、それだけ伝えてもらえますか。いけないものをお目にかけたくはないので」

ぼくはふざけて、ジーンを笑わせた。

「あなたは、ウィルマがとても恋しいでしょうね」

「毎分毎秒ね」ジーンが見やると、丁度、花の間を風が抜けた。「でもきみがいてくれるから、随分いいよ」

ぼくは何を言えばいいかわからなかった。抱えきれないくらいの気持ちだけど、でもいい意味でだ。だからまたこちらを見たジーンへにっこり笑って、作業にかかった。母やウィルマについて話をしたが、どうやらどちらも強情だ。ジーンはまた思い出話をしてくれて、ぼくのために写真を集めてアルバムを作っていると言った。

ただ、ぼくはずっと、彼の言った、ぼくがいるから随分いいという言葉のことを考えていた。ぼくはジーンがとても好きだ。ぼくにとって家族でもある。母以外には——そしてぼくを捨てた父以外には、いたことがない家族。それが今ではギデオンがいて、母もいて、ジーンも、レイチェルも、キャミーも、その上ギデオンの家族までいる。

だけれども、ジーンはとびきり特別だ。

何時間かかかってロッキングチェアがほとんど完成すると、ぼくは呼びかけた。

「ジーン？」

「何だい？」

「あなたのことを、おじいちゃん《グランパ》と呼んでもかまいませんか？　これまでぼくには一人もいませんでしたが、今はこうやってウィルマが、おばあちゃんが、たとえ魂だけでもいてくれる。あなたもいる」

ジーンが震える手で顔から涙を拭った。

「マイロ。きみにおじいちゃんと呼んでもらえるなら、光栄だよ」

「ありがとう……おじいちゃん」

そう呼んでもまるで奇妙には感じなかった。家に帰って、ギデオンにこのことを報告したくてたまらなかった。

ギデオンは遅くまで予約が入っていて、店を閉めるのは九時か十時くらいになると言っていた。ぼくは彼の帰りが遅いのは大嫌いなのだが、できるだけ文句は控えていた。ギデオンと一緒に家にいたり、夕食を一緒に食べたり、ソファでくっついて丸まりながら夜の習慣をこなして、二人でベッドに行くのが好きなのだ。

レイチェルが店番なので、ジーンのところの作業を仕上げたぼくは、本屋に歩いて戻った。着くと、とびきりにぎわっているわけではないものの、カフェには人々が座ってコーヒーや読書を楽しんだり、ノートパソコンで何かしたりしていた。

「誰に新しいグランパが増えたと思いますか？」とぼくは聞いた。

「わかんないわ、降参」とレイチェル。

「ぼくにですよ、もう！　ジーンです。ギデオンには言わないでくださいね。ぼくから言いたいのです」

「絶対言わないって」レイチェルがニコッとした。「あなたとジーン、両方ともおめでとう」

しばらく彼女とすごしながら、ぼくの中にある別の問題を切り出せるきっかけを探した。ギデオンに言うより前にこうやって話を聞ける友達がいるのって素晴らしい。店に二人しか客がいなくなったタイミングで、ぼくは声をひそめた。

「ぼくは、ギデオンとセックスする心構えができたと思います」

レイチェルが眉を寄せた。

「スイーツちゃん、あなたとギデオンはここしばらくそれをしてたんじゃないっけ？」

ぼくは目をきょろっとさせた。

「わかってますよ。ぼくが言いたいのは、逆の話です。彼がぼくに挿れるということですよ。ぼくにヤられるのも彼は楽しんでいる様子なのですが、ぼくとしてはそんな部位に性器を突っこまれることにはまだ迷いがあって。あなたは経験ありますか?」

頬を少し引っこませて、レイチェルは笑いをこらえているようだった。

「膣のほうではないですよ、尻の話ですからね」

「ああもう、最高」レイチェルはカウンターに身をのり出して顔を近づけた。「いいえ、未経験よ。これまで何も入れたことないの? ギドに指とか道具でいじってもらったりは?」

「ないです。彼はかまわないと、自分は挿れられなくてもいいと言うんですけど、でもぼくはやってもらいたいのです。体の中に彼がいるのはどんな感じなのか知りたいから」

「ならやればいいでしょ。ギデオンと話してからね。少しずつやってみればいいし。あなたは指で掘ったりして」

「指で掘るとか言わないでください、あなたの口から聞くのは変です」

パチンと手をはじかれる。

「あのねえ、自分で始めた話のくせに。そっちこそ、尻でヤッたことがあるか私に聞いたでしょ」

「友達だからいいんです!」

「なのに指で掘るは禁句なの?」

たしかに反論しがたい。

レイチェルが真顔になった。

「心の準備ができたと思うならやってみればいいよ。迷うなら急がなくていいし。どっちにしても、ギデオンとは話をしてよ。どっちだろうと、ギデオンだったらわかってくれるし、支えてくれるって」

ギデオンはそうだろうけれど、時々ぼくは、ギデオンにわざわざ何かをしてもらうのではなく、彼の気持ちに添いたいのだ。

「自分で後ろをいじってみて、好きになれるかどうか確かめてみてもいいかもしれませんね……」

「私は男相手より自分だけのほうが好き。あなたもギデオンなしで楽しめるかもよ?」

からかっているのはわかったが、それでもぼくはつい言い返していた。

「でも彼を愛していますから。必要なかろうと、いてほしいんです」

ああ。そうか……とにかくこれで、自分の気持ちはよくわかった。

「でしょうね」

レイチェルがぼくの頬にキスをする。親友がいるって、本当に素敵なことだ。

ギデオン

「マイロとはうまくいってんのか？」

オーランドに聞かれた。俺たちは彼の家でベビーベッドやオムツ替え台など、ジェイコブが生まれたら子供部屋に要りそうなものを組み立てていた。ヘザーは日に日に神経質になっていたし、どうやら兄も同様だ。兄のほうはその手の話を避けていたが。

「順調そのものだ」俺は答えた。「マイロがかわいくて仕方なくてさあ」

「お前を見てればわかるよ」

「ベバリーには相変わらず嫌われてる」

「彼女とつき合ってるわけじゃなくてよかったな？」

まあそうだし、言いたいこともわかるが。しかし。

「お前はいいよ、ヘザーの家族に好かれてるんだからさ。マイロは母親と仲がいい。マイロにとって母親は大事なんだ」

とはいえマイロは自立心の塊だし、誰かに言われたからって気持ちを変えるタイプではない。誰にでもできることではないが、マイロはやってのけていた。それでも、俺が〈ベバリーに好かれるためなら何でもやる隊〉の熱心な隊員であることに変わりはない。

「どうして嫌われてんだ？　お前は俺と同じぐらいイケてるのに。ほとんどの連中なら足元にも及ばないくらいだろ」

世界バカ大賞があったら、うちの兄貴が優勝だ。

「自分と俺が似てるとか言うな」

俺はベビーベッドの背板を側面にネジで固定した。

「疑われてるんだよ」と白状する。「俺がマイロを、店とかのために利用してるんじゃないかって——」

「クソだな。お前がそんなことするわけないじゃねえか」

絶対しない。

「彼女が本気でそう思ってんのか、マイロを心配するいい口実にしてるのかも俺にはよくわからないんだよ。マイロが誰かとつき合うのを見るのは初めてだろうし、母親だからな。守りたいんだ。それはわかるんだけどさ……」

ごしごしと顔をこする。言ってしまおうか、どうしようか。

「……俺は、マイロに恋をしてるかもしれない」

「お前さ、ごまかさずにちゃんと言え——恋をしてる、ってな。かも、なんて余地ねえだろ」

ないな、たしかに。

「お前ら二人はお似合いだよ。本屋の開店イベントまで俺もピンと来てなかったけどさ、あの日は父さんと母さんまで一気に納得させたよな。お互いにうまくハマってるしさ、前も言ったけど、マジおめでとう」

　俺はオーランドのほうを見ずに、甥っ子のためのベビーベッド組み立てを続けた。

「たしかに、マイロとはしっくりはまる感じがあってさ……そんなのこれまで一度も、クリスとだって感じたことはなかった。俺はクリスが心底好きだし、親友で、愛されてるって知ってるけど、それでもうまくはまる感じはなかった。どう言えばいいのかわかんないけどさ。いつも、自分ははみ出し者みたいな感じがあったからな」

　長く落ちた沈黙が胸に重くのしかかる。思い切って顔を上げると、オーランドに見つめられていた。

「俺といてもか」

「誰といてもだよ」肩をすくめる。「そっちのせいじゃなくてさ。どうしてって理由を探すことに意味はない、単にタイプが違うってだけだ。俺は、こういうふうに生まれついただけで」

　こんなことを兄相手に話す日が来るとは思わなかった。マイロがいなかったら、きっと永遠に無理だった。俺をどれほど変えたか、マイロはきっと気付いていない。あんなに正直で、誠実で、どこまでも彼自身で。そんなマイロが愛しいし、少しでも彼のようになりたかった。

「マジか、ギド。どうしてこれまで黙ってたんだよ！　俺はお前が世界一大事なのに。俺より年下だけどさ、でもいつもお前をすげえなって思ってきたよ。自分に嘘をつかないし、誰の意見にも左右されない。親父のようになろうとか敷かれたレールを進まなきゃとか、そんなことも考えない」

「兄貴はそうだったのかよ?」

「イエスでもありノーでもあるのさ。自分の人生は気に入ってるさ。弁護士でいるのも好きだ。大体いつも、自分のやるべきことをしてあるべき姿でいられてると思ってる。ただ時々は、ほかの人生もあったかもしれないって考えたりするのさ。自分にほかの選択肢も与えてたら、どうなっただろうってね――ヘザーのことだけは別だぞ。ただな……島に残って、ロースクールに行って、父さんやお母さんとまったく同じ道をたどって、だろ」

「だから父さんは兄貴のがお気に入りだろ」

「それは違うって。父さんは、俺たちを別々に愛してるのさ……ただ俺とは共通の話題が多いから話をしやすいってだけだよ。お前は、そのままで愛されてんだよ、ギド。父さんはお前をすごいと思ってるんだぜ。俺たち家族にはちゃんとお前が見えてんのに、お前の目には自分が映ってないんじゃねえのか」

そうかもしれない。でも誰だってそうだろう?

「父さんは、お前がどれだけ自慢の息子かって、しょっちゅう言ってるよ。店とか金回りの話をするのもさ、文句じゃなくて、お前にいい人生を送ってほしいと思ってるからなんだよ」

「ならそう言ってくれりゃあさ」

「かもな。でもお前だって、もっと腹を割って話せただろ」

図星だった。俺のほうも、父さんと同じく歩み寄りの努力をしていない。ただ勝手に気持ちを憶測して、妥協していただけだ。

「きっと、そのうちな」

「〝きっと、そのうちな〟？」オーランドが小馬鹿にしてくり返すと、俺を引っ張ってハグをした。「お前を愛してるぜ、弟くん。それはわかってくれよ」

「俺も愛してるよ。ほら離れろ、くせえから」

ふざけて下がろうとしたらしがみつかれて、なんとか引き剝がした。二人で大笑いして、子供部屋の作業をさらに進める。

昨日の夜帰ったら、マイロがそれははしゃいでジーンとのことを話してくれた――ジーンを「おじいちゃん」と呼んでもいいか聞いたのだと。そのマイロの強さが、今日の俺に、オーランドと向き合う力をくれたのだ。

オムツ替え台を完成させながら、オーランドが言った。

「今度の金曜な、俺の誕生日が来るから、ライトハウスで野郎限定パーティーをするぞ。もうじきジェイコブも生まれるし、俺にとっちゃ多分最後のチャンスだ。クリスも来るし、父さんも、俺の友達や同僚もいくらか来る。俺はベロンベロンになるまで飲むから覚悟しとけ。大学生みたいなバカ騒ぎをやったら、責任ある大人の父親になるからさ。マイロをつれてこられそうか？　仲良くしたいんだけど、無理はさせたくないからさ」

ヤバい、もうじき兄の誕生日なのを忘れてた。パーティーはそそる響きだ。しばらくぶりだし、オーランドの言うとおり、子供が生まれたらなかなかそうはいかないだろう。

マイロのことを考えた。パーティーが苦手で、人の多いところが苦手で、騒音も嫌い、リトルビーチ書店の開店イベントの夜に彼がどうなったか。背骨の付け根が不安でざわざわする。あの後マイロはすっかり取り乱したし、そのせいで落ちこんでいた。

もし俺のためにとパーティーに来て、もっとひどいことになったら？　マイロをそんな目に遭わせたくない。彼は俺の家族に好かれたがっていたから、行きたくなくても行こうとする様子が目に浮かぶ。

しかも、みんなで酔っ払っているところへ。俺は兄貴もクリスも大好きだが、こいつらのハジけっぷりは半端じゃない。いや俺だって騒がしい。時々羽目を外すのは楽しいものだし。

「あんまりいい考えじゃないかもな」

「どうするか聞いといてくれよ。敬遠してると思われたくないからさ」

俺がうなずくと、オーランドは続けた。

「八時頃に来いよな。まずは飯を食って、それからだ。男だけで飲むっていつ以来かな。珍しいからワクワクするね。ジェイコブが生まれたら、ヘザーも女子会をやればいいと思ってさ。好き放題で楽しそうだろ」

オーランドはクスッと笑い、俺も笑ったが、頭からは本屋の開店イベントの日が離れず、動揺するマイロを前にした時の無力感を思い出していた。

兄や友達と楽しくすごしたいのは当然として、俺は何を引き換えにしてもマイロにあんな思いはさせたくないのだ。もう二度と。

27

マイロ

今日こそ、その夜だ。

ぼくは、ギデオンに挿れてもらおうと決めていた。とにかく挑戦してみることに決めたのだ。自分の指を使って数回半端な試みはしてみたものの、やりにくいしピンと来ない。ギデオンの尻に何か入れるのはいいのに、自分の尻には何も入れたくないのだ。おそらくは、快楽を与えようとしてくれる誰かにやってもらうほうがいいものなのだろう。慣れれば違うのかもしれないが、今のところぼくの趣味ではないようだ。

ギデオンと、そういうつながりを共有したい。ギデオンがぼくを感じるのと同じように、ぼくも彼を感じてみたい。

今日は金曜で、ギデオンにはきっかり八時に、早すぎず遅すぎず帰ってくるよう、たのんであった。何が素敵って、ギデオンは反論も質問もしなかった。ただぼくを見てうなずき、そのまま受け入れる。

ぼくのボーイフレンドは完璧だ。

夕食を食べて帰ってくるよう言ってあったし、ぼくもあらかじめ食べた。それから残った時間をシャワーを浴びながら自分をきれいにしてすごしたが、まあ体の中に何かを入れる方法はちゃんとあるものだ——いやここをキレイにしておかないなんてぼくには無理だ、いざという時にそれでしくじったら死んでしまう。

そして七時五十九分になり、ぼくは自分のベッドに——裸で——横たわって、ボーイフレンドの帰宅を待っていた。彼に、挿れてくれとたのむために。

なんて人生だろう。

わかっているのは、こんなの最高だということだけ。

そして八時きっかりに玄関が開く音が聞こえて、ぼくは笑顔になっていた。きっと彼はドアの前で待っていたのだろう。

「ロー?」

ギデオンが呼んだ。

「寝室にいます」

おお、ぼくの声が震えている。こんなの初めてだ。

ギデオンの足音が近づいてきて、部屋に入った彼は困惑して眉を寄せていたが、そこでぼくを見た。たちまち表情がゆるみ、唇が笑みを作って、目に、いまだにぼくに向けられていると は信じられないくらいの欲望が輝く。

「これは素敵なサプライズだな」

「そうだとうれしいです」

彼はスニーカーを脱ぎ、ズボンに手をかけた。前を開きながらぼくに聞く。

「さっとシャワー浴びてこようか？」

ぼくは首を振り、言葉をうまく出す方法を探す。ぼくが……自分を解き放つための。

「浴びなくてもかまいません。それでですね、今日は逆でやったらどうかと思うんです。つまり、あなたがぼくに挿れるのはどうかと。保証はできませんが、挑戦したいです。ぼくはシャワーを浴びて体をきれいにしましたし、じつは映画のシーンのようにキャンドルを灯してあたりに花びらを撒こうかとも思いましたが、それはさすがに如何なものかと……どうしてそんな顔でぼくを見ているんです？」

ギデオンは、ぼくに尻ではなく、世界を差し出されたような顔をしていた。

「それはな、俺がきみを好きだから、ついこんな顔で見てしまうんだよ」

ギデオンがそっと答えた言葉に、ぼくの体が震える。震える！　話しかけられただけでどうしてそんなことに。

「ぼくもあなたが好きです」

大好きです、大好きです、愛してます、愛してます。

ギデオンが歩み寄ると、優しくぼくの唇にキスを落とした。

「すぐ戻るよ。動かないでくれ」

彼はそう言ってさっと部屋から出ていったが、ぼくは動いた。起き上がって耳を澄ます。バスルームのドアが閉まる音。ぼくの胸の中で鳴りひびく鼓動。三分と三十秒を数えたところでギデオンが戻ってきた。

裸で勃起した彼がぼくの隣にやってくると、ミントと石鹸の香りがした。歯を磨いて、世界一短いシャワーを浴びてきたのだ。前以上に彼を好きになる。

そばに来るとぼくの太ももをまたぎ、膝の上に座って見つめてくる彼の目の、むき出しそのものの欲望にぼくの息が奪われる。

「何も保証はできないですよ、ギド。いやだったらぼくはそう言いますし、そこで中断です。それで永遠に無理というわけではなく、もっとゆっくり時間をかけるということです」

ギデオンが手でぼくの頬を包んだ。その手は震えていた。彼も緊張しているのだ、何回となくしたことがあるはずなのに不思議だった。

「必ず、いつでも、止めるよ。たとえ百回できて百一回目でも、きみがそこでいやだと思えば俺は止める。それに、うまくいかなかったとしても全然かまわない。俺はきみに挿れなくてもいいんだ、ロー。俺はきみさえいればいい」

ドクン、ドクン、ドクン。

「ああ……」ぼくは胸を手で押さえた。「心臓発作を起こしそうです。心臓がこの胸からとび出してあなたの中にとびこみそう」

生まれてこの方、人間というものにはずっと混乱させられてきた。ある意味ではギデオンはこの上なくわかりやすいけれど、別の面では誰より心を乱される。どうして、ぼくさえいればいいと？　どうしてぼくの色々なズレまで、丸ごとそんなに欲してくれる？

「それは駄目だな」のり出して、彼はぼくの唇の端にキスをした。「いいから、俺で気持ちよくなってくれ」

ぼくがうなずくと、唇の逆端にもキスをされ、舌がぼくの唇をなめ回す。ぼくが口を開くと、そこに攻めこんで口腔に入りこみ、あらゆる飢えをこめて、ぼくを味わわなくては死んでしまうというようなキスをしてくる。

そんなふうにキスをして吸いつき合い、舌で追いかけ合い、口の中で戯れた。ギデオンの両手はぼくの顔を包んでいたが、その片方がうなじへと滑った。

顔が離れると、ぼくは彼の胸元に唇を寄せて乳首ピアスをなめ、ギデオンがハッと呑む息の音を楽しんだ。ぼくらのものは体の間でそそりたち、先走りをにじませている。ぼくは逆の乳首に移り、ひんやりした金属を味わってから、体を起こして彼を見上げた。

「こんばんは」

鼻先に、ギデオンが「やあ」とキスをする。彼が体を引いて下りると、もうその重みが恋しい。

「うつ伏せに寝てくれ。試したいことがある。いやだったらすぐ教えてくれよ」

ぼくは迷いなくうつ伏せになった。ギデオンは誰よりも信頼できる。

「両脚を広げて」とギデオンが言い足した。

またそのとおりにすると、脚の間に彼が位置どった。

「うわあ」

尻を左右に分けられ、身をかがめた彼に穴をひとなめされると、ぼくは声を上げていた。美味な快感が体を貫く。

「気持ちいいか?」

「大いに。もう一度どうぞ」

肩ごしに見ると、彼はニヤッと笑って、顔をぼくの尻の間まで下げていく。二度、三度とぼくをなめ、襞を舌でぐるりと刺激するが、それがおかしなくらいに気持ちがいい。謎なことに、至高の体験というくらいに。

「ギデオン……ギド――」

ぼくが喘ぎ、尻を押し付けると、彼はもっと強く顔を当てて文字どおりぼくを貪る。

「そんなことを……するなんて……舌をぼくの……ぼくが同様にお返しできるかわかりませんけれども、それではあなたから感動的なセックスの形を奪ってしまっている気がします」

ギデオンが舌をぼくの穴に入れたまま笑ったので、また新しい刺激が走る。

ぼくは枕を噛んだ。ブランケットを握りしめる。尻を彼に押し付けた。もし彼に挿れさせることができなくとも、これをまたやってもらえるだろうか。毎日、毎晩、命ある限り？

まるでその舌で筋肉までとろかされて体がぐにゃぐにゃになったようだった。快感の前に緊張は蒸発し、ギデオンに舐められては舌を差しこまれて、ぼくはマットレスに腰をこすり付けながらイカないようこらえた。

生きたまま食べられるのって、最高だ。

「これは素晴らしい……とても素晴らしい……信じられないくらいに素晴らしい……ギデオン……イキそうです……」

ギデオンが離れたので、ぼくは予告した自分を心の中で呪った。ギデオンが尻の片側、そしてもう片側にキスをして、指で穴の縁をさする——どの指かはわからないしどうでもいい。ただひたすらに気持ちがいい。

「それはまずいな。まだ早い。手をのばしてローションを取れるか？　コンドームも」

「取れます。今からぼくをヤるんですか？」

「まだだな。何本か指を入れてみて、確かめてからだ」

「あなたの舌が入るのと同じような感じなら、やみつきになってしまうかもしれません」

腕をのばし、ナイトスタンドの引き出しを開け、要るものをつかんだ。

ギデオンが両方を受け取る。またぼくの穴をなめ、キスしてから、指にローションを垂らした。ぼくはぎゅっと体をこわばらせた。

「ロー？」

「ごめんなさい、自分でやってみたのですが、苦手で」

「やめようか」

「いいえ」

ぼくは首を振る。

「仰向けになってくれ」

従うと、ギデオンが枕の一つをつかんでぼくの腰の下に押しこんでから、脚の間に膝をついた。ぼくのモノの先端をくわえて、指で尻をいじる。

「これは名案ですね。気持ちがいい」

見下ろすと、ぼくをくわえたギデオンが微笑んでいた。

さらにしゃぶられる。少し萎えていたぼくのモノは、すでにまた固くなっている。ぼくの好みぴったりに陰嚢を舐めてから、また勃起をしゃぶる。円を描いていた指が、中へ押し入ってきて、そして――。

「えっ」

「いいほうです。ぼくのチンコにまた口を戻してもらってもいいですか？　どうかよろしく」

「いい『え』か悪い『え』か？」

「すぐ仕切る」

「どうかよろしくと、お願いしてますが！」

ギデオンはたのんだとおりにしてくれて、頭を上下させながら指をぼくに入れる。ギデオンにやってもらうとこんなに違うのか。

あまりにもエロい光景なので、彼を見つめていた。その口がぼくのモノをくわえているのを見るのも好きだし、股の間で動く彼の手のリズムがぼくの中の刺激と重なり合うのもいい。ぼくは、自分の内側を感じた。ギデオンがぼくの中にいる。彼の屹立ではないけれど、それでも。

「もう一本増やしてもよさそうです」

ギデオンはうなずいて、そうした。一本目より簡単に入ってくる。ぼくの体はすでに自分を開いて彼を迎え入れることを覚えていた。ギデオンはその二本の指でしばらくほぐしていたが、そのうち圧迫感が増えて、三本目が入ってくるのがわかった。ぼくは彼の口を突き上げ、髪をつかもうとしたが、短くて支えにならない。

「大丈夫か？」ギデオンが陰嚢に頬ずりした。「中に三本入っているぞ」

「ええ……何だか、違いますね。いっぱいになっていますが、段々なじんできているような」

「よし」

睾丸にキス――片方、それから逆にも。それからまたギデオンの口が戻って、ぼくをしゃぶり、味わいながら、何よりも愛すべきもののように、それだけが自分の使命であるかのように、ぼくを愛おしむ。

その指の挿入すら楽になってきた。まだみっちりとした圧迫感があるが、そう悪くない、かなり慣れてきた感覚だ。

「くそう、ロー。これができるなんて信じられない。お前すげえエロいぞ、すげえ俺のだ」

「ですよ……ええ……もう挿れませんか？」

自分のものだと言われたのだ。ならそうなりたい。ギデオンはぼくのだと、そう感じるから。

彼がクスッとした。

「ああ、やるか」

指を抜かれるとおかしな感じだった。空っぽで、それが正常なはずなのに、そうは感じない。

ギデオンが袋を破ってコンドームを自分の勃起にかぶせた。手にローションを出してそれを濡らす。

「その体勢でいいのか？」

「はい。その気になればぼくは体が軟らかいのですよ。あなたが見えない体勢だと緊張しそうな気がしますし」

　それに騎乗位はまだ心の準備ができていない。

「わかった。これでいこう」

　ギデオンが枕の位置を直した。ぼくがもっと脚を広げ、引き寄せると、彼がそこに膝をついて屹立の根元を押さえ、ぼくの尻をそれでつつく。

「ゆっくり……」

「そうする。ちゃんとお前を守るよ」

　ぼくは守られたくはないのだが、ギデオンが相手だとその感触を知っているし、それに今夜、セックスにおいては、ぼくにはそれが必要だった。

　ギデオンは、視線を一度もそらすことなく押し入ってきた。広げられていく感覚は慣れないものだったが、でもぼくの求めたものだ。彼を求めていたのだ。

　ぼくが自分をしごいている間、ゆっくりとギデオンが入ってきて……圧迫され、みっちりと、広げられていく。

「今、しゃべってもかまわないか？　苦手な時もあるだろ」

「かまいません。是非どうぞ」

「すごいぞ、完璧だよ……きつくて熱い。人生でこんなにエロい気分になったことはないよ、ロー。俺は信じられないくらい幸運な男だ。お前が俺を選んでくれたなんて今でも信じられない。お前はこの世で最高にそそるよ」

それは疑わしいものだが、彼の言葉を聞くのはいい助けになった。ギデオンはずっとぼくに語りかけ、どう感じているか伝えながら、ふれ、じりじりと腰を進めてぼくの様子を見ていたが、やがて笑みを浮かべた。

「やったな。全部入ったぞ。どんな感じだ？」

どんな……それは……ぼくは見下ろして、二人分の体を見る。ギデオンがぼくの中にいて、まったく新しい形でぼくらが一つにつながっている——ぼくのモノがピクッとした。うん、これは好きになれそうだ。

「いっぱいになった感じです。でも悪くない。あなたとつながっている——それも見た目だけじゃないですね。どこか、胸の奥にまで感じられるくらいに」

ギデオンの笑顔がさらに大きくなる。

「そろそろ動いたほうがいいのではありませんか？」

「我慢してるから死にそうだよ」

「死なないでください」

「大丈夫」

ギデオンは腰を引いて、また突いてきて、それが——。

「あ！　それもう一度」

そのとおりにしてくれる。幾度も、幾度もくり返し。

「すごいです、ギデオン。突いて、ああ、もっとして」

だから皆、ねだっていたのだ。だから、もうすでに相手がしている行為をしてくれとわざわざせがんでいたのだ。これが完璧で、最高なものだから。ギデオンの固さがぼくの中で動くたびに、背骨を快感が走っていく。

自分をもっと速くしごきながら、ぼくは目をとじた。

「俺を見てくれ。お前の中にいる間、目を見たいんだ」

面倒くさく感じるはずなのに、全然ならなかった。ぼくは目を開けてギデオンを見つめる。視線を絡め合わせながら、ギデオンが腰を動かし、ぼくを愛して犯し、ぼくは彼のものだと強く伝えてくる。

挿入するのも素晴らしいけれど、誰かを自分の肉体に受け入れることは、相手に満たされて広げられる感覚は、言い表しようのないものだった。相手がギデオンだから、きっとそう思えるのだろう。

ギデオンがキスしそうに身をのり出してきて、ぼくもそうしたかった——すごくキスしたかったけれども、寸前で、さっきギデオンにされたことやその口がどこに当てられていたかがよぎった。その考えを読んだかのようにギデオンが動きを止めて、ただぼくに頬ずりした。

完璧だった。何もかもがここにある。

二回目をやるには、どれくらい待たないとならないのだろう。

「くそッ、あんまり持たないぞ」とギデオンが洩らす。

「ぼくもですよ」

体がぶつかる音が部屋に満ち、切れ切れの言葉と荒い息がそれを彩る。

それは前触れもなく、突然襲われたかのようだった。何でもなかったのに次の瞬間、ぼくの体が素晴らしく甘美に砕け散ったような。これまでの快感すべてを一瞬に凝縮したようで、陰嚢が張りつめて精液がほとばしる。ぼくの胸から腹に精がとび散り、ギデオンの突き上げごとにビクビクッともっとあふれて、やがて絞り尽くされた。

「クッソ！」

ギデオンがうなり、その屹立が震えて、歯を食いしばって筋肉に力をこめながら、彼はぼくの内側で達した。まさしくその感覚、まるでぼくらの間を隔てるコンドームすらなく、ぼくの肉体が彼を深くとらえたくて彼の肉体からオーガズムを絞り出しているような。

目の前がぼんやりして、体はベッドでとろんと溶けそうなくらい力が抜け落ちていた。ギデオンから額に、唇に、首筋にキスされながら、胸の奥から笑いが浮き上がってきて、ぼくの唇からこぼれ落ちる。こんなに幸せで、満ち足りて。恋をしている。

「これ、とても好きです……大好きです。あなたが好きです。またやりたいです。今夜は、ヒリヒリしそうで無理ですけれど、近いうちに。ギデオン……あなたがぼくの中にいたんですよ」

彼が笑顔になった。

「だな。俺もよかったよ」

彼を引き下ろして体を重ねる。肌にはさまれた精液の汚れにもかまわず。ただギデオンに隅々までふれていたいだけだ。ぎゅっと抱きしめる。この高みから覚めたくない。

半分眠りかけの時、ギデオンの携帯電話が鳴った。

「誰です？」

「兄貴だ。何でもないよ」

ギデオンが携帯電話の電源を切る。ぼくは暗闇に沈んでいった。

28

ギデオン

昨夜のことが、ずっと心に住みついていた。

俺の初体験は十八歳で、それから幾人もの男と寝てきたけれど、昨夜のように感じたことは一度もなかった。セックスそのものよりも、マイロからの信頼、緊張やこの行為ができるのかという不安をマイロが乗り越えて、自分の一部を分け与えてくれた事実——行為の最中にもし自分が拒否感や不快感を覚えても、俺がすぐ止めると、マイロは信じている。何も聞かずに止めて、マイロに後ろめたい思いをさせることもないと。

だがどうしても拭えない罪悪感は、俺がオーランドのパーティーをすっぽかした上、マイロにもその話をしていないからだ。兄貴を放置した上に、みんなが集まる誕生パーティーのことをボーイフレンドに隠していた。自分で見たって、これは駄目だ。

昨夜マイロに話したかったのだが、セックスの後ではいいタイミングがなかった。俺の知るマイロなら、あの夜実行に出るまでにはたっぷり考えつめていたはずで、俺はその場で言い出す気にはなれなかったのだ……『なあ、兄貴がライトハウスで飲んだくれてるから今からちょっと行かないか？　多分合わない場所だけど』とは。

だが、もっと早く言えなかったことへの弁解は？　それにやっぱり、行為の後なら言えたはずだ。遅れて行ってもよかった。オーランドから、今どこだというメールも来ていたし。あれが丁度いいきっかけになったはずだ。

オーランドならわかってくれるさ、と自分を納得させようとした。パーティーに欠席なんてありふれた話だし。でもやっぱりずっと胸に引っかかって、もやもやしている。

起きてすぐに言うつもりだったが、そこにベバリーが俺たちのためのドーナツと彼女のためのコーヒー（俺とマイロはコーヒーを飲まないので）を持ってやってきた。

マイロは、俺を見るたびに顔を赤らめていた。何かあったとベバリーは勘付いただろうが何も言ってこなかったし、ありがたいことにマイロも何も言わなかった。これ以上ベバリーの憎しみを買いたくない。

朝食がすむと、ベバリーはマイロとつれ立って本屋へ向かった。いつものことだ。彼女は店内に座ってノートパソコンで仕事をしたり、とにかくマイロのそばにいた。マイロをどれほど大事に思っているかは明らかで、だから俺はどれだけ嫌われてもあまり怒る気になれないのだった。彼女は息子の幸せを求めているだけで、俺が心底マイロを愛してて彼のためなら何でもしようが、彼女にそれを信じる理由はない。

タトゥの予約は二時からなので、俺は部屋を掃除して、二日酔いで潰れているだろう兄にメールをした。

〈昨日は悪かった。埋め合わせはするよ〉

マイロが行きたくないだろうと思ったから俺も行かなかった、とは言えない。俺の選択は俺の責任だ。俺一人で行くことだってできた。そうしなかったのは俺だ。

十二時を数分すぎたところで、携帯にメッセージが届いた。オーランドかと思ったらマイロからだった。

〈母がぼくたちと一緒にランチに行きたいそうです！〉

行きたいのはマイロとであって、俺とではないだろう。

〈あなたも一緒に！　母がそう言っています。歩み寄りです〉

俺の本音が聞こえたかのように、続けてマイロが送ってくる。

〈今下りるよ〉

俺は家の鍵を閉め、本屋へ向かった。ベバリーとマイロが道に出て待っている。マイロが俺の手をつかみ、指を絡めて、頬にキスをした。

「よお」と俺。

「会いたかったです」

「俺も会いたかったよ」

ベバリーのほうに目をやると、俺たちをじっくり見つめていた。

「行きましょうか。ライトハウスでどうかしら」

彼女の言葉に、俺たちも異論はない。

ライトハウスまでの道すがら、ベバリーは口数が少なかったが、元から俺の前ではそんなものだ。マイロとはまるで違う人で、防御の壁を固く巡らせて閉じこもりがちだった。

「リモートワークはうまくいってますか？」

俺は会話をしようと話しかけた。

「難しいこともあるけれど、かなりの仕事はこなせるわね」

「なるほど。でもここにゆっくり滞在できる自由度はうらやましいですね。いつか俺も、マイロとサンディエゴに行けるといいんですが」

マイロが足を止めたので、俺も止まった。食い入るように見つめてくる目つきは、俺が死にかけの子猫でも救ったかのようにぼうっとしてメロメロだったが、俺には何故かわからない。

「俺が一緒でなくてもいいけど」俺はつけ足した。「好きな時にきみだけで行っても」

マイロの未来の里帰りに、一方的に便乗するみたいなことを言うつもりはなかったのだ。

「一緒に来てほしいです。ただぼくは、あなたが来てくれるとは思っていなくて。まるで真剣なおつき合いのようではありませんか」

ああもう、なんてかわいいんだ。

「ロー……俺たちはボーイフレンドで、一緒に暮らしてるんだ。真剣なおつき合いだろ」

「たしかにそのように思われます」

「だろ、よかった」

「あなたたちふざけてるわね」

ベバリーはそう言ったが、間違いなくその声には笑いがひそんでいた。

「ねえランチに行くの、それとも道端にずっと立ってる？」

「ランチに行きましょう」

マイロがまた歩き出す。

ライトハウスはいつもの昼食時のにぎわいぶりで、店内はかなり混雑して騒がしかった。俺はマイロを盗み見たが、大丈夫そうだったので口出しはやめた。ベバリーに目をやると、彼女も俺と同じことをしていたようだった。

ロブスターのハサミからメニューを抜いて見ていると、テーブル担当のドレアがやってきた。

「いらっしゃい、飲み物は何にします？」

マイロとベバリーは水だけで、俺は炭酸をたのんだ。

「ここは何がおすすめ？」とベバリーがたずねる。

メニューに目を落としていた俺は、マイロにつつかれてやっと自分が話しかけられていると気付いた。いつもは俺から話しかけないと会話にもならない。

「あっ、ええと、大体何でもうまいですよ。俺はバーガーかステーキが多いですが、ここのロブスターとカニもいけます。この店のシュリンプ・スキャンピはこの辺イチですよ」

俺の足がはねてマイロにぶつかると、マイロが手をのせた。信じられるか、きみの母さんが俺に何か聞くなんて、と言いたかったが、こらえる。

「じゃあシュリンプ・スキャンピにしましょうか。子供の頃大好きだったしね」

戻ってきたドレアに彼女から注文をする。俺はフィッシュ・アンド・チップスを、マイロはトマトと、モッツァレラサラダ、ポテトのグリル焼きをたのんだ。

「この島だと、タトゥのお店はどんな調子？」

次にベバリーがそう聞いてきた。

「順風満帆とは言い切れませんが、そう悪くはないですね。時期によって波がある。金持ちになるには向かない仕事ですが、そこにはこだわってないので。俺は幸せになれればそれでいい」

もう少し儲かっても全然かまわないが。

「ぼくもです」マイロが同意した。「店が赤字にならない限り、かまいません」

それで思い出したが、マイロにもっと賃料を払う話をしようと考えていたのだった。幸い建物の負債はないが、それでも税金や今後の出費もあるだろう。マイロに甘えている気分にはどうしてもなりたくなかった。ただ、今はいいタイミングではない。

「あなたたち、将来のことも考えなくちゃ。私もマイロのためにいくらか取ってはあるけれど、この先何が起きるかわからないんだから」

「ならぼくは副業で税理士をしますよ」

マイロの返事より、俺は『あなたたち、将来のことも考えなくちゃ』というベバリーの言葉に衝撃を受けていた。まるで、この先も俺がマイロの人生にいると、それを受け入れたような言い方だ。

「ええ、わかってます」俺は答えた。「もともと、何かパートタイムの仕事も探そうかと思ってました」

「え？　どうしてです？」マイロが聞き返す。

「俺の家賃が安すぎるのはわかってるだろ？」

「ぼくは気にしていませんよ」とマイロは手を振った。

「俺は気になる」

「そう……」

その返事で、俺の言いたいことが伝わったとわかる。マイロも以前、俺を必要とはしたくないと言ったが、俺だって彼にたよりきりはいやなのだ。俺たちは一つのチームだが、自分の責任は自分で背負いたい。

「わかりました」

数分、雑談を続けているうちに、ドレアが料理を運んできた。俺がうかがっていると、ベバリーは一口食べて言った。

「思い出どおりの美味しさね」

「口に合ってよかった」と俺は相槌を打つ。

「ベバリーじゃない！　あらまあ。本当に戻ってたなんて、びっくりしたわ」

テーブルに近づいてきたのはジリアン・ウィスローだった。ベバリーよりいくつか年下で、ずっと島暮らしした。意外なことに、ベバリーがあたりを歩いていてこんなふうに人が寄ってくるのは珍しい。もちろんゼロではないが、もっといたっておかしくない。もしかしたら誰もが、ベバリーにうかつに近づくべきではないと知っているのかも——ジリアン以外は。

「お元気でした？」とベバリーが聞いた。

「まあまあね。ウィルマが亡くなったこと、お悔やみを言わせて。みんなが仰天したのよ、じつは……あなたがウィルマの娘だったとか、そういうことでね」

面と向かって口にするべきでない事柄というのはある。そしてジリアンの発言は明らかにその一線を越えている。

「ジリアン——」

俺が言いかけたと同時にベバリーが言った。

「私は仰天などしていませんけれどね。それに、これは私とウィルマの問題であって、ほかの人が口出しすることではないの。でもあなたは、昔からいらないところに口をつっこむ人だったものね」

「そんな……ごめんなさいね。悪気はなかったの」

ジリアンはしれっとしていたが、どう見てもゴシップ狙いでベバリーの反応を釣ろうとしていた。

「ええ、もちろんそうでしょうねえ、あなたは」

ベバリーはそうやり返し、俺は正直シビれてしまった。小さな笑いがこぼれる。

「うちのアルフレッドがね、ゆうべ友達とここのバーに来てて」ジリアンが俺を見て言った。

「あなたがお兄さんの誕生パーティーに来ないなんて、みんな驚いてたわよ。オーランドはとてもがっかりしてたみたい」

隣でマイロが身をこわばらせたのを感じた。くそっ、しまった。彼が俺に向き直った、その瞬間、俺はしくじったとわかった――それも、どでかくしくじったと。マイロの打ちのめされた目に、心臓が彼にむしり取られたかのように感じる、いや、心臓をむしり取ったのは俺自身だ。

「オーランドが誕生会を開いたのに、あなたは行かなかったんですか？」

「大したことじゃないんだ。そんな気分になれなかっただけで」

マイロは首を振り、それから前後に揺れた。開店イベントの日に俺の前でそうしていたように。

「やめてください。ぼくに嘘をつかないで。彼はパーティーを開き、あなたはそこに行かなかったばかりでなく、最初からぼくに黙っていた……ぼくに言わなかった理由は……」

首を傾ける。

「ぼくに行かせたくなかったからですね？」

羞恥と罪悪感が俺の中で竜巻のように荒れ狂い、俺の世界をズタズタにしにかかる。

「まさか！　違う。そんなんじゃない」

マイロは小さく震えており、体を引いて離れた。

「帰ろう。家で話そう」

「いやだ」また首を振り、マイロはくり返した。「いやだ、いやだ、いやだ」

「もう失礼してもいいかしら、ジリアン。どうもありがとう」

ベバリーの声がしたが、俺はどうしてもマイロから目を離せなかったので、ジリアンの反応はわからなかった。

心臓がむしり取られた感覚はもうない。かわりに心臓は、胸の中でドッドッと暴れている。俺の胃はきつくねじれ、苦悶と己への怒りが固く凝縮されていく。

「すまない。俺が悪かった。ただ、俺は……」

「この間のようにぼくがパニックを起こすのがいやだったんでしょう。ぼくには耐えられないと思って。でもあなたが選択肢を奪ったから、ぼくに耐えられたかどうかも、そもそもぼくが挑戦しに行ったかどうかもわからなくなってしまったんです、ギデオン。これは一方的だ。ボーイフレンドにする仕打ちではないし、友達にすることでもありません。ぼくに選ばせもしないで」

それだけ言い捨てると、マイロは勢いよく立ってライトハウスから出ていった。ジリアンもいなくなっていたが、そんなのはどうでもいい。俺はただこの状況をどうにか救いたいし、そもそもバカなことをしなければよかったと心底悔やんでいた。

どうして、ただマイロに言わなかった？

「くそ！」

テーブルに肘をついて手で顔を覆う。とてもじっとしていられず、足を上下に揺すった。

「マイロと話を……」

「少し時間をあげて」ベバリーが言った。「あの子は怒って、傷ついている。ああなったら、一人になって気持ちを整理しなくちゃいけないの。その後で、あなたがちゃんとしてあげて」

俺は両手を下ろして、ベバリーを見た。

「マイロを愛してるのね」

それは質問ではない。彼女はもう答えを知っている。

「そうです」

ベバリーはうなずき、下を見た。

「よかった。ええ、よかった。愛されるべき子よ。はじめ、あなたのことは偏見を持って見てたけれど、もうわかる。あなたはあの子をより良くしてくれる」

「俺にとっては、彼がそうです」

「お互いにいい存在なのね」

「ええ、そうです」

どうしてマイロが俺を選んだのかわからないが、残る人生の日々すべてでその選択が正しかったと示していきたい。

「マイロには無理だと思ったわけではないですし、彼が対応できなくたって俺はそれを恥ずかしいとは思わない。ただ俺は……」

「あの子が傷つくところを見たくなかったのね」

「そうです」

だがかわりに、俺がマイロを傷つけたのだ。俺こそが、彼をこの手で傷つけた。

「私たちは世界からあの子を守ることはできないの。それをやるのはマイロ自身。私も時々それを忘れてしまうけれど——しょっちゅう忘れているかもね——でもあの子はそういうことを拒否するし、そう扱われてもいけないのよ」

ベバリーが立ち上がった。

「あなたたち二人なら解決できるわよ」と財布に手をのばす。

「いや、ここは俺が」

テーブルにはほぼ手つかずの三人分の料理が残っていた。

「次は私がオゴるわ」

ベバリーが微笑み、手をのばして俺の手をぐっと握ってから、レストランを出ていった。

彼女の言うとおりでありますように、と祈った。

店には戻ったが、本屋には入らず通りすぎた。ベバリーから、今はそっとしておくよう言われている。マイロは一人になりたくて立ち去ったのだし、なら俺はそれに敬意を払って時間を与えるべきだろう。仕事場で彼に近づくのは無神経だ。

とはいえメールまでは我慢できなかった。様子を知りたい。

〈すまない、俺が考えなしだった。後で話せそうか？〉

〈ぼくは心底怒っています。気持ちが落ちついたらお知らせします。今夜はホテルに泊まるかもしれません。頭を整理しないとならないので〉

〈部屋にいていいよ。俺はオーランドのところに泊まるから。ベッドが合わないと眠れないだろ〉

こんな時なのに、微笑がこみ上げる。初めての朝、迎えに行った彼がどれほど不機嫌だったことか……くそう、あの時から俺はマイロにメロメロだった。出会った時からもうずっと。

〈何とかできます、ギデオン。もう仕事に戻ります〉

〈わかった〉

そう打ち返して携帯電話をしまった。しつこくしたくはない。マイロの言葉を尊重したかった。

タトゥの作業をして、六時まで働いた。仕事を上がる時になってもオーランドからもマイロからも一言もない。両方とも俺に怒っているのだ。

俺は家には戻らなかった。車に乗りこんでただあっちこっち走り回っていたら、いつの間にか両親の家の前に来ていた。何しに来たのか自分でもわからない。引き返して逃げたい気もしたが、そうはしなかった。かわりに車を降り、ノックして家に入った。母さんは夕食の料理中だった。

「珍しいこと」と言ってから、母さんが眉をひそめる。「何があったの」

俺はアイランドカウンターのスツールに、母さんと向かい合って腰を下ろした。

「マイロのことで、俺がしくじって。オーランドの誕生会のことを黙っていたから怒られてる。しかも欠席したからオーランドも俺にキレてるし。両方と駄目になるなんて」

こんな話を母さんにしている自分が信じられなかった。いつもはこんなことはしない。だが俺は疲れ果てていた。悲しくて、自分に怒ってもいた。

「そうねえ、二人ともあなたに怒ってるというより、傷ついてるみたいだけれどね」

「わかってる」

それはわかっているのだ。理由も思い知っているし。

「母さんはさ、俺がこうじゃない、違う人間だったらって思ったことあるか？」

ぽろっとそう聞いていた。

母さんがコンロの火を消す。

「何言ってんの、あるわけないでしょう。何でそんなこと思わなきゃいけないの」

「わからない。時々、父さんにそう思われてる気がするんだ。俺がゲイじゃなかったらとか、父さんやオーランドみたいにロースクールに行ってたらとか……何なら大学だけにだけでも行ってたらとか。オーランド相手とは態度が違うだろ。父さんは――」

「これまでお前にそんなふうに思わせてたのか？」

背後で父さんの声。いたなんて知らなかった。

振り向くと入り口に父さんが立っていた。スラックスとボタンダウンシャツにネクタイ姿で、土曜だというのに本土の事務所に出勤していたようだ。

「そんな思いをさせるつもりは全然なかったよ。時々、たしかに……オーランド相手と違って、お前と何の話をすればいいか迷う時はあるが。共通の話題が少ないし、そうだな、俺も多分、もっと違う父親だったらとお前から思われてる気がしているのかもな。お前は独立心が強くて恐れ知らずだ。自分を偽らないし、飾らない。俺はルール第一の性格だが、お前は自分でルールを作る。時々な、自分の足取りで自由に進むお前を見て、とても真似できないとうらやましくなることもあるよ。だがな、お前が別の誰かみたいだったら、なんてことは思わない。ちゃんと伝えられてなかったんだな」

俺は口を開けたが、何を言えばいいのかわからない。こんな時、どう返事をする？　ここまでずっと、自分は父の基準では不合格なのだと思って生きてきた。なのに今、そんなことを言われて。

「……俺が、恐れ知らず？」

「そうだろ。違う言い方のほうがいいかな、誰だって恐れはあるからな。だがお前は、その恐れに負けない。俺が大学に行って弁護士になったのは父親がそうだったからで、安全でなじんだ道だったからだよ。お前のお店の近況を聞くだろ、あれは俺が、どうしてもいちいち先が不安になるからだ。自信を持てるお前とは違う。それはお前の才能だ、ギデオン。お前は自慢の息子だ」

「俺にだって不安はあるよ。店をずっとやっていけるか、マイロとこの先どうなるか。自分が正しい判断をできてるか」

「わかっているさ。だがそれでもお前は進む。夢を追ってチャンスに賭ける。それは誇っていいことだ、ギデオン」

父さんが胸に抱く誇りが、俺にも見えた。俺とどう接すればいいのかも迷いも。オーランドの言っていたとおり、俺たちの間は一方通行じゃない、両方から行ける道だったのだ。

「お前を愛しているんだぞ」

父さんがそう付け加える。俺の目頭が熱くなった。

「俺も愛してるよ、父さん」

母さんは泣いていて、俺は立ち上がるとハグしにそっちへ行き、それから父さんのところへ行ってまたハグをした。両親とはよく会っているのに、この前ハグをしたのがいつだか思い出せない。

長いこと、そうしていた。それから座ってもっと話をした。

両親と三人だけの夕食をとる。これもまた、いつ以来か思い出せない出来事だった。いつもオーランドとヘザーがいたし、メグとクリスもよく来る。

食事の後で、これからはもっと一緒にすごしてお互い本音で話そうと、父さんと約束した。

車へ戻り、兄貴に電話をかける。

「俺が悪かったよ」

前置きなしにそう言った。

『当たり前だ』

「ごめん」

『だろうさ』

「すっぽかさなきゃよかったし、メールを無視したのはクズ対応だった」

『だな』オーランドが答えた。『俺を放置しやがって。マイロと一緒にいるって言えばよかったんだ。俺だって納得したさ』

「ああ、今ならそう思う。全部俺のやらかしだ。マイロにパーティーがあることすら言ってなかったから、今はカンカンだよ」

『当然だろ』とオーランド。『まさか放っとくつもりはないよな?』

「ちゃんとする」

マイロを得た今、彼のいない人生なんてもう考えられないのだから。

29

マイロ

「マイロ……一晩中ホテルの床を踏み鳴らしていても何も解決しないのよ。わかってる？」

母に言われて、ぼくは立ち止まると腕組みした。

「まったく知りませんでした。教えてくれてありがとうございます」

母が溜息をついた。「座って」と自分の横をポンと叩く。ベッドのふちに座ってぼくを見ていたのだ。

「座りたくありません」

「お願いよ、マイロ」

ぼくはうなったが、歩いていって隣に座った。

「彼はぼくには無理だろうと思ったんですよ。実際そのとおりかもしれないのが頭にきます」

と吐き出した。「ぼくは自由を邪魔されたくないし、彼の自由も奪いたくない。ぼくはボーイフレンドと、彼の兄や友達とも出かけたいんです」

「少し立ち止まって考えてみたらどうかしら。だからこそ、ギデオンは黙っていたのかもしれないって」

ぼくは反論の口を開いたが、母が続けていた。

「あの人が正しいと言ってるんじゃないわ――そうじゃなくて。私が言いたいのはね、ギデオンは、どうにかしてその人たちに好かれてギデオンの人生に混ざりたいと願うあなたの気持ちをわかっていたから、それであなたの判断力が鈍るのではないかと思ったんでしょう。あなた、自信がなくても押し切って行こうとしたんじゃなくて？」

ぼくは下を向いた。そのとおりなので腹が立つ。

「それでも、ぼくに選ばせるべきでした。あるいは、彼は行くべきでした。それが一番いやなんです――ぼくが知らされなかったことじゃなくて、ギデオンの行動を縛ったことがです。彼は兄との大切な日を、ぼくに苦手な場所があるせいで、逃してしまったんですよ。愛しているからこそ、人生の大事な日をぼくのために逃してほしくはないんです」

こんなのひどいだろう。やっとボーイフレンドができたのに、ぼくの問題のせいで彼は外に行って楽しむかわりに家に居残った。いつ、ギデオンはそれに耐えられなくなるだろう？　ぼくと別れようと思いはじめるくらいに？

「愛しているから、その行動を自分のせいで制限したくないというのはよくわかるわよ。でも第一にね、その選択はギデオンがしたことでしょう。あなたがさせたわけじゃない。第二に、どんなカップルでも相手のために何かを犠牲にするものよ。あなたとギデオンに限ったことじゃない。愛する相手を守りたい気持ちもね。あなたの有能さと自立ぶりは私もよく知っているし、ギデオンもわかってるでしょ。わかっていないような男をあなたが好きになるわけがない。でも誰だって、大事な人を反射的に守ろうとするのよ。あなただって、私を傷つけるような状況は、あらかじめ防ごうと手を尽くすでしょう？」

ああ、この話の先が読めた。ぼくはうなずく。

「そして、ギデオンやレイチェルやキャミーのことが心配なら、彼らのことを守ろうとするでしょ？　それが愛というものよ……そしてギデオンはあなたを愛しているの。ええ、パーティーのことをあなたから隠すべきじゃなかったし、そう、あなたには自分で選ぶ権利が、間違いなくある。あなたたち二人は境界線について話し合うべき。でもそれはどんなカップルも同じ、あなたたちだけじゃない。あなたはずっと〝普通の〟人生に憧れてたでしょ。あなたの考える〝普通〟がどんなものかはともかくね。私はその言葉をまったく気に入らないけれども、でもあなたはそれを求めてたし、ついに手に入れたのよ。恋人は喧嘩するものだし、人間は失敗するの。そして愛する人に傷つけられることもあるけれど、だからって愛がないとは限らない

……ああ」

その最後の一言で、母が、ウィルマとジーンと自分の関係を思い浮かべたのがわかった。ウィルマによって傷つけられたけれど、愛されてなかったとは言い切れない。そう、ウィルマはもういなくなってしまったけれど、それでも彼女の話を聞いて心のよどみを流すことはできるはずだ。

「大人になるとは面倒なものですね」

ぼくがそう言うと、母は小さく笑った。

「そうね、面倒ね」

「でも素晴らしくもありますね？」

母が笑顔になる。

「ええ、そうなのよ。あなたも素晴らしいけれど」とぼくの手を握った。

「本当に、ギデオンはぼくを愛していると思いますか？　言われたことがないんです」

「確実よ。でもそれは、直接話したほうがいいんじゃない。あなたは愛しているって伝えたの？」

ぼくは首を振る。

「ね、言わないからって愛してないとは限らないでしょ。下を向かないの。彼氏と話して、自分の気持ちを言ってみなさい」

それは……ああ、まったく、そうだ。

ぼくは母ににじり寄ってハグした。

「あなたを愛していますよ」

「私も愛しているわ、マイロ。世界の何よりもね。それと、本当に幸せ。あなたはここで素敵な人生を築いている。私にはずっと窮屈な島だったけれど、ここがあなたを自由にしてくれるなんてね」

そう、自由に。人生というのは時にかくも不思議なものだ。自分が何者で何を望んでいるのか、一生知ることなどないと思っていたのに、ウィルマから母への愛が、こうしてぼくが自分を見つける道を示してくれたのだ……本屋、この島、タトゥの人、親友のレイチェルと娘のキャミー、ジーン、そしてギデオンの家族。ウィルマのおかげで、すべてに出会えた。

「私たちそっくりよね、私とあなた。一人でも生きていける。でもね、その強さのせいで、私のように人生を取りこぼさないようにしてね」

「今からでも変われますよ、お母さん」

「きっとそうでしょうね」母は数粒の涙を拭った。「勇気を出して人を信じなさいとあなたに言う以上、私もそうしないといけないわね。明日にでも、二人でジーンに会いに行きましょうか。あなたたちからウィルマの話を聞きたいわ」

ぼくはにっこりした。

「そうしたいです。ジーンもしたいはずです」

母はうなずき、すっと背をのばした。感傷的な時間はここで終わりだ。

「さ、あなたはそろそろ帰って、あのボーイフレンドと話し合ったらどうかしら」

「そうします」ぼくはとびはねて立った。「ありがとうございます。あなたはこの上なく素晴らしい母親です。時々イライラさせられるけれど、愛していますよ」

「私も愛してるわ、あなたには時々イライラさせられるけれどね」と母は笑った。

「車の送迎を呼ばなくては。帰ります……愛していると、ギデオンに言いに」

もちろんそれだけでなく、ほかにビシッと言ってやることもある。

30

ギデオン

カウチに座って携帯電話片手にマイロの返事を待ちつづけるなんて、バカみたいだろうか。

だがまさに俺はそれをしていた。

〈会いに行ってもかまわないか？〉

一時間前にそのメッセージを送ったが、返事が来ていない。何の連絡もないことが心を削っていく。

すまなかったと、愛していると、伝えたい。

父さんやオーランドと話したことを、聞いてほしい。

というか、とにかくマイロに会いたい。

鍵が差しこまれる音に、目がさっとドアを向いた。俺が立ち上がると同時にドアが開いて、
そしてそこに、幾度も不満げにかき混ぜたようなぐしゃぐしゃの髪をしたマイロが、いた。

「なあ」と俺は声をかける。

「いいえ、まずはズボンを脱がないとなりません」

俺はニヤッとした。息が少し苦しくなるほど胸の中が膨らんでいる。

「聞いてくれ、俺は――」

「ギデオン！　まだです！　途中ですよ」

なんて愉快で愛らしいんだ。心から愛しかった。

マイロが靴を脱ぎ、靴下を取り、最後にはズボンを脱ぐまで俺は待った。彼はまっすぐ立ってから、息をつき、肩を上下させて、芝居がかった動きで肩をすくめた。

「ぼくは、ボーイフレンドと喧嘩をしたのは初めてです」

「俺はボーイフレンドとして、こんなバカをしでかしたのは初めてだ」

「ギド」

そっと呼んで、マイロは俺のそばにやってきた。

「あなたがあんなことをした理由はわかります。あなたの友達でありボーイフレンドでもあるぼくが傷つくところを見たくなかったんですよね。ぼくも、できる限りあなたを守りたい。けれど、防ぐことができないものもあるんです。人々とどこでどう交流するか、あなたがすべて選んで決めることはできない。苦手かもしれない状況から、ぼくを完全に守ることもできない。ぼくは自閉症です。これがぼくの人生なんです。これがぼくだ。もしぼくたちが一緒になるのなら——本当に、心からそうなってほしいけれど——そこを尊重してもらわなくては。あなたは、ぼくに選択の自由をくれなくては」

「わかってる。わかってるんだ。それに、自分勝手な俺の動機もあった。ああいうきみを見るのがつらかったから」

誰かを愛していれば、相手を苦しませる物事を解決したいと思うだろう。だが俺には、マイロにそれをしてやることができないのだ。

「耐えられないほどですか?」と彼がたずねた。

俺の鼓動がはねる。

「そんなことはない。絶対に、ない」

「だって、ぼくはこの先もずっとこうです。ぼくには特性があって、それもいつも同じように出るとは限らない。問題が起こるまで条件がわからないこともある。あなたにどこかへつれて行ってもらっても大丈夫な時もあれば、我慢できない日もあるし、ぼくがのっけから行くのを拒否する日もあるでしょう。大変なこともありますが、でもぼくはこんな自分を残念だとは思っていません。ぼくは、ぼくは、ぼくが好きなんです」

「何で……ロー」

近づき、思い切って彼の頬を手で包む。拒否されなかった。

「きみを残念だなんて思うもんか。俺はきみに夢中なんだぞ。知らないのか？」

青い、大きな、信頼に満ちた目が俺を見上げる。俺の心のすべての鍵を解く瞳。

「きみを、愛しているんだ」

マイロの瞳孔が大きくなって、だがはっと身を引いた。

「えっ、駄目です。あなたにそれは言われたくありません」

俺の身の内が凍りつく。心臓が止まった。

最悪だ。マイロの気持ちが違ったなんて。心からの告白を「いらない」と打ち落とされるなんて、そうあることじゃない。

「きみがまだ同じように感じていなくても、かまわない。俺はただ、その……知っておいてほしかったと、言うか」

俺の人生ってやつは。

「え？　あ！　違いますよ、そういう意味ではないのです。ぼくが先に言いたかったんです。

ちゃんと計画を立ててきたのに！　あなたはぼくを愛していると母が言っていたんですが、ぼくは信じなくて。いずれにせよそれでもぼくはあなたに告白するつもりでした、真実の気持ちですし、あなたの気持ちがどうでも、勇気を出してあなたに伝えたかったから」

マイロの言葉の衝撃が電気ショックのように心臓に走って、俺は息を吹き返す。

「伝えるって、何を」

「あなたを愛していると」

「それだよ。なかなかはっきり言わないから」

「でもあなたに先に言われたので、ぼくはとても不服なのです」

「マイロ、ボーイフレンドがきみに心からの愛を告白したんだぞ。なのに先に言われたから腹が立ってるのか？」

「ええ、腹立たしいです」

「ああもう、愛してるよ」

俺は笑った。

マイロが晴れ晴れとした笑顔になる。

「ぼくも愛しています。あなたといると幸せで、そういう幸せをほしかったなんて自分でも知りませんでした。あなたは賢くて思いやりがあって愉快で才能がある。人をありのまま受け入れる。ぼくを受け入れて、ぼくがぼくだから愛してくれて、ほかの人が変だと見るようなとこ

ろを愛してくれました。あなたは……」

また距離を詰め、マイロは俺の腰に両腕を回した。

「……この世界で、ぼくの一番大好きな人です。……たとえ、判断を誤った時でも」

「俺がいくらドジでもね。助かるよ。もっと早く帰ってきてたら、買い物リストにトマトを書き忘れたのがバレるところだった。大丈夫、もう直したから」

「ギデオン！　使ったらすぐ書けば忘れないんですよ！」

「学習中だ」彼の体に腕を回す。「きみも俺の一番大好きな人だよ。求められていると感じるんだ。ただいればいいだけじゃなく。そう感じるのは初めてだよ。求められるとか、自分の居場所だとか思えたのは。ほかの誰にもわからなくても、俺たちがお互い違っていても、俺ときみはぴったりはまるんだ、ロー」

手の甲でマイロの頰をそっとなでた。

「傷つけて悪かった。ただ、きみの判断力を疑ってるとか何か起きたら恥ずかしいからじゃないんだって、それはわかってくれ。でも、俺は完璧じゃないから失敗はする。きみもだ」

「わかってます」マイロは下を向いた。「あなたに理想を押し付けてしまっていたのかも。いつも、ほかの人とは違っていたから。だからあんなにショックだったんです」

「お互い慣れていかないとな。つまずくこともあるだろうが、大丈夫さ。きみといたいんだ」

マイロはうなずいた。

「それとこれも言いたかったんです、もしあなたが、たまには……そうですね、知り合いのパーティーがあって、失敗したくないとかぼくの心配をしたくない場合は、単にそう言ってくれればいいのです。最悪だったのは、あなたが行かずに家にいたことです。あの夜オーランドから連絡が来たのに、それでもあなたは行かなかった。あれは駄目です、ギデオン。二度とやらないでください。一緒に行くかぼくに聞いてもいいし、一人で行きたいと言ってもいいけれど、黙って家に残るのはいけない。ぼくは、あなたの機会を奪う存在になりたくない」

「ならきみも、自信がない時は隠さないで俺に言ってくれ」

それにマイロがうなずくと、俺は続けた。

「きみがいるだけで、すべてが良くなるよ」

「それは、ぼくのパンツの中を狙っていますか？　それならどうぞ、いいですよ。ぼくも今すぐキスがしたいので」

「俺はいついかなる時もきみにキスをしたいね」

「ぼくもそうです。それ、いいですね。ぼくの答えもそれに変更します」

俺はマイロに唇をかぶせる。マイロはすぐに舌を受け入れた。とろけるように体を預けてくる。この感覚は、きっとこの先いつまでも新鮮でありつづけるのだろう。彼の体に脈打つ欲望が俺の名を呼んでいるかのようだ。

キスをしながらカウチにたどり着き、俺は横になって上にマイロを引き寄せた。しばらく甘くもつれ合ってから、マイロが俺たちの服を剝ぎ取り、膝をついて俺を限界すれすれまでしゃぶり、最後は手でイカせてくれる。俺の精液が彼の胸元にべったりととび散った。

マイロが自分と俺の体をきれいに拭う。気が向けばそうするし、やらない時もある。それがすむと、俺はマイロを引き寄せて、一緒に横たわった。

「父さんと話したんだ」と、今日の会話をすべてマイロに話す。

マイロが俺の唇にキスをした。

「あなたを誇りに思いますよ……あなたは立派で、愛されていて、しかもセックスが抜群です」

「神に感謝だな」と俺は笑いをこぼした。

「母がジーンと話したいそうです」マイロが続けた。「明日、ぼくがつれて行きます。母はもうあなたを嫌ってはいないようですよ」

「それは俺も思った」

それからしばらく二人でのんびりと横たわる。俺の指は弾むようにマイロの背すじを上下にたどり、マイロの頬が俺の胸に当てられている。

「ギド?」

「ん?」

「ぼくらが親友のきわみだという話をしたのを覚えていますか?　どんな親友もぼくらのかた

ちを目指すはずだと？」

「覚えてるよ。納得したし」

マイロの笑顔は俺からは見えない——ただ感じ取れた。

「なら今のぼくたちは、ボーイフレンドのきわみですね。ぼくたちはまさしく史上最高のボーイフレンドでは？」

「間違いないな」

「誰もがぼくらのようになりたいはずですよ」

「そのとおりだ」

俺たちの体が笑いで振動した。マイロと一緒にいて、マイロと一緒に笑うのは、ほかの何にも替えがたい。

「愛しています、ギド」

「俺も愛してるよ」

「今回はぼくが先に言ったのでぼくの勝ちですね」

「そこか」

「また勃ちそうだと思いますか？　ぼくはセックスしたい気分なのですが」

俺はまたクスッと笑っていた。

「まったく、お前をどうしたもんかな」

「ぼくを愛して、一緒に笑って、セックスすればいいんです」

「まさにボーイフレンドの到達点《きわみ》だな」

完璧な。

エピローグ

マイロ

三年後。

「申し訳ありませんが！　看板屋の方？　それは傾いていますよ」

ぼくは店の建物の前でハシゴに乗っている男性に声をかけた。

「やはり自分たちでやるべきだったんですよ。そう言ったでしょう、ギド。自分の手でやればよかった」

「まだ途中だよ」

ギデオンが答えるのと同時に、看板作業員の一人にも「まだ途中ですから」と言われた。

建物の新たな改装が丁度完了したところだ。今回は、コンフリクト・インクとリトルビーチ書店の間の壁を一部取り払った。ガラスドアを設置したのだ。いつも開放しておくわけではないし、人によっては本屋とタトゥパーラーの取り合わせを奇異に感じるかもしれないが、ぼくたちはこの改装を気に入っていたし、ぼくたちはぼくたちだ。他人の意見は関係ない。

「ああ、どうしましょう。何であんな？　正しく作業できていませんよ」

「ロー……大丈夫だから。落ちつけ」

「『落ちつけ』と言われてもそれは役に立たないと、何度言えばわかるんです」

「『愛してる』とか『セックスしないか』なら？」

「卑怯者ですね！」ぼくはからかう。「本当に愛らしい看板になりました」

大きな文字で〈インク&インク〉と書かれている。その左側には小さく〈コンフリクト・インク〉の文字とタトゥマシンを持つ手が、右側には本の山とぼくの店の名前が配置されていた。

まさしく完璧。

ぼくらのようだ。

味わい深い三年間だった。ギデオンはしばらくの間パートタイムでも働いて、金銭的に貢献しようとしていた。ぼくへの家賃をもっと払いたがったが、そんなのは馬鹿げている。ぼくたちは愛し合っていて、この建物はぼくのものだ。家賃や店賃を彼からもらいたくはない。

なのでギデオンはその分を貯めておき、改装費を支払った。今後は二人で税金を払うことになる。万事解決だ。

「出かけよう」とギデオンが言った。

「絶対にいやです」

「ロー……」

「ううう。わかりましたよ。時々あなたが大嫌いになります」

「どうせ母さんと父さんのところでランチの予定だろ」

そのとおり、そうだった。ぼくもあの家に行くのが大好きだったから、あまりへそを曲げずにおく。

レイチェルは大学を卒業したのでもう本屋では働いていないが、まだしょっちゅう会っていた。今でもぼくの親友だ。ギデオン以外の。彼女にボーイフレンドができた時、ぼくはどうなるかと少し気を揉んだのだった。ぼくは誰とでもうまくやれるわけではないし、もしレイチェルが恋した相手がぼくを嫌いになったら？　そんなやつは捨ててやるとレイチェルは言い切ったけれど、そうはいかないだろうし。

ありがたいことに、ドントレルは素晴らしい男性だった。レイチェルをちゃんと大切にして、キャミーをかわいがり、ぼくやギデオンとも気が合った。キャミーは今でもぼくのお気に入りだ。時々、彼女だけぼくとギデオンのところで一日すごすこともあった。

今ではセリーナという女性が本屋で働いていて、ぼくは彼女のことも大好きだ。ぼくらより年上の四十代で、本好きで、在学中の一時しのぎで働いてるわけでもないのでうちにぴったりだった。

ぼくらはギデオンの車へ向かった。彼の実家へ行く道すがらも、ぼくは看板のことで気を揉んでいた。

「こと細かな指示の何が悪いんです?」

「自分が誰かにされたらどう思う」

「ぼくの話ではありませんよ」

ギデオンは笑った。

「だろ。ちゃんと作業してくれるよ。気に入らなければやり直してもらえばいい」

ぼくらが着いた時にはもう全員が庭に集まっていた。ジェイコブは三歳になった。彼とぼくはまだお互いに探り合いの最中だが、それなりにうまくやれていた。それが家族というものだ。

ヘザーはまた妊娠していた。この調子でどんどん生まれれば、子供はどうするとぼくたちが聞かれることもないだろう。

クリスとオーランドは、ジェイコブとアリア――クリスとミーガンの娘だ――と一緒に砂の城をこしらえていた。

「スナックちゃん!」とオーランドが腕を振る。

「ぼくのボーイフレンドに失礼な呼び方はやめてください」とぼくは言い渡した。

「そうだぞ、マイロのボーイフレンドに失礼をするな」とギデオンが続いた。

「ギドおじしゃ！　ローおじしゃ！」

ジェイコブが立ち上がって走ってくる。今日は仲良くやれる日のようだ。ぼく以上にムラッ気があるのだ。

「元気か、おチビ？」

ギデオンがひょいとジェイコブをすくい上げた。ほのぼのする眺めだが、ぼくが自分たちの養子を考えるほどには至らない。子供とは楽しくすごして、手に負えないほどやかましくなったら返すくらいが丁度いい距離感なのだ。それで満足。

「ハロー、ジェイコブ」

ぼくはジェイコブと握手をした。ぼくらだけの儀式だ。自分で思っているより彼のことが好きなのかもしれない。思えば、彼に初めて挨拶したのは、ほかでもないぼくなのだから。

「マイロ、新しいベジタリアンレシピを試してみたから、味見して」

ギデオンの母、アンマリーが呼んだ。いつでもぼくのためにレシピを増やそうとしてくれる。素敵な人だ。

ぼくがギデオンの頬にキスをしていると、ギデオンの父親がやってきた。ここ数年でこの二人の距離は縮まって、この頃は二人だけで遊びに行くまでになっていた。

彼に挨拶してから、ぼくはアンマリーの新作料理を味見しに向かった。スパイスの利いたカリフラワーのキッシュだ。

「認可します」

　彼女は笑った。

「ほっとしたわ。最近ママはどう？」

「元気です。来月こちらに来ると」

　母は島に、小さなワンルームの部屋を買った。カリフォルニアに住みながら、年に三回、三週間ほど島ですごしていく。ギデオンとぼくもカリフォルニアに母を訪問しに行った。

　グランパのジーンが、家に泊まっていいと母に言ったのだが、母はそういうことがどうしてもできない人なのだ。それでも母が島に来るたび二人はよく一緒にすごしていたし、サンディエゴに戻っていても週に一度は電話で話していた。

　おじいちゃんがいつまで一人暮らしを続けていけるかは不安なところで、ギデオンかぼくが毎日様子を見に行っていた。老人ホームには行かせたくないので、彼の家に住みこんで面倒を見るのはどうかと、実際に話し合ってはいたが、まだ結論には至っていない。

　そう、母はおばあちゃん《グランマ》のことを許した。ぼくは今でも、ウィルマをそう呼ぶのが大好きだ。ジーンがぼくのおじいちゃんになった日、ウィルマもぼくのおばあちゃんになったのだ。誰かに腹が立って怒りが消せない時、ぼくはいつでもおばあちゃんのことを、知り合うチャンスもなく彼女が死んでしまったことを思う。人生は、恨みに振り回されるには短すぎる。

ランチは笑いあり当てこすりありの楽しいものだったが、それほど経たないうちにぼくは静かな場所が恋しくなった。ぼくから言い出す前に、ギデオンが口を開く。

「もう行くよ。ジーンのところにゆっくり寄りたいし、店の様子も見に行かないと」

今日はジーンも招待したのだが、あまり調子が良くなかったのだ。

誰一人引き止めたり、何でこんな早くと聞いてこないのが素晴しかった。ぼくはミーガンとヘザーをハグし、子供たちにさよならを言った。当然、ヘザーのおなかの中にいるちっちゃなペネロペにもだ。

ジーンのところまで、車でそうかからない。ノックしてドアを開けた。

「おじいちゃん？」

ぼくは声をかける。時々、自分の人生がどれほど変わったか信じられないぐらいだった。今のぼくにはおじいちゃんとボーイフレンドがいて、たくさんの家族がいる。

「裏だよ」

ジーンが答えた。おばあちゃんの庭にぼくが設置したロッキングチェアに座っている。

「今日の調子はいかがですか？」

おじいちゃんはぼくに笑顔を向けた。

「少しよくなったよ。人生は上々だ。ウィルマがここにいて一緒に楽しめていたら、とだけは思うけどね」

「ぼくもです」

答えたぼくの手を、ギデオンが握って力づけてくれた。

一時間ほどそこでジーンとすごしてから、ぼくらは帰った。店は異常なしで、看板も正確に設置されていたので、ぼくの気も休まる。

その夜遅く、ギデオンが上になってセックスをした後、ぼくらは裸でベッドにいた。もうコンドームは使っていない。ぼくはまだ飲めなかったけれど、尻の中でギデオンが達するのは平気だったし、二人とも大好きな行為だ。何と言ってもエロい。

「ぼくたちは結婚するべきでは」

ぼくはそう発言した。元から考えていたことだったが、まだ言うつもりの言葉ではなかった。言って失敗したとは思わなかったけれど。口に出した瞬間、心からそうしたいとわかったからだ。

「えっ？」

ギデオンがバタバタとランプをつけた。

「ぼくたちは結婚するべきでしょう」とぼくはくり返す。

「本気か？」

「あなたが望むなら。違うなら、それでもかまいません。ただぼくとしては――」

「する」ギデオンがさえぎった。「ああ、お前と結婚したい」

「本当ですか？　うわあ、今ぼくはプロポーズをしたんですね。レイチェルに知らせるのが楽しみです」

「俺はお前の夫になるのが楽しみだよ」

「それも待ちきれませんね」

ぼくはニコッとした。

ギデオンにキスされて、そしてぼくらはそれからまたちょっとイチャついた、かもしれない。

そうやって自然に受け入れるギデオンが大好きだった。まだ指輪がなくとも気にしないし、どちらかが片膝をつかなくてもかまわない。ただの成り行きで、ただ自然。ギドとぼくのすべてがそうだったように。

チェスターというあのおかしな弁護士からの電話がぼくの人生を変えるなんて、誰が思っただろう。おばあちゃんのおかげだ――ウィルマの。会ったことはないけれど、ずっとぼくを愛してくれていた人。

「ギド？」

「ん？」

「結婚してもまだ〝ボーイフレンドのきわみ〟と呼んでもいいものでしょうか？　〝夫夫《ふうふ》のきわみ〟と呼んでもいいですが、慣れるまでかかりそうで」

「俺たちは俺たちだよ、ロー。好きなように呼ぼう。それが俺たちのやり方だ」

そう、それがぼくらだ。どちらも完璧とはほど遠いけれど、二人でいれば完璧なのだ。

ボーイフレンドをきわめてみれば

2023年12月25日　初版発行

著者　ライリー・ハート［Riley Hart］

訳者　冬斗亜紀

発行　株式会社新書館
〒113-0024 東京都文京区西片2-19-18
電話：03-3811-2631
［営業］
〒174-0043 東京都板橋区坂下1-22-14
電話：03-5970-3840
FAX：03-5970-3847
https://www.shinshokan.com/comic

印刷・製本　株式会社光邦

Printed in Japan　ISBN 978-4-403-56058-3

モノクローム・ロマンス文庫

定価：本体900～1540円＋税

「ロイヤル・シークレット」

ライラ・ペース

〈翻訳〉一瀬麻利　〈イラスト〉yoco

英国の次期国王ジェームス皇太子を取材するためケニアにやってきたニュース配信社の記者、ベンジャミン。滞在先のホテルの中庭で出会ったのは、あろうことかジェームスその人だった。雨が上がるまでの時間つぶしに、チェスを始めた二人だが……!?　世界で一番秘密の恋が、始まる。

「ロイヤル・フェイバリット」

ライラ・ペース

〈翻訳〉一瀬麻利　〈イラスト〉yoco

ケニアのホテルで恋に落ちた英国皇太子ジェイムスとニュース記者のベン。一族の前ではじめて本当の自分を明かしたジェイムスは、国民に向けてカミングアウトする。連日のメディアの熾烈な報道に戸惑いながらもベンはジェイムスとの信頼を深めてゆく。世界一秘密の恋、「ロイヤル・シークレット」続篇。

「BOSSY」

N・R・ウォーカー

〈翻訳〉冬斗亜紀　〈イラスト〉松尾マアタ

忙しいキャリア志向の不動産業者のマイケルがバーで出会った、一夜限りの相手は海外生活から帰ってきたばかりのブライソン。名前も聞かない気楽な関係だったが、親密になるにつれ仕事やプライベートを巻き込んだ自分達の関係を見つめなおす時がやってくる——。優しい恋が花開く、N・R・ウォーカー本邦初登場！

NOW ON SALE

コーダシリーズ

「ロング・ゲイン」

マリー・セクストン

〈翻訳〉一瀬麻利　〈イラスト〉RURU

ゲイであるジャレドはずっとこの小さな街で一人過ごすんだろうなと思っていた。そんな彼の前にマットが現れた。セクシーで気が合う彼ともっと親密な関係を求めるジャレドだったが……。マリー・セクストンの本邦初翻訳作。

「恋人までのA to Z」

マリー・セクストン

〈翻訳〉一瀬麻利　〈イラスト〉RURU

ビデオレンタルショップ「A to Z」の経営に苦戦するかたわら、新しいビルのオーナー・トムとの虚しい恋に悩んでいたザックはクビにしたバイトの代わりに映画好きの客、アンジェロを雇い入れる。他人を信用せず、誰も愛したことのないアンジェロだったが――。

「デザートにはストロベリィ」

マリー・セクストン

〈翻訳〉一瀬麻利　〈イラスト〉RURU

その最初のデートは惨憺《さんたん》たるものだった。仕事に追われるジョナサンの携帯はその日ずっと鳴りっぱなしで、お互いの話もろくにできずに終わってしまった。派手なコ　ルはタイプではなかったのだが――。平凡な日常にとびこんできた刺激的な恋。コーダシリーズ、第3弾!!

モノクローム・ロマンス文庫

定価：本体900～1540円＋税

殺しのアートシリーズ

殺しのアート1

「マーメイド・マーダーズ」

ジョシュ・ラニヨン 〈翻訳〉冬斗亜紀　〈イラスト〉門野葉一

有能だが冷たいFBIの行動分析官・ケネディ。彼のお目付役として殺人事件の捜査に送り込まれた美術犯罪班のジェイソンだが!?　「殺しのアート」シリーズ第1作。

殺しのアート2

「モネ・マーダーズ」

ジョシュ・ラニヨン 〈翻訳〉冬斗亜紀　〈イラスト〉門野葉一

サンタモニカの事件に加わったFBI美術犯罪班・ジェイソン。8ヵ月ぶりの再会なのにケネディは冷たい態度を見せる。二人の間になにかあると思っていたのは自分だけなのか――!?

殺しのアート3

「マジシャン・マーダーズ」

ジョシュ・ラニヨン 〈翻訳〉冬斗亜紀　〈イラスト〉門野葉一

駐車場で何者かに襲われ薬物を射たれたFBI美術捜査班のジェイソン。ケネディは母親が暮らすワイオミングでの傷病休暇を提案するが、その町で奇術関連の盗難と殺人が発生し――!?

殺しのアート4

「モニュメンツメン・マーダーズ」

ジョシュ・ラニヨン 〈翻訳〉冬斗亜紀　〈イラスト〉門野葉一

FBI美術捜査班捜査官ジェイソンを悩ませているのは、幻のフェルメール作品を含むかつてナチスに奪われた美術品の調査。敬愛する祖父が事件に関わっているかもしれない――!?

殺しのアート5

「ムービータウン・マーダーズ」

ジョシュ・ラニヨン 〈翻訳〉冬斗亜紀　〈イラスト〉門野葉一

FBIの美術犯罪班捜査官ジェイソンは、大学に潜入捜査しながら失われた古い映画フィルムの謎を追いはじめる。一方、サムの昔の恋人を殺した連続殺人犯には共犯者の影が……。

NOW ON SALE

ドラッグ・チェイスシリーズ

ドラッグ・チェイス1

「還流」

エデン・ウィンターズ

〈翻訳〉冬斗亜紀　〈イラスト〉高山しのぶ

薬物の違法取引で10年の刑をくらったラッキーは、裏の知識を買われ刑期短縮の代わりに南カリフォルニアの薬物捜査局で捜査協力をしている。新たに相棒となった元海兵隊員の新人ボーは、ベジタリアンでモラルの塊で片付け魔。そんな二人に異常な量の処方箋を出すクリニックの潜入捜査が命じられ——。エデン・ウィンターズ本邦初翻訳作品。

ドラッグ・チェイス2

「密計」

エデン・ウィンターズ

〈翻訳〉冬斗亜紀　〈イラスト〉高山しのぶ

もと薬物の売人のラッキーは、刑期のかわりに政府の薬物捜査組織の一員となった。PTSDを持ち、処方薬の依存症と戦う相棒のボーとともに小児がんセンターに潜入するラッキーだが、そこでは汚染された薬物によって患者たちの命が危険にさらされていた。真面目で融通の効かないボーはその状況に対応できなくなり——!?　ドラッグ・チェイスシリーズ第2弾!!